契约婚姻

之未婚妈妈

小十 Xiao Shi 【著】

当代世界出版社

图书在版编目（CIP）数据

契约婚姻之未婚妈妈/小十著．—北京：当代世界出版社，2011．9

ISBN 978-7-5090-0772-3

Ⅰ. ①契…　Ⅱ. ①小…　Ⅲ. ①言情小说－中国－当代　Ⅳ. ①I247．5

中国版本图书馆 CIP 数据核字（2011）第 164844 号

书　　名：契约婚姻之未婚妈妈
出版发行：当代世界出版社
地　　址：北京市复兴路 4 号（100860）
网　　址：http：//www．worldpress．com．cn
编务电话：(010) 83908456
发行电话：(010) 83908410（传真）
　　　　　(010) 83908408
　　　　　(010) 83908409
经　　销：全国新华书店
印　　刷：三河市祥达印装厂
开　　本：710 毫米 × 1000 毫米　1/16
印　　张：15
字　　数：230 千字
版　　次：2011 年 10 月第 1 版
印　　次：2011 年 10 月第 1 次
书　　号：ISBN 978-7-5090-0772-3
定　　价：30．00 元

目　录

楔子　天亮

他果然不记得她了。

苏瑞并不觉得惊奇，除了萧萧外，他眼中本来就容不下另外一个人。

其他女人，对他而言，都是一个模样。

"昨晚的事，我会负责。你可以说出你的条件，只要不是太离谱，我都会满足你。"这是天亮后，他对她说的第一句话。

苏瑞于是开始回想昨晚的情景：为了公司的一个大单，她去陪那些眼睛里写着"色迷迷"三个字的客户，本来以为自己可以游刃有余，毕竟，她酒量惊人，这两年做销售，也在大风大浪里闯过，可是，却没有料到他们会在她的酒里下药。

发觉不对劲之后，苏瑞便借去洗手间，离开了那个包厢，可是酒劲带着药力，她根本无力抵抗。正想打电话求助，他迎面走了来，在她宛如梦游般的注视下，张开手臂，将她抱在怀里。

她闻到一鼻子酒气。

"跟我走。"他霸道而强硬地说。

她几乎没有半点犹豫，异常顺从地跟上他的步伐。

他带她去开房，然后，打开浴室的喷头，"先洗澡。"

和上次一样。

除了萧萧之外的女人，他都觉得脏。

不过，苏瑞却不是当初那个仰视着他，将他视之为神的小丫头了。

"你自己慢慢洗，我先走了。"她说着，就要离开。

他却从后面拉住她的胳膊，烦躁地说："是不是每个女人都这么别扭！你们到底要什么，才能知足！"

苏瑞哂然，这一次，又是被萧萧气到了吗？所以买醉，所以像上次一样，用这样恶劣的报复行为，来教训那个总是不知福的女人。

"我想要——"她终于转过身，心里狠狠地骂自己贱得可以，可是身体那么诚实，在看见他的那一刻便开始变得炙热，如烈烈燃烧的野火。她的手臂攀上他的脖子，"我想要你。"

脚尖踮起，她吻住他凉薄的唇，清凉如昨，冷漠如斯。

后面的事情，苏瑞不太记得了。

一夜缠绵，她是缠着他的藤蔓。

然后，累极后，他转向这边，她转向那边，背对而睡，同床异梦。

再然后，天亮，他衣冠楚楚，站在床边，开始为这场荒谬的一夜情善后。

甚至懒得再看她一眼。

"哦。"苏瑞慢条斯理地坐起来，从自己的小包里拿出那张藏了很久很久的支票，将它轻轻地放在床头柜上，"谢谢你帮我泻火，这是报酬。再见——莫梵亚。"

再见，莫梵亚。

这一次，你是真的可以从我的生命里滚出去了。

结束这场长达五年的……闹剧！

我的独角戏。

第一章　新来的老板

上班伊始，宋丽丽便开始逼问苏瑞昨晚的行踪，"喂，我昨天给你打电话，你为什么没有接？那些人在业界的风评差极了，我听说狐狸精派你单独去和他们谈合同，就知道肯定会出事，到底出事了没有？快说啊，我都急死了。"

苏瑞趴在桌上，有点神不守舍地道："差一点，但是没出事。"

"那就好。"宋丽丽长松了一口气，随即更为恼怒道，"我看狐狸精八成是故意的！她不是已经抢到了总经理助理的位置了吗？怎么还处处和你过不去？想当初她进公司的时候，还是你一手带出来的。"

苏瑞倒没那么义愤填膺，只是埋着头，收拾起桌上的资料文件。

"说曹操，曹操到……"宋丽丽在苏瑞耳边快速地丢下一句话，赶紧溜回自己的位置。苏瑞目光一瞥，很自然地看见那双高达几英寸的高跟鞋，一扭一摆地走了过来，最后停在了她的面前。

苏瑞抬起头，以手支颐，漫不经心地看着面前这个漂亮女人：酒红色的齐耳短发，略显夸张的耳环，精致得毫无瑕疵的妆容，美艳逼人，有点日韩风。

"我听邦达公司的陈老板说，你昨天晚上醉得一塌糊涂？还想用身体跟人家做交易？"她一张口，便是盛气凌人的嗓音。

哦，哦，恶人先告状——不对，是恶人向恶人告状。

苏瑞重新趴回桌上，百无聊赖地"哦"了一声，不想争。

"苏瑞，你还真不要脸，这宗生意，我早就和陈老板谈好了，让你去，是照顾你。你想吃独食，也不需要用这种下三滥的手段吧。现在生意砸了，是不是你赔偿公司的损失？这笔生意几百万，你有多少钱赔？"狐狸精开始借题数落起她，而且越说越起劲，几乎将它当成了晨间锻炼。

苏瑞忍了很久，在忍耐的期间，她开始想各式各样的事情，试图转移自己的注意力。

譬如仍在还贷款的房子，譬如儿子的学费，譬如妈妈的唠叨，譬如日新月异的物价。可狐狸精的手指戳到她的脑门时，苏瑞还是忍无可忍地站了起来，操起文件夹甩了过去，"有完没完，大不了不做了！辞职信我会马上送过来，拜拜！"

旁边的文员张大嘴巴，"苏经理?！你……你马上还有一个会议……"

"滚蛋！"苏瑞冲着文员吼了一句，她觉得自己当时的形象一定特别像泼妇。

文员立刻噤若寒蝉。

可怜的孩子，刚毕业不久就遇到苏瑞这样蛮不讲理的人。

可是，好吧，不在沉默中死亡，就要在沉默中爆发——苏瑞还不想死。

小狐狸精也吃了一惊，文件夹掉在地上时，她往后面连跳了几步，只是脸上脂粉太重，也不知道脸色变了没有。

"苏瑞，你疯了！你要辞职就辞职，叫那么大声给谁听呢，你还以为这个公司没有你苏经理就不行吗?！"等回过神，狐狸精发飙了。

苏瑞哂然，得瑟什么呢？如果不是会议的前晚，她把太子爷的裤裆踢了，总助的位置，又怎么轮得到狐狸精？

不过是从床上挣来的，还真的蹬鼻子上脸了？

"还有，就算你要走，你的那些客户资料，必须交接清楚。这些都是公司财产，不是你的私人财产！"狐狸精的反应倒还快，见她抓着包打算走人，立刻玉臂一伸，挡在苏瑞面前。

苏瑞忍不住嗤笑，"笑死个人了，那些项目不都是胡总助你亲自出马拿下来的么？怎么向我这个小经理要资料？就像你刚才说的，我不过是仰人鼻息，什么资源都没了，没什么需要交代的。再见。还有……我听说啊……"苏瑞笑着将声音压得更低，几乎凑到了狐狸精的耳边，神秘兮兮地八卦道："太子爷有病，脏病。你赶紧去检查检查。"

这一次，苏瑞终于看到了她的惊慌与愤怒，隐藏在蓝色的美瞳下面，从侧面望过去，狐狸精气得发颤的嘴唇，让人大快人心。

苏瑞同情地拍了拍她的肩膀，将那个一直用来装菜的 LV 大包包甩上肩膀，踩着高跟鞋，一扭三摇地离开了那栋高级写字楼。

本来以为辞职是一件很难的事情，其实也简单得很，不过，刚一踏出大厦，苏瑞就犹豫了。

上一笔生意的提成还没拿到手呢，为了拿到那笔生意，她当初可是喝到胃出血。

明天，儿子的补习班要交学费了。

下个星期，还要交五千元的房贷。

年末的车险，小区的管理费，表姐结婚的礼钱，同学聚餐的开销……

妈的老毛病还要定期去医院复查，随便检查检查，又是小一千的支出。在这个公司两年，她拼死拼活才挣得一月一万多的收入，勉强维持温饱。如今好了，拍拍屁股就丢了。

苏瑞啊苏瑞，你拽什么拽，不就是被狐狸精欺负到头上去了吗？骨气有毛用！

如果现在回去……

这个想法只在脑海里闪了一次，就被苏瑞自己鄙视回去了，好马不吃回头草，她虽不是好马，但也不能这样犯贱。

权衡之下，只好采取了最最万不得已的法子，她掏出手机，找到"李艾"的名字，一键拨了过去。

李艾接了电话，那边背景很吵，也不知道是不是开 Party，她的声音还是一如既往地咋咋呼呼，"借钱？多少？……为难？我怎么可能会为难！得，你苏瑞难得开一次口，姐非但不觉得为难，简直是喜出望外，数目小了，少于十万，你还真别开这个口。欺负姐穷吧！"

苏瑞将话筒移开一些，耐着脾气道："少在这里用钱砸我，只要五万，爱借不借！"

贫富差距啊，真是气死个人。

"生什么气啊，当然借，我这里有现金，你过来拿吧。你知道我在哪里吧？就是 Alex 新开的那间酒吧。晚上八点，不见不散。对了，你把乐乐一起带来吧，几天没见，怪想他的。"李艾在那边陪着小心。

乐乐就是苏瑞的儿子。

"他和我妈去温故历史二日游了，不在家。再说了，就算乐乐在家，我也不能把他带去见你，我儿子多纯洁啊，怎么能见你们这群人渣。"苏瑞哼了一声。

"行了，晚上八点，是人渣就赶紧滚过来。"李艾说着，挂断了电话，估计是身边有什么节目催她了。

李艾是苏瑞的死党，大学的时候，她住在她的上铺。

现在，她是商家少奶奶。

大四时，李艾失恋，男友丢下她独自出国了。她在操场砸着啤酒瓶，叫嚣着天下男人都不是好东西，从此发誓要当灭绝师太。谁能想到，毕业后，她是嫁得最早的。也是嫁得最好的。

而苏瑞呢？从大一开始就想着嫁人，死心塌地想把自己嫁出去，现在已经奔三十了，踩在下坡路上了，依旧单身。

人生这出戏，背后，必然藏着一个鬼马编剧，他永远让你猜不到下一步棋。

苏瑞回家后，才不过中午，离与李艾约好的时间尚有几个小时。

妈和乐乐都不在家，她看着空荡荡的房间，索性扎起头发，挽起袖子，开始大扫除。

这些年她一直在努力工作，赚钱养家，平时很少做家务，今天小宇宙爆发，连玻璃都抹得干干净净，最后替乐乐打扫房间的时候，她跪坐在地板上，看着镜框里儿子灿烂的笑颜，心中宽慰，其实在家里陪陪儿子也不错。

儿子马上要四岁了，渐渐开始变成小大人了，等他真的变成大人那一天，也就不好玩了。

正在苏瑞母性大发的时候，放在客厅的手机铃声开始大响起来，苏瑞连忙站起身，拿过手机，看了看来电显示。

是宋丽丽。

"喂。"苏瑞接起电话，有点痞痞地笑道，"怎么？来慰问我这个无业游民？"

"少跟我贫。"宋丽丽嗔了一句，然后压低声音道："苏瑞，你可以不用辞职了。"

"嗯？"

"听说我们公司换老板了，好像是被别家大企业收购了，刚刚行政室的人通知的，说新的领导班子下午就到。"宋丽丽忍不住高兴的心情，咋咋呼呼道："终于能把那个好色的太子爷送走了。等太子爷一走，你说，公司还有狐狸精的立足之地？"

"说不准。"苏瑞可没宋丽丽那么乐观，对这个话题，也没有宋丽丽预期的那么开心。"其实我也想趁机休息一阵。就不回去了。"

她刚刚打定主意，要在家好好地陪陪儿子，所以，就算老板换了人，苏瑞还是不打算回去。

"你明天反正要来公司交辞职信，顺便和新老板谈一谈，兴许新老板愿意留下你，给你加薪呢。你苏经理可是营销部的顶梁柱呢。"宋丽丽不遗余力地游说。

苏瑞笑了一阵，"明儿再说。对了，新老板什么来头？"

"暂时没查清楚，只知道姓莫。据说很帅很帅，是个钻石王老五。"宋丽丽开始发花痴了。

苏瑞沉默了片刻，低声呢喃，"姓莫啊……"

是不是姓莫的人，都帅到离谱？

晚上八点。

如约来到 Alex 新开的酒吧，Alex 也是苏瑞的大学同学，富家子弟，当年一起玩过音乐，大三那年他作为交换生去了美国，去年才回国，和李艾在一个酒会上撞见了，这才重新建立了联系。

他开的酒吧都很有特色，目的也很单纯。主要是想建造一个适合朋友们在一起玩的场所，根本没想过盈利，所以，无论从招牌、布置，还是服务上，都显得标新立异。

苏瑞去的时候，李艾她们已经到了，一群人在那里喝酒嬉闹，李艾远远地看见她，赶紧挥了挥手，"哎，苏瑞，这边！"

苏瑞提着大包包走了过去，将在场的人快速地扫了一眼，却只认得李艾和 Alex 两个人。这也难怪，他们的圈子本来就和她没什么关系，她一个辛勤劳作的小白领，每天上班下班已经耗费了全部精力，平时根本没空和他们一起玩……也玩不起。

像上次李艾对苏瑞说，她打了一个晚上的牌输掉了几十万，苏瑞当时想掐死她的心都有了。

真是同人不同命，想当初，李艾的英语八级还是苏瑞给她代考的。

好吧，对女人而言，果然是做得好不如嫁得好。

"你让开，让苏瑞坐这边来。"见苏瑞走来，李艾将她身边的一个小男生推开，腾出真皮沙发上的位置，拍了拍。

苏瑞也不客气，大喇喇地坐了下去，然后，向在场的人泛泛地道了声，"你们好。"

虽然不是这个圈子里的人，不过，好歹在营销部混了那么多年，苏瑞什么场合都见过，一群二世祖还不足以让她怯场。更何况，苏瑞来这里的目的很清晰：她是来借钱的。

"喏，你要的东西。"李艾也不含糊，直接递过来一个小皮包。

果然是现金。

苏瑞哂然，伸手接过来，数也没数，直接往自己的大包包里一塞，"我怎么瞧着你装钱的小皮包也不止五万啊。"

"算你识货。Gucci 限量版。"李艾挑了挑她精致得仿佛画上去的眉毛，笑道："皮包就当免费赠送了，你若是真的缺钱，拿去二手店，也能换个几万。"

"谢了。"这次，苏瑞也没客气。反正李艾家里的名牌包包多，与其放着腐朽，不如让她换成柴米油盐，这叫做促进货币流通，增加 GDP 总值。

"哎，你们神神秘秘的，进行什么交易呢?"坐在李艾另一边的女孩不知趣地问了一句。李艾白了她一眼，没有回答，她怕苏瑞尴尬。

苏瑞倒觉得没什么，人在江湖漂……咳咳，都有潦倒时。

"我今天炒了老板鱿鱼，找李艾借点生活费。好了，现在钱到手了，我也要走了，你们慢慢喝慢慢玩，千万别扫兴。"她坦然回答完，也不想多坐。拍拍屁股就要走人。

李艾一把拉住她，"多坐坐吧，Alex 可是念叨了你好久，请了你那么多次，你丫一直说忙，现在无业游民一个，看你还有什么理由搪塞。"

从苏瑞进来开始，便一直沉默的 Alex 也终于开腔道："是啊，苏瑞，多坐坐吧，我们老同学这么久没见面了，应该好好聊聊。"

说来也是，自从 Alex 回国后，她只是从李艾口中得知，却从来没有抽空来见他一次。

一来确实是因为忙，忙得火烧屁股，自顾不暇。二来，大概也是因为苏瑞的性格过于冷血，似乎不太爱怀旧，只会往前看。

况且，苏瑞和 Alex 不算太熟的。一直不太熟。

现在，他开口了，苏瑞也不好意思就这样走了，只能重新坐下来。

他们继续聊了起来，聊的也是那个圈子的八卦，她没怎么注意听，只是懒懒地靠在沙发上，端着一杯香槟酒，打量起众人。

李艾依旧是大家的焦点所在，她虽是已婚妇女，可是时尚窈窕，漂亮直逼亚姐，她老公好像不怎么管她，任由她夜夜笙歌，苏瑞和李艾算是很铁的关系了，一个月总能见上一两面，却很少见过她老公，真正奇怪。

可如果说他们的夫妻关系不好吧，也不像，李艾前段时间刚刚换的那辆法拉利小跑，便是她老公送的生日礼物。

苏瑞正自娱自乐，琢磨着李艾的婚姻八卦呢，Alex 和她右边的人换了座位，端着香槟靠了过来。

"苏瑞。"

她换上职业笑容，友好地看了他一眼。

"你现在没有工作了，要不要考虑来我们这里做？我这间酒吧刚开业，正好缺一名大堂经理。"他说。

苏瑞连忙做了一个敬谢不敏的表情，"好意心领，但我这个人很不识好歹，借钱可以，施舍就免了，再说了，我现在和你是老同学，若是来这里工作，你是我的老板，平白无故地降了一级，我太吃亏了。"

Alex 愣了愣，然后抿着嘴笑。

他笑的时候还是和以前一样腼腆。

说来奇怪，苏瑞对 Alex 的印象不算很深刻，但对他的笑却极有好感，当年一起组乐队，李艾是主唱，她是鼓手，Alex 弹贝斯。他是由李艾引荐，中途加入的，可惜他们才刚刚熟悉没多久，一个月后，乐队解散。后来便再也没有联络了。

"那我把这间酒吧承包给你，我们算合伙人，不是雇佣关系。"他换了一种说法。

苏瑞擦了擦汗，"真的不用，你若真是可怜我，就直接给我个百十来万的，这样实惠。"

话又说回来，这种私人会所般的酒吧，哪里会有客人啊。

承包给她？她还不得把老本都搭进去！

Alex 的好心还真是突发奇想，建立在精神世界的空中楼阁啊。

言已至此，谈话变得不了了之。

李艾似乎注意到 Alex 的尴尬，赶紧过来岔开话题道："对了，你们猜我前几天遇见谁了？"

"遇见谁？"

"莫梵亚！"李艾兴致勃勃道，"你们还记得吧？当初在大学时很出名的那个帅哥。对了，苏瑞，你们好像还一起吃过几次饭吧……"

苏瑞一口红酒呛在喉咙里，咳得肝肠寸断。

Alex 赶紧递过一张纸巾。

好容易止住咳嗽，苏瑞摇手道："什么一起吃饭，就是萧萧家开 Party，请我去了两次。他八成不记得我了。"

是啊，不记得了。

那天晚上，莫梵亚的目光，分明是陌生的。

"也对，可惜一个绝世帅哥，被萧萧吃得死死的，连我这样风姿绰约的美人，他都没拿正眼瞧过我。对了，他是不是已经和萧萧结婚了？"李艾问苏瑞。

苏瑞摊开手，一头黑线，"我怎么知道，都说不熟。"

应该，大概，是结婚了吧。

苏瑞还记得，他对着电话那头的萧萧，气急败坏道："你再不来，我就随便找个女人！"然后，他拉起站在他对面的苏瑞，"陪我一晚，十万块，行不行？"

……

十万块，也不是她的价格，只是与萧萧赌气的余屑而已。

她就是传说中的炮灰。

"如果不是知道莫梵亚对萧萧死心塌地，我都怀疑乐乐是莫梵亚的儿子，看乐乐的鼻子眼睛，啧啧，根本就是莫大帅哥翻版。"李艾自言自语一般嘀咕着。

苏瑞又开始咳起来。

这一次，怎么止也止不住。

关于莫梵亚的话题很快便如其他话题一样，消失在觥筹交错间。

苏瑞借口说晚了不好打车，提前告辞。

李艾没有再挽留，她在桌下踹了 Alex 一脚，Alex 忙忙地站起来，道："我送你。"

"不用了，你刚刚喝过酒，最好不要开车。"苏瑞摆手拒绝。

"我的胃不好，所以不能喝酒，刚才喝的只是饮料。"Alex 笑着解释道，然后拿起沙发靠背上的西装外套，邀请地看向苏瑞。

话已至此，苏瑞如果再推脱，就显得不知趣了。

她向众人告了别，和 Alex 一起走了出去。

到了酒吧门口，Alex 让她稍微等一等，他去将车开过来。

苏瑞"哦"了声，闲闲地靠着墙壁。

夜晚的风让酒意变得缠绵而浮躁，她抬起手，揉了揉太阳穴，待手臂再挪开的时候，面前不知何时多了一个人。

一张近在咫尺的俊脸。

"请问，左岸酒吧是这……"对方的话说了一半，突然顿住，"是你?"他皱眉。

苏瑞也有点愕然，她怔了怔，然后侧过脸，淡淡道："这里是左岸。"

"你早晨走得很匆忙，所以我来不及问……这是什么意思?"他从外套口袋里拿着一张几乎有点发黄的支票，盯着苏瑞不放。

"苏瑞!"就在这时，Alex 开着他的车，已经停在了酒吧前面，他摇下车窗，朝这边喊了一声。

"过夜费啊。对不起，我等的人已经来了，先生，麻烦让一下。"苏瑞冷静地回答完，然后推开挡在自己身前的男人，朝姗姗来迟的 Alex 走了去。

"没想到你还是那么人尽可夫。每天都在酒吧喝得醉醺醺，然后找男人回去吗？"莫梵亚沉着声，在她的身后极冷淡地问。

苏瑞忍着情绪，理也没理，继续大步走向 Alex。Alex 也下了车，为苏瑞拉开车门，一脸困惑地望向莫梵亚那边，"那是谁？好像有点眼熟……"

苏瑞的脚却在此时一滑，Alex 急忙收回注意力，伸手扶住她，"你怎么了？"

"没事。先上车吧。"苏瑞握着他的胳膊，勉强站好。

Alex 应声。

莫梵亚则站在原地，眼睁睁地看着她走进那辆价格不菲的银色跑车，而他们方才的动作，显然是亲密至极。

原来，真的是那种关系，并不是他多心。

苏瑞。

苏瑞。

你果然还是那么不知足。

汽车行驶在霓虹缤纷的城市里，从左岸酒吧到苏瑞现在的住所，几乎要穿过半个城市。

Alex 开得很专注，窗外的灯光时不时地游走在他的脸上，让他的轮廓变得越加鲜明，有种很纯净的俊秀。

"真奇怪，好像你这些年都没什么变化似的，还是像个乖弟弟。"苏瑞突然伸出手，摸了摸 Alex 毛茸茸的头发，打破了沉寂。

车突然猛地一晃，差点撞到了旁边的栏杆，好不容易才稳了回来。

苏瑞哈哈大笑。

Alex 则沉着脸，憋着气道："好像我比你大。"

"是吗？我儿子都会交女朋友了，你怎么可能比我还大。"苏瑞大喇喇地反驳完，终于正经起来，"现在想一想，当初一起组乐队的日子，好像上辈子发生的事情。听说你后来休学了，一直没有关心你的事情，真是抱歉。"

Alex 沉默了片刻，轻声问："没关系。你后来不是也休学了吗？"

"我休学是要生宝宝，难道你也要生宝宝？"苏瑞有点没心没肺地开着玩笑。

Alex 也微微一笑，"苏瑞，到底谁是乐乐的爸爸？"

"啊，我突然想起来，还要去朋友家有点事！"苏瑞好像突然惊醒，猛地转开话题，"麻烦在前面停一下车。"

Alex 担忧地看了她一眼，还是很顺从地将车靠边。

"谢谢你专程送我，改日请你吃饭。再见，回去的时候小心点。"苏瑞很快跳下车，仰着笑脸，朝车里的人摇摇手。

"你一个人没事吧？"Alex 手握着方向盘，似乎想随着下车，但又怕唐突，只得不放心地多问了一句。

"没关系，已经在朋友家附近了。"苏瑞大大咧咧地回答，"赶紧回去吧，别让朋友们等久了。你可是东道主。"说完，她也不等对方的确认，包包一甩，人已经转过身，朝不远处的住宅小区走去。

Alex 一直目送着她消失在小区大门内，他才调转车头，开回酒吧。

苏瑞进了小区，这个小区是老式的集体住宿楼，保安系统并不怎么好，她一个陌生人闯进来，竟然没有什么人拦着询问。

这样也好，免得引起 Alex 的怀疑。

大三那年，高材生苏瑞的奉子休学，曾让全校师生瞠目结舌。

似乎所有人都对乐乐的生父充满兴趣，李艾也曾对她严刑逼供，甚至还"卑劣地"企图用酒灌醉她。

当然，最后的结果是，苏瑞一个人把李艾他们五个人全部放倒了。

从此李艾再不和苏瑞拼酒。

乐乐的父亲是谁，这个答案，除了苏瑞自己，无人知道。

即便是当初恨不得将她的腿打断的老妈，也不曾知道。

那个人……更加不会知道。

苏瑞抬起头，看着蓝如天鹅绒般的夜空，轻轻吐出一口气。

如果以后乐乐问起，她该怎么回答呢？

总不能像以前一样，说他是从外太空掉的吧，虽然这个谎言让乐乐很是得瑟了一阵。

这样信信地走，苏瑞早已经走了一段距离，这个旧式小区的绿化竟然不错，两排高层楼房之间有一条人造的溪流，溪旁种着浓密的落叶树，间或设了几张长椅。

苏瑞找了一张椅子坐下，打算混几分钟就回去。一扭头，却看见不远处的长椅上躺着一个人。

那个人是侧躺着的，脸对着椅背，身上则搭着一张展开的报纸，从报纸下面露出来的牛仔裤看上去破烂不堪。

不知道从哪里跑出来的流浪汉。

不过，流浪汉不会买那么多啤酒吧？

苏瑞眼尖，很快就发现了长椅下面一堆空啤酒罐，还有一大塑料袋尚没有打开的啤酒，全部加起来，少说也有三十多罐。而被喝掉的那些，也有十几罐吧。

原来是个酒鬼。

苏瑞不想和酒鬼坐在一起，她站了起来，正想离开。那个人突然一个鲤鱼挺身坐了起来，呆望着前面的"臭水沟"——虽然是绿化的一部分，但其实早已经变成了臭水沟——没什么好气地说："喂，陪我喝酒！"

苏瑞一怔，瞧了瞧前面，又瞧了瞧后面，前后左右，似乎都只有自己而已。

他在和她说话？

"我们认识吗？"苏瑞蹙眉。

真是糟糕，那人已经开始发酒疯了。

苏瑞也喝酒，可是从未让自己真正醉过，她已经深刻地感受过，当自己不受自己控制的时候，是多么多么可怕。

那将是一场热带的海啸，摧枯拉朽，一如爱情。

"不认识就不能一起喝酒吗？"那个人站起来，气势汹汹地朝她转过来。那是一张挺耐看的脸，年轻帅气，二十岁上下，也许刚刚成年。"我失恋了！"他委屈且恼怒，非常秀气的眼睛，酒气与泪意让目光氤氲。

苏瑞一哂。

小屁孩。

全天下的人有哪个没失过两三次，失恋有什么了不起？

她理都不想理他，继续走自己的路。

"喂！"少年却不依不饶，"大婶！你们女人是不是都这么冷血无情？朝三暮四，水性杨花！为什么她不喜欢我，我对她那么好，她为什么要背叛我，为什么为什么！"

苏瑞猛地转过身，叉着腰，瞪着眼，一字一句地反问道："谁——是——大——婶？"

她就算已经是孩子他妈，那也是中龄青年，风华正茂，怎么就成大婶了？！

真是打击人。

少年被她的态度唬得一怔，反而安静了下来。

苏瑞索性走了过去，从他的脚边拿起一罐啤酒，自行打开。她仰头喝了一口，然后特豪爽地用手背擦去嘴边的酒渍，转头教训道："不就是失恋吗？有什么了不起的，你姐我根本就连恋都没恋过，就失了五年。就你这点小破事，至于买醉吗？天涯何处无芳草，干嘛单恋一枝花？！"

少年整个人被她吓住了，坐在苏瑞的旁边，低着头，一脸沮丧。

苏瑞则舒服地靠着椅背，拿着啤酒的手随意地搁在椅子上，声音也变得平静起来，"你多大？"

"十八。"少年没情绪地回答。

苏瑞微笑。

十八岁啊。

十八岁是一个绝妙的年纪。

那一年，她遇见了莫梵亚。

那一年，她知道这个世上真的存在一见钟情。

仿佛一束光。

全世界的钟一起敲响，全世界的花一起怒放，全世界的呼吸全部停止，她的世界轰然倒塌。

苏瑞喝完几听啤酒，拍拍屁股站了起来。

那个少年已经重新醉倒，倒在椅子上呼呼大睡。苏瑞索性从他的裤兜里拿出那个已经露出半截的手机，在通讯录里搜了一圈，找到一个署名"？"的号码，拨了过去。

"斯杰，我说过，我们已经完了！不要再给我打电话过来！"那边果然是个女生。

苏瑞顿时觉得好笑。她当初也把莫梵亚的号码存成"？"，没想到过了五年，人类的习惯还是一样。

"呃，不好意思，我不是机主，只是个过路的。"苏瑞等对方吼完，终于将拿远的话筒凑近一些，慢条斯理地说道："机主已经喝醉了，他不停地叫着你的名字，我以为你是他亲近的人，所以才通知你一声。你如果不想来，就帮忙转告他的家人或者朋友。"

说完，她留下了这里的地址，然后挂断了电话。

剩下的事情，就是别人的故事了。

"谢谢你的酒了，小子。"临走时，苏瑞很礼貌地道了谢。对方则翻了个身，脸埋在胳膊里。

第二天，苏瑞还是如往常一样早起，她随便换了一件白色衬衣，套上黑色西装短裙，拿着已经打印好的辞职信，便去了公司。

等做完交接手续，她就彻底成为无业人员了。

刚刚走到大厦门口，苏瑞便看见踩着高跟鞋狂奔的宋丽丽，宋丽丽见到苏瑞，立刻来了个急刹车，转到了苏瑞的面前。

"苏瑞，见到你就好了，我真怕你辞职不来了。快点快点，今天新老板第一天上班，我们可不能迟到。"她火急火燎地催促着苏瑞，见苏瑞还是一副慢吞吞的样子，宋丽丽索性抓起她的手臂，将苏瑞硬拉到电梯前。

还好，她们的运气不错，电梯门也在此时刚刚滑开。

两人一同走了进去，宋丽丽则抓紧时间，拿出化妆镜开始补妆，苏瑞好玩地看着她往脸上扑着粉，挠头问："你确定你是去上班，而不是去相亲？"

说起来，宋丽丽穿得也太花枝招展了吧？

紫色的雪纺吊带连衣裙，卷发挽成松松的发髻，光滑的脖子上挂着一串透明璀璨的施华洛水晶项链。就算去参加宴会也绰绰有余了。

宋丽丽白了苏瑞一眼，道："有什么稀奇。放个钻石王老五在那里闪闪发光，有什么道理不争取争取？你也趁着自己徐娘半老，赶紧拾掇拾掇，把自己嫁掉，成天穿得像个老处女……"

"喂喂，你见过有儿子的处女吗？我又不是圣母玛利亚。还有，我不姓徐，我姓苏，姓苏！"苏瑞赶紧反驳，试着挽回自己碎了一地的自尊心。

宋丽丽撇嘴表示不屑。

争论间，她们已经到了营销部的楼层。

苏瑞的职位是部门经理，因为职位的缘故，她的辞职信必须交到老板手中，可是到了办公室，才知道新老板早早便到了，正与各部门的负责人开一个简短的早餐会议，大概想了解公司的流程吧。

苏瑞本是负责营销部的，不过，因为营销部的特殊性，真正的管理者是总经理助理，也就是被宋丽丽称为狐狸精的那个胡娟了。

苏瑞只能拿着辞职信，在座位上老老实实地等着。周围的同事为了给老板一个好印象，全部装作兢兢业业的模样，也没有人过来跟苏瑞打招呼，苏瑞不以为意，只是饶有兴致地看着同事们的装束。除了宋丽丽外，其他的女同事也都穿得可圈可点，平时干练的职业装全部换成了风姿绰约的长裙丝袜，头发打理得整整齐齐，让苏瑞有一丝恍惚：她难道走错了地方，这其实是公关部？

不过，这样说起来，这位新老板的杀伤力也太强了点吧。

苏瑞正感叹着，会议室那边传来消息，说早餐会已经结束了。

苏瑞站起来，捏着辞职信，朝电梯那边走了去。

老板的办公室在楼上，会议室也在楼上，这个时候，新老板应该回到办公室了吧。

等电梯门打开时，苏瑞看见狐狸精也在电梯里，刚刚开完会的狐狸精容光焕发，好像失去了太子爷那个靠山，她并没有什么不快，反而像捡到宝一样，笑得脸上绽出花来。

苏瑞克制地向她点了点头，视线往下一挪，顿时冷汗涟涟。

胡娟穿着的，是超短裙吗？这才是货真价实的超短裙吗？

苏瑞只觉得自己家里的超短裙，根本就是齐膝的假冒货。

不过，不可否认，胡娟的腿很漂亮。笔直结实，光润如玉。所以，穿着超级超级超短裙的胡娟，其实也很有杀伤力。

"怎么，你是来求新老板的吗？"两人在电梯口擦身而过的时候，胡娟媚眼一瞟，这样问苏瑞。

"是啊，说不定新老板看上我的姿色，索性让我当个总经理玩一玩呢。到时候，胡总助还要多多帮衬才好。"苏瑞一时兴起，没什么正经地调笑了一句。

胡娟脸色微变，然后鄙夷地瞪了她一眼。

那眼神非常赤裸地传达出两个字。

"凭你？"

苏瑞下巴微挑，噙着微笑，不甘示弱地回望过去。

然后，电梯合上了。

而那个微笑，让胡娟介意了很久很久。

——原来那个号称工作狂的苏瑞，眼神也可以那么……魅。

因为刚刚开完会的缘故，楼上还零散地聚集着几名部门负责人，其中还有原来的总裁秘书小燕。

因为公司易主的缘故，小燕自然是跟着以前的雇主，去另外一家公司，她今天留在这里，主要做一些交接工作，现在交接完毕，她也该收拾收拾东西，离开这家公司了。

见到苏瑞，小燕朝办公室看了一眼，提醒道："苏经理，这位莫老板的脾气不太好，你去汇报工作的时候，小心别被骂了。"

苏瑞辞职的事情还没有公开，小燕刚才没看见她参加会议，以为苏瑞睡过头了。

苏瑞受教地点了点头，站在外面深吸一口气，然后，敲门。

"进来。"

办公室传出来的声音有种莫名的熟悉，低沉而悦耳。

苏瑞推门进去。

硕大的办公室里，布置却出奇简单空旷，办公桌摆在落地窗户前，桌前的人背对着光，整个人全部处在逆光之中。

可即便如此，在苏瑞看见他的时候，还是觉得如遭雷击。

她今年果然是流年不利吗？

"苏经理是吗？"对方却显然早知道了她的存在，他将手臂交叉支在桌面上，淡淡然地看着她，"今天早晨的例会，为什么没有参加？难道是昨晚太累了，今天起不了床吗？"

苏瑞本来还有点神游，闻言立刻敛了心神，她大步走过去，将手中的辞职信放在了他的面前。

"不好意思，我是来辞职。对于一个即将离职的人，参不参加会议应该没多大关系吧。"她很冷静地说完，转身就要离开。

"等一下。"后面传来他轻描淡写的制止声。

苏瑞耐着性子，站定。

虽然背对着那个人，他的存在感还是让她觉得不自在，连指尖都在颤动。

"我会好好看这封辞职信，等会给你答复，在此之前，可不可以帮忙买一份早餐？我饿了。"他淡淡地道。

苏瑞本想拒绝，可是莫梵亚那一句低喃般的"我饿了"，让她不忍拒绝。

算了，反正是最后一次。

公司的写字楼旁边刚好有一家肯德基，苏瑞下了楼，为莫梵亚买了一个汉堡和一对辣翅配可乐，又重新返回办公室。

再次推门时，莫梵亚依旧坐在原位，辞职信则展开放在桌面上，他似乎在看信，又似乎没有看，俊朗非凡的脸映射窗外透进的光线，柔软而迷惘。

整整五年了，她已经成为了一位独当一面的母亲，他却一点都没变。

仍然像一个被宠坏的、自我的、不知人间疾苦的王子。

"真慢。"察觉到苏瑞的脚步声，莫梵亚抬起头，没什么表情地抱怨道。

苏瑞一愣，随即怒火顿起。

臭屁什么，自己马上就不是他的员工了，再说，她明明是跑上又跑下，哪里慢了？

"不好意思，让您久等了。"咬着牙，苏瑞忍气吞声地走过去，将套餐送到他的面前。

莫梵亚毫无烟火气地接过来，极优雅地吃了两口，然后眉头一皱，不满地看着苏瑞，"牛肉的质量，我不想说。汉堡里的奶酪勉强可以，但不是人工现场制成，冷藏的时间太久，失去了原味。辣翅炸制的时间太短，比例不对，油质太差，简直不是人吃的东西。苏经理，你是想杀人灭口吗？"

第二章　传说中的秘书

那一刻，苏瑞真的想砍人。

莫梵亚却一点自觉都没有，反而不识好歹地将东西往旁边一推，然后站起来道："还是我自己下去吃点东西好了，一起走吧。"

苏瑞愣了愣，然后满脸黑线道："为什么我也要一起去？"

她是来辞职的，又不是来陪老板吃饭的。

"我还没批准你的离职，你现在仍是公司员工，当然要遵从老板的命令。"莫梵亚面无表情道，"听胡总助说，因为你的行为，刚刚让公司损失了数百万。我可以将你的这封辞职信，归纳为引咎辞职吗？"

"莫总如果认为这是事实，那就当我引咎辞职吧。"苏瑞此时只想赶紧脱身，从他的视线里离开，所以虽然气恼，但是不想争辩什么。

"如此一来，应该也不会有公司愿意再聘请你了。"莫梵亚轻描淡写地加了一句。

苏瑞吃惊地望着他。

不可否认，莫梵亚说的是事实，背上这么大的过失离职，她想再次应聘下一个公司，肯定困难重重。

可是她不能没有工作，向李艾借的五万块只能应急，根本撑不了太久。而且，乐乐的手术也迫在眉睫……

简直是逼人太甚！还是像以前一样，从来不会为他人着想。

苏瑞咬着牙，背脊挺直，极生硬地说："公司附近有一家港式茶餐厅，莫总若是不嫌弃，可以去那里用餐。"

"嗯。"莫梵亚用鼻音应了声，已经率先走了出去。

苏瑞只能硬着头皮跟在后面。

走到电梯口的时候，莫梵亚突然道："你来这家公司已经两年了吧？"

苏瑞点头，"嗯。"

"所以说，你应该很熟悉这家公司的业务？"他继续问。

既然是与工作有关的问题，苏瑞只得打起精神，按部就班地回答，"不算很熟悉，但知道一些。"

"那就好。"莫梵亚颔首，背对着苏瑞，淡淡道："等会直接去总裁办履职，我正缺一个秘书，你既然不想留在销售部，就过来当秘书吧。"

苏瑞的身体立刻僵住，她呆了半天，才低声问："莫总认为，上过床的男女还可以在当上下级吗？"

就算五年前的那一次他从未放在心上，至少在前不久，他们还发生过一夜情吧。

"你会把那种事放在心上吗？"莫梵亚头也未回，声音冷淡而平常。

苏瑞低着头，牢牢地看着自己的脚尖，语调同样如他一般轻松起来，"那确实是一件小事。"

莫梵亚沉默了片刻，电梯来了，手机铃声也在同时响了起来。

在一同踏进电梯的时候，苏瑞听见莫梵亚很亲密地唤着电话那边的人的名字，"萧萧。"

苏瑞移开视线，远远地站在电梯的角落里。

莫梵亚正在同萧萧通话，他的脸映在电梯内侧的镜子里，清秀耀眼，笑得那般轻柔。

也惟有面对萧萧，莫梵亚才有这么动人的神态，笑容从唇角逸出来，再一点点爬到眼底眉梢，好像融化的雪山，让他本来略显冷淡的俊脸，变得出奇温和，让人如沐春风。

苏瑞只用余光扫了一眼，胸口就莫名地紧了紧，好像被针扎了一下。

"嗯，知道了。……好……可以……我明天去机场接你……真的不要紧吗？要注意身体，别太累……那明天见。"莫梵亚清越的声音在电梯里显得清晰无比。

好容易等到他挂断电话，苏瑞提醒道："到一楼了。"

"哦。"他走出电梯，走出一段距离后，突然想起什么，又停下脚步，转身道："出口似乎在这边。"

苏瑞早就站在另一端，无语地看了他很久。

莫梵亚，一直是路痴中的路痴，他的方向感之差简直到了令人发指的地步。不过，对于一个出门便有司机跟随的富家子弟而言，这个缺陷并没有给他造成多大困扰。

五年前，苏瑞曾一次又一次地拷问自己，为什么会喜欢莫梵亚。

那个男人，除了一张欺世盗名的脸之外，似乎一无是处。

不懂风情，不爱搭理人，太过骄傲，自以为是，脾气不好，又是个大路痴。

苏瑞之所以认识莫梵亚，便是因为他……迷路了。

一个明明要去科技馆的人，却跑到了社团活动中心，他推开排练室的门，在门口发了一会儿愣，终于茫茫然地开口问："请问……"

那个时候，苏瑞正拿着两根鼓槌，敲着大鼓，闻言，手一偏，槌头打到了铜钹——

"咚咚锵——"

余音顺着空旷的排练室扩散，苏瑞抬起头，看着那个修长的少年静静地站在上午的光线里，漂亮得像一尊阿波罗雕像。

"你有事吗？乐队演出要等到晚上，现在是排练阶段，谢绝观赏，当然，如果你是来献花的，那就另当别论。"当时的苏瑞正儿八经地说。

"请问，这是哪？"对方迷惘更深，他打量了苏瑞半天，终于将问题补全了。

而他提出的问题，也让苏瑞差点摔在地上。

连这里是什么地方都不知道，这位同学来活动中心是干吗的？

"我要去科技馆……"他又说。

苏瑞这次是真的跌在了地上。

科技馆和活动中心，一个在学校的最南边，一个在学校的最北边，他根本从进入校园开始，就南辕北辙，错得一塌糊涂了。

那是莫梵亚给苏瑞的第一次印象。

可那个印象，并没有让他减分，反而成为一段珍藏许久的柔软记忆，她甚至还记得那天的阳光停在身上的温度与触觉，他略显迷惘的神态，俊秀的侧颜。

就像五年后的现在，苏瑞看着颇有点窘态，原路返回的莫梵亚，她又觉得心口被刺了一下，锐利而清晰。

等莫梵亚走近一些，苏瑞也转过身，走在前面带路。

一路上，那个人一直很安静，安静得好像没有跟上来似的，有好几次，苏瑞都想转头看看，看看莫梵亚是不是还在身后，可是低下头，看着他映在她身侧的影子，她又忍不住想回避。

短短一段路，却好像走了很长很长。

终于进了茶餐厅，苏瑞找了一张靠窗的桌子坐下，莫梵亚也坐到了她的对面，这里的粥品很出名，莫梵亚要了一碗清粥，就上几碟小菜，开始慢条斯理地吃了起来。

"你不用也吃点？"在动筷子前，他还颇绅士地问了苏瑞一句。

苏瑞摇头，"吃过了。"

莫梵亚也不再客套，她看着他小心地挑出菜里的葱苗和青椒时，脸上任性而认真的表情，几乎与乐乐同出一辙。

乐乐也不爱吃青椒，对葱苗更是避之不及。为了这件事，苏瑞还好好地教育了乐乐一番，可教育完毕，他照样不吃。

难道这种东西也可以遗传？

苏瑞忍不住感慨，脸上僵硬的表情也不知不觉地变得轻柔起来。

"粥还行，菜的味道太糟糕了，油味太重，还放那么多味精。"勉强将碗中的清粥喝了一半，莫梵亚放下筷子，不快地评价道。

苏瑞的眉心跳了几跳，差点发飙。

这就是一家普通白领消费的平价茶餐厅，难道还给你五星级的享受不成？

"抱歉，下一次还请莫总自带厨子。"她面无表情道。

"你不高兴？"莫梵亚再迟钝，也能察觉到苏瑞此时的情绪，他好整以暇地陷在沙发里，看着对面板着脸的小女人。

"不是不高兴，只是有点困惑。"苏瑞正经地回答道，"我不太明白，为什么一定要找我当秘书？如果莫总需要一名秘书，只要把消息传出去，应征的人一定络绎不绝，说不定还有牛津哈佛的美女高材生，我不过是大学肄业，资历不能服众。而且，这间公司对于莫氏企业而言，规模不算很大。莫总应该不会在这里久留，大小事情自有总经理或者总经理助理帮忙打理，莫总也犯不着多此一举。"

"这间公司，我只了解你，既然要找秘书，当然要找心腹，这很正常。"莫梵亚也很认真地回答她。

"了解我？"苏瑞突然想笑。

"你身上的任何地方我都看过，比起其他人，至少对你了解得比较多。当然，如果你还是想辞职，我不会留你。"他淡淡地道。

苏瑞的耳根通红，放在膝上的手紧紧地握着，唇角却慢慢地扬了上去，她抬头微笑着看着他，"既然是当总裁秘书，也算是升职了吧，不知道待遇方面——"

"将原来的工资提升一倍，年底参与公司分红。"莫梵亚的目光重新冷淡下去，他抽出纸巾，有点烦躁地擦了擦手，然后起身道："不过，按照秘书的岗位要求，你必须保持二十四小时在岗状态。有问题吗？"

"这么高的工资，让我杀人放火都行。"苏瑞突然痞痞地一笑，表示应允。

言既至此，他们的合作也算谈妥了，莫梵亚吩咐道："明天上午我要在销售部开会，你去准备会议资料，将公司自创办以来的全部销售数据整理十份打印出来。"顿了顿，莫梵亚又强调了一下时间，"是上午九点。"

"公司已经创办十二年了。"苏瑞提醒道。

"嗯，有问题吗？"莫梵亚好像对这个数据丝毫没有概念，他反问她。

苏瑞深吸一口气，摇头，淡淡地道："没问题。"

十二年前的很多数据，甚至都没有在电脑里存档，这将是一项浩大的工程。

而且，那些数据也早已经没有任何参考价值。

莫梵亚摆明了是刁难。

不过，恰恰知道他在刁难，她就更不能轻易服输。

"我还有事，今天就不回公司了，你记得向总裁办述职。"莫梵亚丢下这一句话，直接走了出去。

而在茶餐厅外面，不知何时，早已经有一辆车正等着他。

苏瑞没有跟出去，她还要为老板结账，然后开好发票，回头好找财务报销。

——她才不会为资本家埋单。

等一切办妥后，已经是中午十一点了，苏瑞赶紧回公司，先去总裁办与行政部办完调职手续。

苏瑞的离奇调职无疑在公司引起轩然大波，到中午休息的时候，这个消息已经传到公司各部门人尽皆知了。连扫地的大妈，都忍不住多瞧了苏瑞一眼。

苏瑞只能目不斜视，装作没看见。反正这件事，连她自己都解释不清楚。

终于办妥全部的手续，苏瑞暂时没有专门的办公桌，所以还留在原来的办公室里。下班铃响过后，宋丽丽走了过来，邀请她一起吃午餐。

公司一楼有间员工食堂，虽然不大，但收拾得很干净。宋丽丽和苏瑞以前经常会在这里吃饭。这里的价格相较外面的餐馆，还是实惠不少。

宋丽丽看着苏瑞盘子里素淡的饭菜，不免撇嘴道："喂，你都高升了，怎么还那么节省？"

"伴君如伴虎，天知道我能拿几个月的工资，保不准明天就要走人了。"苏瑞苦笑回答。

宋丽丽闻言一笑，但脸上还是掩饰不住失落，她愤愤道："我觉得莫总选你当秘书，本来就是理所当然的事情。你那么能干，又敬业。可是那个狐狸精，刚才在办公室里拼命造谣，说你是靠潜规则才当上秘书的。哼，谁不知道她当初和上任太子爷的糗事，居然还有脸说你。"

苏瑞无言。

从某一方面来讲，她确实是靠潜规则上去的。

"你放心，我们都知道你是冤枉的。"宋丽丽义正言辞地继续道，"莫总就算想潜，也不会潜你啊！"

苏瑞一口茶呛在喉咙里，不知道该哭还是该笑。

"谢谢同志们对我的信任。"呛了半天，苏瑞才笑着回应道。

"别客气。"宋丽丽义气满满，随后又殷勤地叮嘱道："你上去后，也别忘记提携销售部的姐妹，看看莫总有没有其他未婚的兄弟或朋友。"

"一定一定。"苏瑞忙不迭地点头，还是觉得哭笑不得。

第三章　李艾的婚变

　　吃完午饭，苏瑞便开始着手整理那些销售数据了。很多原始数据都需要从资料室里找出文件夹，再一点点整理输入电脑。她开足马力，全神贯注地工作，即便这样高效率状态，到下班的时候，资料的整理工作还不足一半。

　　苏瑞只得给自己冲了一杯浓浓的咖啡，做好了熬通宵的准备。

　　到了八点多钟，留在办公室加班的几位同事也陆续回去了，偌大的写字楼，只剩下苏瑞一个人。苏瑞又坚持了一会儿，等到晚上十一点钟的时候，终于将全部资料整理成了 Excel 文档。

　　剩下的分析工作，苏瑞驾轻就熟，应该还有两个多小时就能搞定吧。

　　苏瑞稍微松了口气，这才察觉肚子饿得厉害。中午被宋丽丽连打带消，根本就没能吃多少，算一算，已经十个小时没有进食了。

　　苏瑞站起来，伸展一下四肢，将办公室的门锁好，打算下楼吃一个宵夜，再回来继续工作。

　　反正今天她没有打算回家。乐乐和妈妈都不在家，家里冷冷清清的，与办公室其实没多大区别。

　　待下了写字楼，肚饿的感觉愈加明显，可邻近的餐馆已经全关门了，只有肯德基还坚挺着。不过，出于早晨不快的记忆，苏瑞并不想选择肯德基。

她决定稍微走远一些，顺便让夜晚的凉风吹一吹已经忙晕的脑袋。大街上的车比白天少许多，也没有了平时的喧嚣与嘈杂，苏瑞不知不觉走了很远。等她意识到的时候，才发现自己到了夜市的繁华区：这里集中了一堆酒吧、夜总会与饭店，即便在凌晨一两点，都能看到各色络绎不绝的名车与美女。

不过，到了这里也好，至少能好好地吃一顿，补充补充被消耗的能量。

苏瑞将周围的餐厅全部瞅了一遍，最后决定去对面的西林咖啡吃一客牛排，她正要横过马路，却看见一辆颇为眼熟的黑色奔驰，倏地掠过她的眼前，停在了不远处的晶威酒店门口。

苏瑞在脑海里使劲地搜索关于这辆车的记忆，目光也在那边多留了一个心，果不其然，车门从里面推开，一个让苏瑞大跌眼镜的人出现在她的视野里。

竟然是李艾的丈夫，那位商家少东——商天南。

其实，看见商天南并不稀奇，商家本来就是主营酒店业，这座气势宏伟的晶威大酒店，便是商家名下的企业。苏瑞依稀记得，她还有一张酒店的免费入住卡，还是李艾当初随手给她的。

真正让苏瑞吃惊的，是商天南身边的那个女人。那是一个高挑靓丽的年轻女孩，也许才不过十七八岁，其实容貌气质，与李艾不可同日而语。可是女孩的举手投足间，青春的气息咄咄逼人。

此时，那个女孩正挽着商天南的胳膊，几乎将整个人都粘了上去，态度亲密而暧昧。

苏瑞有点发愣，她不知道自己该不该走过去确认，或者装作什么都没看到，直接转身走人？

就在苏瑞左右为难之时，商天南已经挽着那个女孩走进了酒店。

苏瑞在原地又待了一会儿，终于拨通了李艾的电话。

电话那头，李艾的声音睡意朦胧，显然是刚被电话铃声吵醒的。

"苏瑞，有事？"

"那个，那个，我就是想问问……想问问，你和天南现在的感情怎么样？"苏瑞刚一问完，便想咬掉自己的舌头。

平白无故去问人家的夫妻感情，这也未免太八卦了吧。

李艾却没有作声，话筒里电流声很平静很平静。

苏瑞解嘲地笑了笑，正想说自己在抽风，让李艾无视自己，然后挂断电话，李艾却在此时开口问："你是不是看到什么了？"

这一次，轮到苏瑞沉默了。

"他在外面有十多个情妇，最小的不过十六岁，最大的有三十多岁，你看到的那位，年纪多大，长得美么？"李艾的态度很悠闲，就像菜市场买菜一样随意。

"李艾！"苏瑞虽然隐隐有点担忧，但冷不防地从李艾口中听到这番话，也大吃一惊，不知如何是好，"那你……你难道就……"

"你想问我，为什么能够忍受他的沾花惹草？"李艾轻笑道，"我一毕业就嫁给了他，从来没有踏足过社会，现在一个月的花费动辄数十万，试问，外面有哪份工作能支撑我现在的开销？苏瑞，我没有你勇敢，更不会像你一样去打拼。所以，只要他能保证我衣食无忧，我就不会离婚，更不会试图去管他的事情。无论如何，谢谢你的关心，今天的事情，你就当作不知道吧。给我留点颜面，嗯？你知道，我一直很爱面子的。"李艾全然一副开玩笑的语气，最后一句问话，几乎像平时一样撒娇起来。

苏瑞不由自主地"嗯"了一声，"那么，晚安。"

"晚安。"

李艾挂断了电话。

夜风袭人。

晶威大酒店前的车已经被门童移到了停车场。那两个人也已经进去了。

今晚都不会再出来。

苏瑞看着掌中的手机，心里五味杂陈，很不是滋味。

向李艾借的五万块，还是尽快还上吧。她不能帮朋友摆脱困境，至少不能再给李艾增添负担。

如此一闹，宵夜已经完全没有兴致了。苏瑞垂头丧气地回到办公室，继续自己没有完成的工作。不过，因为注意力总不能集中的缘故，原本预计两个小时的工作量，竟然花费了很长时间，直到东方渐白，苏瑞才将十份会议资料全部打印好，摆在了会议桌上。

看看手表，离上班时间还有一个多小时，苏瑞揉了揉眼睛，将员工休息室里的三张椅子拼了拼，蜷在上面，决定小憩一会儿。

可是，饥肠辘辘地熬了一整夜，苏瑞大概是真的累乏了，头一挨到椅面，便很快地进入了梦乡。那一觉睡得很沉很沉，直到休息室外面尖锐的上班铃声，将她惊醒。

这声响铃，对苏瑞来说，简直是噩梦中的噩梦。她用最快的速度从椅子上跳了起来，然后百米赛跑般冲进了洗手间。

如果被公司的员工看见她蓬头垢面地在椅子上睡觉，那也未免太丢脸了。

在洗手间里洗了一个冷水脸，又将头发胡乱地挽了一个发髻，苏瑞看着镜子里乒乓球大小的黑眼圈，暗叹了一声，转身朝办公室里走了去。

回到办公桌边，她才发现自己昨晚忘记关电脑了。

苏瑞的头又有点发晕。

部门的其他同事都已经到齐了，女士的装扮还是如昨日一样，极尽花枝招展之能事。宋丽丽还特意喷了香水，离得很远，便能闻到她身上甜甜的果香味。依稀是 Dior 新出的梦幻系列。

莫梵亚的号召力还是不减啊。

"苏经理，哦，不对，是苏秘书，莫总通知开会。"等苏瑞为自己冲好一杯咖啡，胡娟已经踩着高跟鞋出现在她面前。

苏瑞将咖啡一口饮尽，然后拿起会议记录本，大步赶向会议室。

会议室已经坐满了人，除了营销部的同仁，还有财务部、公关部等其他相关部门的负责人。

莫梵亚也衣冠楚楚地坐在主席台上，神色沉静，不知道心里在想什么。

苏瑞朝众人点了点头，看见主席台边靠近会议室大门的一个空位，她极没有存在感地走了过去，还没落座，莫梵亚的视线便投了过来，"苏秘书，我吩咐你准备的会议资料呢?"

苏瑞一怔，正想回答"早已经摆在桌上了"，可是转过头，却发现那张大大的会议桌上空无一物。

她迟疑了几秒，旋即低头抱歉。

大概是行政人员早晨打扫卫生时，将它们全部收拾到别处了吧。

"我现在去打印。"苏瑞疾步退出会议室，大概是起身的动作太快，她走出门口的时候，大脑供血不足，头眼一阵晕眩。

而这阵晕眩，在苏瑞坐到电脑前时，变得越发严重。

没有。

没有。

辛苦了一天一夜的资料，无论是底稿，还是整理成形的分析稿，甚至输入电脑的原始数据，全部没有!

她的工作盘被清理得干干净净，回收站也空无一物。

"苏秘书，大家都等着你开会呢!"胡娟从会议室那边出来，遥遥地喊了她一句。

宋丽丽也关切地凑过来，有点担忧地问:"你怎么了? 脸色好白。"

苏瑞抬起头，勉强笑着摇摇头，"没事。"她一言不发地站起来，向前台的碎纸机那边走了去。

现在想想，昨晚她打印完毕后，确实关了电脑。作为部门经理，她的电脑一直设置着密码，知道那个密码的人……并不多。

碎纸机那边有一堆新鲜的纸屑。

苏瑞扫了一眼，然后默然地回到会议室。

"你打印的资料呢？"莫梵亚抬起眼，看着两手空空的苏瑞，语气已经变得严厉起来。

苏瑞垂眸，淡淡道："抱歉。还没有准备好。"

会议室里一片哗然，莫梵亚的脸色也沉了下来。

然后，"啪"的一声。

原本放在莫梵亚面前的文件夹，异常突兀地摔到了苏瑞的面前。苏瑞吓了一跳，其他人则噤若寒蝉，面面相觑，不敢发出一点声音。

"既然苏秘书还没有准备好，今天的会议改期。"莫梵亚站了起来，看他的神色，丝毫不能想象刚才的东西是他摔出去的。仿佛海啸的水汽还弥漫在恐惧的记忆里，海面上空已是晴朗万里，海鸥鸣翔。危险的平静。危险的变化。

莫梵亚的脾气还是那么糟糕。变化之快让人无从防备。

"你不要以为，凭借着我们以前的交情，我就会姑息你。"他缓步走到门口，在擦过苏瑞身侧时，用耳语大小的声音冷淡地说。

苏瑞却在此时站得笔直，她提高声音，微笑道："如果大家不介意，我觉得由我将数据口述一遍会更容易让大家理解。"

莫梵亚已经踏到门口的脚，闻言顿住。

苏瑞用目光向他示意，"可以吗？"

莫梵亚稍作犹豫，然后回到了原来的座位，坐了下来。

苏瑞则走到他的身后，拿起中性笔，在偌大的白板上快速地画了一个枝蔓图，并标写了几个数据。

"众所周知，我们公司主要经营轻工类产品，在公司创办初始……"苏瑞的描述条理分明，从最初的景况，一直说到至今整个市场的风云变化，说到公司的优劣势，作为佐证，她引用的数据也精准详细。

好像那份资料，已经完好无损地印在了她的脑海里。

底下鸦雀无声。

莫梵亚交叉双手，抵着下巴，若有所思地看着身边那个干练而出色的女子。

——她从什么时候开始，变得这样能干了？

记忆中的苏瑞，在他面前一直唯唯诺诺，傻呆呆的让所有人都察觉不到她的存在。

听说，单身抚养一个孩子。

难怪……

不知道父亲是谁的孩子。

莫梵亚突然冷笑了一下。

苏瑞的演说也在此时结束。

会议照常进行。

从会议室里走出来的苏瑞浑身冷汗，好像刚从水里捞出来一样，汗湿内衫。刚才勉力回忆那些数据，让她的整个思维都好像处于真空状态，换句话说，便好像透支一样专注而空白。

演说完毕，她精疲力竭。

行政部已经接到指令，将她的办公桌搬到楼上的总裁室前面。

苏瑞则跟在莫梵亚后面，保持随时待命的状态。不过，莫梵亚并没有在公司久待，他还要去机场接萧萧。

大概是看到苏瑞的黑眼圈实在吓人，莫梵亚终于大发慈悲，没有让苏瑞同行。

苏瑞松了一口气，重新为自己冲了一杯咖啡，在休息室耗时间，一扭头，便看见了不远处的宋丽丽。

宋丽丽正在翻看一张报纸，苏瑞走过去，随意地瞥了一眼，却见报纸的头版，赫然写着一行大字——"当红模特与神秘富商深夜酒店幽会"。

照片有点模糊，但是苏瑞还是认出了那两个人的身影。

却是商天南和她昨夜见到的妖艳少女。

第四章　金钱与交易

苏瑞从宋丽丽的手中接过报纸，仔细地看了几眼，确定是商天南无疑。

既然他与那个模特的事情已经曝光，以现在狗仔队的专业程度，商天南的身份很快就会被扒出来。

到时候，李艾又该如何自处？

苏瑞还记得李艾的原话，那一句看似正经实则无奈的，"其实我很爱面子"。一直对自己的婚姻状况避而不谈的李艾，其实不过是个掩耳盗铃的胆小鬼罢了。而现实却逼着她去面对即将接踵而来的流言飞语。

苏瑞一阵心疼，想给李艾拨个电话过去，按下号码，才发现李艾已经关机了。

大概从今早开始，便有很多人给她打电话吧。

苏瑞踯躅了几分钟，还是决定去李艾的家里看看情况。莫梵亚既然去机场接萧萧了，今天应该不会回公司，她手边也没有其他的事情，可以直接向人事部请假。

这样决定好，苏瑞很快将它付诸行动。宋丽丽看风风火火离开的苏瑞，撇了撇嘴，"喂，你也太能者多劳了吧。怎么也不多坐坐，和老同事们叙叙旧？"

苏瑞一言两语也解释不清楚，只能笑笑，然后快步离开休息室。

　　请假很顺利，行政部甚至不去追问她的请假理由，文员小向说："莫总吩咐过，苏秘书的考勤不归行政部管，是由总裁办直管的。"

　　言外之意，就是由莫梵亚一人独断乾坤。

　　苏瑞哂然，想给莫梵亚打了电话，拿出手机后，才突然发现，自己根本没有莫梵亚的手机号码。

　　算了。

　　乘出租车到了李艾居住的小区外，苏瑞已经能看到三三两两疑似狗仔队的人影了。不过，这里是高级小区，全是独立的别墅，里面居住的人非富即贵，所以保安设置也极好。

　　那些记者暂时还不能进去。

　　苏瑞去过几次李艾的家里，手边也有小区的门卡，所以没被拦下来。

　　等到了李艾家，钟点工福姨给苏瑞开了门。福姨的脸色看上去不太好，好像刚刚受过惊吓似的。

　　苏瑞满心狐疑，她小心地走了进去。这是一栋三层高的别墅楼，一层的大厅全部铺着大理石，光鉴照人。门廊处还有两根罗马圆柱，空间很大，充满异域风情。苏瑞还记得，在进门的玄关处，应该还有两个大大的古董花瓶，李艾曾经随口问她："用一百万拍下来的，好看不？"

　　当时的苏瑞恨不得将自己变成花瓶，郁闷地回答道："下次我把乐乐包装成花瓶，五十万卖给你。"

　　可是现在，花瓶已经不见了，取而代之的，是满地的瓷器碎片。

　　苏瑞有点明白，为什么福姨的脸色会那么难看了。

　　这间屋子就好像刚刚遭受过龙卷风，不仅是花瓶，连茶几，桌椅，杯子，挂像，也都统统摔到了地上。

　　苏瑞顺着满地的狼藉望过去，果然看见了正蜷缩在沙发上的李艾。

　　她确实预料到李艾会难过，却没想到，她会崩溃到如此境地，可是，等苏瑞再走近一些，她很快知道了原因。

在沙发的茶几上，摆放着一叠薄薄的文件。而文件上端，白纸黑字，是"离婚协议书"五个大字。

"怎么……回事？"苏瑞坐到了李艾的身侧，轻声问。

"没事。"李艾抬起头，脸上带着一缕强挤出的笑容，"不过是离婚……"她到底没有伪装好，"离婚"两个字一说出来，眼泪也跟着流了下来，"我没有想过去追究，从他的第一次出轨到现在，我以为自己已经不爱他了，我可以习惯，我可以不介意，可是，为什么还是会离婚，为什么我这么努力，他还是可以轻易放弃我？当初他追我的时候，明明说会照顾我一辈子。他用满满一车的玫瑰向我求婚，我以为……我以为我真的可以再相信一个男人。"

李艾终于泣不成声。

苏瑞亦觉惨然。

说什么离不开现在的物质生活，不过是她的一个借口罢了吧。即便商天南再怎么胡来，她都隐忍着，并非贪恋这宛如古董花瓶一样易碎的奢侈浮华，而是……她一直心存希望，以为自己是特殊的，以为他终有一天，会遵循曾经许过的承诺，照顾她一生一世。

自从大学那个可恶的男友无缘无故离开后，号称要当"灭绝师太"的李艾，又是用怎样一种破釜沉舟的心情，去接受另一个人？

他们结婚至今，还不到三年。现在，商天南出轨的事情被曝光，他知晓后的第一件事，不是道歉，而是直接甩了一份离婚协议书到李艾面前。

然后丢下哭泣的李艾，一个人扬长而去。

为什么加害的一方，却可以在被害者面前，摆出如此高高在上，而又理所当然的姿态？

在自己推翻自己的诺言时，心中就没有哪怕一丝一毫的惭愧与忏悔么？

苏瑞终于义愤填膺，可是她什么都不能流露出来，不能安慰，不能气愤，只能静静地抱着李艾，直到她哭累了，蜷缩在沙发角落里轻轻地

契约婚姻

啜泣。

"你先好好休息一下，也许商天南只是觉得心中有愧，又怕面对你，所以就做了一个幼稚的决定。你知道，男人的思维一向很奇怪。"虽然心中恨不得将商天南千刀万剐，可是话到口边，却不得不为那个男人求情。

这个时候，否定商天南，不是帮李艾，而是在她的伤口上撒盐。

李艾没有做声，但哭泣声变小了一些。

"好了，你先好好地睡一觉，说不定那个人明天就回心转意，然后捧着一大束鲜花，求你原谅呢。到时候，你若是哭肿了眼睛，多不好看。"苏瑞说着，扶起李艾，让她先去楼上躺一躺。

李艾很乖地听从了她的意见。她已经自欺了那么久，再自欺一次，又有何妨？

苏瑞为她盖好被子，掩好房门，然后沉着脸回到客厅。

"商先生有没有说，他去哪了？"走到楼下的时候，她问福姨道。

福姨摇头，显然也不清楚商天南的去向，后来想了想，方迟疑道："商先生出门之前，好像接到过一个电话，我听见说了一句'永大会所'……"

苏瑞道了谢，已经知道了商天南现在的地方。

那个会所，她去过一次，属于半地下性质的私人会所，除了会员之外，其他人很难进去。不过，上次苏瑞跟着公司一位很重要的客户进去过一次，临走前，服务生送给她一张临时会员卡。

苏瑞就这样杀到了永大会所。

会所并不大，几簇翠竹掩映着几间青瓦白墙的平房，曲径通幽，溪水流觞，好像古时的一个农家小院，古朴无奇。可恰恰是这样的所在，在寸土寸金的都市里，才越发显得它的尊贵与独特。

这里的人并不多，苏瑞由服务生领到了最里面的那间小屋前，她也没有敲门，而是直接推开了门。

里面的人坐在长藤椅上，正在喝功夫茶，听到门响，正对着房门的商天南抬起了头。

他见过苏瑞几次，自然也记得她。

"苏小姐?"商天南微微蹙眉，疑惑地叫了她一声。

苏瑞也不含糊，她目不斜视地走过去，站在商天南面前，"抱歉打搅了，不过，我有话想和商先生单独说。"

闻言，坐在商天南旁边的几个男人露出心照不宣的笑容。他们正欲起身回避，商天南却抬手道："不用，我与这位苏小姐并没有多少交情，有什么话就直接说吧。"

苏瑞沉默了片刻，然后拉开商天南对面的椅子，兀自坐了下去，她的坐姿无可挑剔，目光笔直地平视着商天南，一字一句道："我知道，自己没有立场去置喙你们夫妻之间的事情，我更加不会问你，到底有没有珍惜过你的婚姻，一个那么轻易说离婚，那么轻易伤害一个深爱自己的女人的男人，或者根本就没有这种最起码的责任心！如果你认为你的条件不错，年轻有钱，长得也不赖，就真的不缺乏女人，而李艾也不过是众多女人中的一名，我无话可说，你们尽可以马上离婚，我会让李艾搬去和我住，但是——"

苏瑞顿了顿，强忍着满腔的怒火，努力让自己的声音理智而冷静，可还是忍不住气得发颤。

"但是，任何一个践踏别人真心的人，都没有资格再获得别人的真心。终有一天你会发现，永远不会再有人如她一样这么纯粹地对待你。你可以说不相信爱情，对于你们这种花花公子，这种东西又虚无又矫情，而你也不配拥有它，也永远不会明白它的珍贵和无可取代。希望商先生自己考虑清楚，如果离婚，到底是谁的损失！再见。"

非常利落地留下"再见"两字，苏瑞站了起来，转身出去。

就像她来时一样，风风火火，没有一点拖泥带水。

等她离开后，屋里的人还有点没回过神来。商天南的脸色更加谈不上好看。

"她是谁?"也在这时，一位坐在角落的椅子里，自始至终都没有参与其中的中年男人，突然开口问道。

很醇厚的低音，带着隐隐的威严。

"李艾的大学同学。"商天南算得上青年才俊，皮肤白净，下颌有点宽，五官端正，也称得上俊朗。他对待那人的态度似乎很谨慎，回答的语气也过于正式，"叫做苏瑞。"

"苏瑞……"那人将这个名字重复了一遍，没有再说什么。

"斯总这次打算呆多久? 上次我们说过的项目，不知道斯总对合作的意向如何?"商天南很快言归正传，将话题从那个小小的插曲里收了回来。

其他人的神色也随之紧张起来，好像都在期待那位斯总的回答。

他却没有立刻给出答案，而是略微倾过身，拿起放在小桌上的紫砂壶，"茶凉了，就不好喝了。诸位尝尝我这次带来的铁观音，合不合口味?"

其他人赔笑了几下，没有再追问。

苏瑞离开永大会所时，已经临近五点钟了。莫梵亚并没有联系她，也就是说，今天他都会陪着萧萧，暂时不会想到使唤自己。

看商天南刚才的表现，在早晨提出与李艾离婚后，还能面不改色地去谈生意。他对李艾果然已经没有多少留恋之情了。

李艾未免太可怜了。可她所能做的，也只有这些了。

正踟蹰着，苏瑞突然记起，今天是老妈和乐乐回家的日子，因为暑假快结束的缘故，苏瑞让他们参加了一周的历史文化游。在全国各地的古城遗迹去看一看，增长见识。今天刚好是第七天。

老妈应该已经回来了吧，真好，她可以不用吃快餐了。

想到马上就能见到乐乐，苏瑞的心情稍微雀跃了一些，她赶紧打车直奔家中，还在门口掏钥匙的时候，便闻见屋里传出来的饭菜香。

有人做好饭等待自己回家，果然是世上最美妙的事情。

苏瑞几乎有一天多时间没有吃东西了，只填了几杯咖啡进去，在闻到香味的时候，她已经饥肠辘辘，垂涎欲滴了。

果然，推门一看，餐桌上已经摆上了整整齐齐的四菜一汤。老妈的身影还在厨房里忙活，正坐在沙发上看电视的乐乐一跃而起，径直向苏瑞扑了过来。

"妈妈回来了！"

苏瑞连忙蹲下去，将儿子抱起来转了一圈，"怎么晒黑了？嗯，黑点好，有男子汉气概。"说完，对着他的小脸一阵猛亲。

乐乐赶紧躲开，踢着腿要从她的怀中跳下来。

老妈也从厨房那边探出个头，笑着道："别腻歪了，赶紧洗手吃饭，最后一个菜，马上就好。"

苏瑞这才不情愿地放下乐乐。乐乐也很乖地跑进了洗手间，老老实实地用洗手液洗着手。

在乐乐洗手的时候，老妈将苏瑞叫进了厨房。煤气灶上正在炖汤。咕咚咕咚的水汽掀得盖子上下翻动着。

"煮的什么？真香。"苏瑞馋嘴地凑过去，使劲地闻了闻。

老妈的脸色却一点都不轻松，她拿着锅铲站在苏瑞的身后，低声道："苏瑞，乐乐……已经快满四岁了吧。"

苏瑞随口"嗯"了声，还在觊觎那一锅汤。

"四岁，应该就能做手术了吧。还是早点做手术好。这几天我和乐乐出去，总是担心那孩子会突然晕倒。晚上睡觉的时候，就担心第二天会见不到他。妈也是一把岁数的人了，实在经不起这样担惊受怕。"苏妈妈摇头道："当初我让你别生下来，你死活不听。现在牵肠挂肚……万一乐乐真的有什么好歹，你爸不是白死了？"

苏瑞本来要揭盖子的手顿在了原处。

苏妈妈也觉得自己的话说严重了，叹了一声，从苏瑞手中接过盖子，"先吃饭吧。"

苏瑞连忙低下头，拿起橱柜里的碗筷，从厨房快步走了出去。

餐厅里，乐乐已经洗好手，乖乖地坐在桌侧，等待开饭了。

看着那张小小的、秀气的、酷似莫梵亚的脸，苏瑞心中一阵绞痛。

是应该做手术了，以后的情况只会越来越糟糕，可是，心脏移植，这么高昂的手术费，这么高昂的风险，她简直不敢去想。

只要一想到自己可能会失去他，好像这个世界都要分崩离析，万念俱灰。

还是先筹够钱，再去医院咨询一下……苏瑞这样打定主意，然后，为乐乐夹了满满一筷子菜，笑吟吟地听着乐乐说起一路上的奇闻异事。

晚上睡觉之前，苏瑞正要上床，苏妈妈拿着一张存折进了苏瑞的房间。乐乐已经睡着了，他和外婆一直睡在同一间房。

苏瑞现在供的房只是一个小小的两室一厅，不足一百平米。就这样的小房子，每个月的房贷也有五千块。一家三口的所有开支，只能靠着苏瑞的工资。在这个人才不缺的都市里，她已经算很杰出了。

可是，还不够，远远不够。

"这是十万。也是你爸你妈这辈子最后的积蓄。妈知道不够，其余的钱，想想其他办法，实在不行，就把这房子卖掉。我们可以租房，外面那么多人租房，没问题的。"到了苏瑞的床边，苏妈妈将存折递过来，轻声说道。

苏瑞没有接，她拥着毯子，坐在床头，盯着那张存折，许久才道："您不用管，我肯定会想办法的。我现在的工资涨了……新老板也很器重我。"说到最后，连她自己都觉得没有底气，只能默然不语。

就算不考虑后期的治疗，心脏移植手术也需要近五十万的费用。

之前不担心这笔开支，是因为向李艾提起过，李艾也说，到时候可以帮她先垫付这笔医药费，以后分期还上就可以。

可现在时过境迁，李艾那边显然是不能指望了。

而乐乐的身体……

43

　　她还能掩耳盗铃到什么时候呢？

　　"让你拿着就拿着！"苏妈妈见苏瑞还在唧唧歪歪，似乎恼了，她将存折往苏瑞的手中一塞，没好气道："你这孩子，就是不听话。当初说退学就退学，还大着个肚子回来，连孩子爸是谁都不肯说。医生说孩子有心脏病，不能生。你偏要生。既然生下来了，就要负责到底。我是你妈妈，就算气你恼你，这个时候，肯定也应该支持你，我们是一家人。一家人就别推三阻四的！"

　　苏瑞的头垂得更低，她不敢看母亲，怕自己会忍不住哭出来。

　　"知道了，我收了还不行吗？好晚了，妈坐车也累了，早点睡吧，我昨晚一夜没睡，困死了。"她转过身，假意收拾枕头，一面挥手道。

　　苏妈妈站了起来，将存折放在了床单上，临走时又交代道："密码是你的生日。"

　　苏瑞的眼圈终于开始发红。

　　"嗯。"

　　苏妈妈离开后，苏瑞以为自己肯定会睡不着，可是，大概是真的太累的缘故，她还是睡着了，而且，做了一个久违的梦。

　　梦境最开始，是莫梵亚漫不经心的眼神，后来又是他饥渴的狂吻，他的吻霸道而缠绵，迫人而迷惑的气息萦绕鼻间，苏瑞几乎感到自己的身体都颤抖了起来，梦里他的手掌游走在身体的每一个地方，胸口，腹部……

　　惊醒的苏瑞面红耳赤，她蜷缩着身体，在薄毯下轻轻颤动。

　　为什么会喜欢莫梵亚？

　　事到如今，为什么他的出现，还能轻易地将她最深层的欲望挑动得一塌糊涂？

　　再一次去想这个问题的答案，却仍然毫不可解。

　　遇到他，是她此生的幸，此世的劫。

　　她只知道，她不可能再去接近莫梵亚了。

　　爸爸是被她气死的。在她怀着莫梵亚的孩子，放弃即将完成的学业，回到家里的时候，爸爸被她气到心肌梗塞突发，拖了没几天便去世了。

那个时候，医生告诉她，乐乐是先天性心脏病，存活的几率很低很低。

十八岁，最美好的年华，苏瑞却经历着人生最可怕的噩梦。

她不知道自己是用什么样的坚持，面对亲戚朋友恶意的白眼，在母亲房前跪了一夜，执意让乐乐来到人世。只是，在爸爸的葬礼上，她望着爸爸的遗像，那么清楚地知道，自己已经不可能再与莫梵亚在一起了。

他们之间将因为一桩原罪而永隔。

对此，她不会原谅自己。

为什么莫梵亚还要出现在她的面前，一次，一次，又一次？

苏瑞翻过身，将脸埋进枕头里，手摸到枕头的边缘，早已经湿漉漉一片。

苏瑞是被闹钟叫醒的。

她鲤鱼翻身般的坐了起来，一看时间，赶紧穿衣服，冲到洗手间里刷牙洗脸。

苏妈妈早已经起床了，桌上好好地摆着简单的早餐。苏瑞心中一软，即便时间很紧，她还是坐到桌前，老老实实地喝完一碗粥，这才出门。

现在是上班高峰期，地铁也拥堵得一塌糊涂，等苏瑞踏进公司大门的时候，上班的铃声刚好打响。

苏瑞暗自庆幸，刚在座位上坐好，气都没喘匀，办公桌上的座机立刻响了起来。

苏瑞赶紧拿起来，有点生疏地自报家门说："你好，莫总办公室。"

"你的手机号码是多少？"那边的人似乎有点不耐烦，语速极快。

苏瑞先是一怔，随后冷静下来，将自己的手机号清晰地报了过去。

即便她不问，也已经知道了对方是谁。

除了莫梵亚，谁还会用这种颐指气使的语气同她说话？

那边安静了片刻，似乎正在记录她的号码，等记录完毕，莫梵亚终于言归正传，"我在凯悦酒店，你马上过来。一个小时足够了吧。"说完，他不等苏瑞回答，直接挂断了电话。

苏瑞也在忙音响起时，放下了话筒。

凯悦酒店离公司不算近，就算道路畅通，开车也需要近半小时，更何况在这个交通惨不忍睹的时段。

苏瑞整个头都大了。

还是尽快另找工作吧——可是，再想找到同样待遇的工作，似乎很难。现在家里实在缺钱……手术后，乐乐的治疗费用一个月便需要六千……

她不再深想，拿起还没放稳的包，又急匆匆地赶往楼下。冲到公司大门口的时候，苏瑞看见胡娟端着一杯咖啡，娉婷摇曳地走了过来。

"哟，苏秘书这就出门了？"胡娟也看见了苏瑞，高跟鞋踢踏踢踏地踩了过来。

苏瑞不想与她多费口舌，本想随便应一声，闪身避开，胡娟的手却在此时一滑，那杯浓浓的炭烧咖啡，不偏不倚地洒在了苏瑞的白衬衣上。

苏瑞被滚热的咖啡烫得惊叫起来，她连退了几步，好在灼烧感只是一阵，并不算太严重。

可是，整件白衬衣都被咖啡汁染得斑驳污秽。完全报废。

"哎呀，对不起，对不起，我可不是故意的。"胡娟捂着嘴，慌忙扑过来，为苏瑞擦拭。

她是故意的。苏瑞想，她一定是故意的。

"没关系。"她忍着气，冷淡地推开胡娟，然后弯下腰，捡起掉在地上的咖啡杯。

因为杯口有点窄的缘故，那咖啡洒了一半，杯底尚留了一半。

"不用捡了，不要了。"胡娟见状，大概也觉得别扭，勉强挤出一个笑脸，连连摆手道。

"多浪费……"苏瑞微微一笑，将杯子重新送到胡娟的面前，可是动作幅度实在太大，余下的咖啡也溅了胡娟一身。

"啊，不好意思，我也不是故意的。"苏瑞一本正经地丢下这句话，然后头也不回地走了出去。

她甚至懒得去看胡娟的表情。

一个人撑到现在，以后，仍然会一个人撑下去。她，苏瑞，不是那种忍气吞声，任人宰割的主。

用一个小时的时间赶到凯悦酒店，最快的方法，果然还是乘地铁。在拥挤的地铁里，苏瑞尝试着用纸巾擦掉身上的印记，但咖啡印实在太过显眼，渐渐变成那种脏兮兮的褐色，一路上已经引人侧目。

她不能穿着这件衣服去见莫梵亚。这是最起码的职业操守。

她更不想让莫梵亚误会，这一切都是她故意的，故意引起他的注意。

等地铁终于到站，苏瑞挤过人群，奔向地铁口。这个地铁口离凯悦酒店很近，这也是整座城市最繁华的地段。

苏瑞依稀记得，在酒店附近，便有几家大型的购物中心。虽然觉得浪费，但只能再临时买一件衬衣了。

而离一个小时的期限，只剩下不足十五分钟了。

苏瑞直接冲进了离酒店最近的一家时代商城。女装在三楼。到了三楼后，苏瑞才发现这里只有一线的品牌专卖店，即便是打折品，也需要近千元。

她只打算用一百多块买一件差不离的临时衬衣而已。

苏瑞快速地转了一圈，眼见着时间已经快到了，她终于在一家店前停住了脚步。这家店橱窗里展示的衣服，正是她喜欢的式样。那是一件有 OL 味道的白色休闲洋装。简单，剪裁得体，除了腰部的装饰外，没有其他配饰。

苏瑞向橱窗走近一步，朝衣服上的价格吊牌多望了一眼，结果，这一望直接把她打击得够呛。

八千五百八十元！

就算再少一个零，她也不会考虑！

"小姐，有什么可以帮到你吗？"正在苏瑞腹诽之际，里面的导购小姐已经带着招牌的笑容，迎了出来。导购小姐大概也看出了苏瑞购衣的急迫性，她的目光了然地滑过苏瑞脏兮兮的衬衣，又很得体地移开。

果然，高档的服装店，连导购员都是专业级别的。

"你们店最便宜的衣服是哪件？"苏瑞也不含糊，她不安地看了看手表，直接问道。

导购小姐先是一愣，然后保持着微笑，伸臂道："请跟我来。"

店里果然有一排特价专柜，因为是库存很久的陈衣，全部打五折。苏瑞索性直接看价格，好容易找到一件三百多元的，她转身，正想要导购小姐将衣服取下来，让她直接换上。

导购小姐却在此时抱着她刚刚看中的小洋装，款步走了过来。

"小姐，请拿好……或者，您需要现在就换上吗？"她很殷勤地将衣服递给苏瑞。

苏瑞愣住，然后不好意思道："我没打算买这件……"

虽然多看了几眼，可是也用不着为那几眼埋单吧？

"这件衣服已经是小姐您的了，刚才有位先生为您买了单。"导购小姐仍然是职业性的笑容，不过，那笑容看着似乎有那么点点嫉妒。

苏瑞的第一个反应，就是：谁在和她开玩笑？

可是，导购小姐的样子不像捉弄她的样子，而且，这样的店面，也不会出现拿客人开玩笑的情况。

"你确定，我不会再付钱了？"苏瑞谨慎地问。

导购小姐摇头，微笑，"已经付过账了。"

"请问，付账的人呢？"苏瑞朝柜台的方向望了过去，那里分明空无一人。至于刚才有谁经过那里，她也没有留意。

"那位先生已经走了。"

"……是个什么样的人？"

这件事实在太离奇，苏瑞反而有点手足无措了。

"那位先生请我们代为保密。"导购小姐很有职业操守地回答道。

苏瑞见问不出个所以然来，眼看着时间已经不多，她索性不客气地换上了。不管那个人是谁——也许只是认识的朋友一次心血来潮吧。

苏瑞赶到凯悦酒店时，已经十点半了。莫梵亚坐在大厅的沙发上，正在翻阅报纸。几乎在苏瑞进门的时候，他便看见了她。

"怎么那么晚？"他淡淡地责难，然后将报纸放在桌面上，长身立起。

苏瑞只能道歉。

莫梵亚的目光却在她的身上流连了片刻，随后言归正传，"萧萧明晚想办一个 Party，就在这间酒店的地下一层。你去安排好地点，宾客名单和人数、菜单、酒水。对了，还要有一台小型演出。"他简明扼要地说明了苏瑞的职能范围，却并不多做解释。

苏瑞一头雾水，忍不住追问道："是什么形式的 Party？都需要请什么样的客人？演出的规模和档次有什么具体要求？还有预算——"她正想将不明之处列举出来，莫梵亚已经不耐烦地打断了她的话，"如果每一项都需要我细说，还需要你这个秘书干什么？"

苏瑞只能闭了嘴，保持沉默。

"如果有什么问题，直接问萧萧。"等了一会儿，莫梵亚似乎也觉得自己的态度实在有点恶劣，他又很慈悲地加了一句。

苏瑞"哦"了声，"萧萧小姐的联系方式，可不可以麻烦莫总告知一声？"

"1205 房。"莫梵亚顺口就报出了一个数字。

苏瑞拿着笔的手微微一滞。

萧萧在这间酒店，莫梵亚也在这间酒店，昨晚发生了什么，似乎用脚趾头想想也知道。不过，他们本来就是情侣，这很正常。

"现在和我去见一个人。"莫梵亚交代完这件事后，又风风火火地招呼她道。

苏瑞连忙将纸笔收进包包里，跟着莫梵亚向电梯那边走去。

他们很快到了一间小型的会客厅，客厅的真皮沙发上已经坐着一位高挑冷艳的西装女子，她的头发盘了起来，妆容精致，鹅蛋脸，眼神有点锐利，深蓝色的西装连皱褶都没有一丝，打扮得一丝不苟。

就像一幅 OL 的硬照。

"莫少爷。"看见莫梵亚，女子站了起来，矜持而得体地招呼了一声。

莫梵亚淡淡地点头，环顾了四周一圈，继而问："斯叔叔还没到吗？"

"斯总刚才说，想出去抽根烟。大概等会就能到。"女子回答道，"萧萧小姐还没起床吗？斯总还说，想请萧萧小姐一起吃个饭。"

"哦，大概没起床吧。她昨天闹得太晚。"莫梵亚信口回答。

"可惜斯总今晚就要离开了，只能等下次机会。"女子颇为遗憾地道："……不知这位是谁？"

"苏瑞，我的秘书。"莫梵亚不痛不痒地介绍道。

女子微微一愕，随即浅笑，"还是第一次看见莫少爷的秘书。你好，我叫安雅。"她很友好地向苏瑞伸出手，苏瑞也礼貌地回握住她。

"哦，对了，莫少爷，还有一件事，斯总希望莫少爷能帮一下忙，是关于斯杰的……"说到一半，安雅突然打住话头，有点尴尬地看了一眼苏瑞。

苏瑞也已经是个职场老手，这点察言观色的本领还是有的，她见状，连忙起身，随便找了一个借口，"不好意思，我去一下洗手间。"

说完，她就转身离开了会客厅。

在掩上房门的时候，她最后朝厅里瞥了一眼：安雅的表情中含着一丝无奈，似乎那件要拜托给莫梵亚的事情有点棘手。

会客厅外面，是一道铺着红地毯的通道，通道尽头则是洗手间了。苏瑞其实没有去洗手间的必要，可既然出来了，便不能傻站在外面。

她还是向洗手间的方向走了几步，在这条走廊的右边，还有一个吸烟室。现在吸烟室的门是微敞的，苏瑞初时没有注意，在经过吸烟室的门口时，冷不防的，里面也有一个人迎面走了出来。

苏瑞赶紧收住脚步，但还是免不了差点撞上，好在那个人动作很快，已经伸手扶住了苏瑞的肩膀，等她站稳，那人又将手不动声色地收了回去。

动作一点都不显唐突，反而觉得很绅士体贴。

"抱歉，抱歉，我一时没注意。"苏瑞连忙摆手道歉，抬起头，才发现对方是一个英俊威严的中年男子。

说他是中年男子，是因为他看上去真的不再年轻，年轻人不会有这样沉稳如岳峙渊临般的气质，可是，他的年纪界限又是模糊的，皮肤已经没有了青春的光泽，但是白皙干净，五官端正，甚至相当出众，尤其是鼻子，大概带着欧美血统，比寻常华人更挺直一些。

而且那双眼睛，太黑太深，即便是苏瑞，也不敢直视太久，怕一不小心就被吞噬进去。

他也许三十多岁吧，或者四十多岁？

在这样惊人的魅力面前，他的确切年纪似乎已经无关紧要了。

"没关系。"见苏瑞惶恐，他微微一笑，轻描淡写地阻止了她的歉意。

声音也是极有力量的感觉，威严磁缓，带着金属迫人的质感。

苏瑞虽也阅人无数，闻言，耳根竟然莫名地有点发红。魅力如同气场，散发着惊人的存在感，不容人避开。

她向对方笑着点点头，正想继续往前走，男子却淡淡地赞美了一句，"这件衣服很适合你。"

苏瑞一怔，然后礼貌道："谢谢。"

"只是，这里——"他说着，伸出手，很自然地绕到了苏瑞的背后在苏瑞瞠目结舌，被他身上若有若无的古龙水与烟草味熏得不明所以时，他已经握住了小洋装系在后面的腰带，将它们拉到苏瑞身前，在右侧简单地系了一个"人"字结。

大概还觉得单调吧，他又低下头，取下领结上的一个小而别致的钻石装饰品，扣住了腰带结。

"这样就更合适了。"等做完这一切，他往后退开一步，目光依旧锐利透彻，带着丝毫不加掩饰的欣赏。

通常情况下，被一个男子这样冒犯加审视，应该都会觉得不自在。可是他的态度实在太随意，动作轻柔精准，苏瑞一时间完全不知作何反应。

到底是该谢还是该恼？

然而透过走廊两侧的玻璃墙，苏瑞看着镜子里自己的侧影，她不得不承认，只不过是一个小小的改造，那件裙子的特征更加凸显无疑：简单里带了点俏皮。腰线更加贴身，上面装饰的那一枚钻石夹更是在整件衣服上起到了画龙点睛的效果。好像她整个人都生动起来——之前为了利落，苏瑞不过将腰带随便在背后束了一个蝴蝶结而已。

"……多，多谢。"呆了好一阵，苏瑞才别扭地道了谢，"不过，这个东西，我肯定不能收。"她用手指解开钻石夹，就要还给对方。

那是真正的钻石，并不是水钻。他们不过萍水相逢，就算对方品味高雅而且热心，自己也不能收人家这么贵重的礼物。

"留下吧。如果没有它，这件衣服就不完美了。"男人的声音低沉舒缓，他好像习惯了下命令，即便是日常的交谈，也会让人忍不住想听从于他。

"衣服而已，可以随便一点……"这是苏瑞一贯以来的生活态度。吃穿住行，能够将就就 OK 了。

她平时的装束，也多是衬衣加长裤，即便是参加酒会时，打扮也相当低调。

"为什么要随便？"他注视着苏瑞，用堪比播音员的节奏，淡淡道："每个女人都需要衣服的宠爱，漂亮的衣服，不仅仅是为了愉悦别人，也是为了愉悦自己。"

苏瑞一愣，对这句话不置可否。

她不能说他的话是错误的，不过，想怎么穿，想怎么活，不过是她的人生而已。她不需要别人来质疑。

"抱歉……"苏瑞很认真地将钻石夹递到他的面前，感激但是刻意疏远地笑道："先生的教导让我受益匪浅，只不过——"

"只不过，你还是想坚持自己？"男子微微一笑，终于将钻石夹接了过去。

苏瑞笑，并没有半丝咄咄逼人的样子，不过，却有着绵里藏针的硬度。

"我只是希望你能得到这世上最好的东西，如果你认为这样便是好……那就保持吧。"他的回答未免交浅言深，言语间，甚至让苏瑞觉得……纵容。

是的，一种毫无缘由的纵容感。

苏瑞哂然，正想从这个奇怪而独具魅力的男子身边逃开，在扫过镜子里的自己时，她电光石火地意识到一件事——

这件衣服……

那个神秘的付账人……

"是你？"抬起的脚步硬生生地收住了，苏瑞转头，有点警惕地望着他，"买下这件衣服的人是你？"

她自己也觉得这个问题太过唐突，但是直觉那么明显，女人天生的第六感，不住地提醒着她：他不会是一个无聊的过客。

男子没有否认，英俊的脸上挂着一轮无懈可击的笑容，神秘而淡然。

不否认，便是默认。

苏瑞的脑子又有点短路了，她讷讷地问："为什么？我们，之前不认识吧？"

那并不是朋友的恶作剧，而是源自一位陌生人的馈赠，而这个陌生人，横看竖看，都不像行为艺术家。

在他身边，她察觉到危险。来自未知丛林狩猎的气息。优雅的野性。

"如果一件衣服能穿在适合它的主人身上，对衣服而已，也是一件幸事。我不过是想为它的设计师出一份力。"他淡淡地回答道，"而且，我们见过。"

苏瑞一愣。

见过吗？

难道是以前接触过的客户？

不对，如果她真的与他见过面，以他那么强烈的辨识度与存在感，她不可能不记得他。

"你叫苏瑞。"他却直接叫出了她的名字，深潭般的目光，犹如后劲绵长的陈酿，初时不动声色，最后却让你彻底失去主控权，"昨天，在永大会所。"

苏瑞这才记起，昨天她找商天南的时候，依稀，仿佛，角落里坐了一个人，只不过，她当时全部的注意力都在商天南身上，对其他人也没有过多关注。她记不起那个人的长相。那时，他全身笼在阴影里，像一尊漠然的磐石。

"原来是永大会所……，抱歉，我不是故意要打搅你们。"苏瑞顿觉尴尬，心里却不住地画圈圈。

难道是为商天南出气，特意来捉弄自己的？

譬如，等会让她付这件衣服的钱？

八千多块，半个月的工资，好几个月的生活费。——天啦，她居然没有拿发票，不知道可不可以再退回去？！

男人微笑，看着她的表情非常神奇地变了好几变，等苏瑞终于将牙一咬，准备干脆赖账之时，男人忽然道："商先生和李小姐，已经决定协议离婚了。"

苏瑞怔住。

她今天一直疲于工作，无暇去过问李艾的事情，何况，两夫妻之间，旁人若是插手太多，也会让效果适得其反。

没想到，商天南还是决定离婚。

他果然不爱她了。这场婚姻，从何时起，变成了鸡肋？

"可恶——"苏瑞咬着下唇自语了一句，与其说气愤，不如说难过。为李艾难过。"可恶！可恶！"

"也许双方都有错。"男人没有任何感情倾向地提醒道。

"有错吗？"苏瑞自嘲地笑笑，将脸扭向一边，"当一个男人不再爱他的女人，她哭闹是错，静默是错，活着呼吸是错，死了都是错。"

其实早就预料到这个结果，可苏瑞还是希望有奇迹出现，哪怕只有百分之一的希望，如果商天南回到李艾身边，如果这世上真的还有所谓婚姻的坚持与忠贞……

她自己也不明白，在听到这个消息后，缘何自己会如此难过？

鼻子竟然酸了起来。眼眶发热。丢人现眼。

男人静静地看着她，看着她泛红的眼圈，和倔强的笑容。

"抱歉……"意识到自己的失态，苏瑞低下头，匆忙地丢下两个字，就要快步离开。

可还没来得及转身，修长凉薄的手指，已经停在了她的脸颊上，又如羽毛般滑落。他的抚摸如同空气，毫无预警，猝不及防。

"斯冠群。"他低声道。

苏瑞一怔。

"我的名字，斯冠群。"他望着她，用一种磁性的，沉静的，蛊惑十足的缓慢腔调，锁住了她全部的注意力，"如你所见，我的年纪已经不轻，人活到我这个岁数，对于想要的东西，会更直接一些。既没有时间，也没有精力去揣摩或者猜测。如果我接下来的话让苏小姐觉得唐突，还请体谅。我无心冒犯。"

苏瑞莫名其妙地看着他，很耐心地等待后文。

——他是一个会让别人心甘情愿去等的人。

"你让我动心了。所以，做我的情人吧。"

"我对你动心了，所以，做我的情人吧。"他还是用他特有的，似掌控一切的冷静与沉着，缓缓道，"这并不是试图建立一个永久的关系，只是一个请求。如果你同意，我会满足你的一切要求。财富、地位，以及自由。你也有资格动用我的一切资源。而你所需要做的，只是承认这个关系，在关系生效期间，绝对不能背叛我，无论身体还是心灵。当然，你也可以随时中止关系。一旦中止，你重获自由。我提供的便利会永远从你生活中消失，更加不会干涉你以后的婚姻——你不会有丝毫损失。"

非常非常诱人的条件。

苏瑞只觉得哭笑不得。

她并不想义正言辞地强调她的自尊，或者像言情小说里的女主角一样，高喊一声："你以为钱什么都能买得到吗？！"

事实上，钱确实能买到很多东西。包括女人。美丽的女人。许多许多比她美很多的女人。

斯冠群的态度是诚恳的。他确实无意冒犯她。只是真的太直接。

直接到她根本无法发脾气。

"谢谢，可是，你认为，在我的朋友刚刚婚姻失败之后，我会再去破坏另一桩婚姻吗？"苏瑞非常克制地回绝道："希望我不是惟一让你心动的女人。如果是，我真的很遗憾。"

听似礼貌平静的声音，暗地里却刻薄锐利。完全没有丝毫回旋的余地。

斯冠群沉默了片刻，然后淡淡道："我不擅于建立长久的关系，所以我并没有法律上的妻子。"顿了顿，他又补充了一句，"当然，有其他女人，不止一名。不过没有维持忠贞的义务。"

他不过是个正常的男人，正常的，事业有成，背景雄厚，甚至手握权柄的男人。

他不擅于向女人承诺一个永久关系，却不禁欲。

"另外，你确实不是惟一一个让我心动的女人。"他的回答其实很有条理。几乎不带丝毫感情因素。然而态度还是诚恳的，不带欺瞒，平铺直述，"你是第二个。"

苏瑞有点哑然，她无语地摇头，哂笑，人已经转过去，不以为意地抛下一句话，"玩笑到此为止了，很高兴认识你，斯先生。再见。"

"我今晚十一点会离开这里，也许会离开几个月。如果你改变主意，十点前来这家酒店的 2501 房找我。"斯冠群在苏瑞身后，从容不迫地开口道："苏小姐，只要你愿意，我可以给你你想要的一切。无论你的回答是什么，我珍视这次的相遇。"

苏瑞头也未回，只是随意扬了扬手臂，做了一个挥手告别的动作。

斯冠群好整以暇地看着她的背影，见到她的手势，唇角轻勾上去，噙出一缕莫测的笑容。

苏瑞还是去了洗手间，她望着镜子里那张清秀但并不太出众的脸，还有身上的白色洋装。

她低下头，用冷水洗了个脸，已经决定将这件事抛之脑后。她出来的时间不算太短，安雅与莫梵亚的谈话估计也告一段落了吧。

苏瑞定定神，转身离开洗手间，朝会客厅那边走过去。在经过吸烟室的时候，苏瑞忍不住抬头看了一眼，斯冠群已经不在那里了。

她低头笑笑，步履轻快。

——八千多块的衣服债可以赖掉了。可喜可贺啊。

但是，她脸上那丝近乎自嘲的笑容也没有维持多久，因为，在苏瑞推开会客厅的大门时，赫然看见正坐在莫梵亚对面的人，正是斯冠群。

看莫梵亚的样子，他对斯冠群也异常尊重。莫梵亚的表情鲜少这么认真，他很专心地倾听着斯冠群哪怕漫不经心的话。听到推门声，莫梵亚转过头，然后主动介绍道："这位是我的秘书，苏瑞。"

斯冠群顺着他的话，也看向了苏瑞。那双深邃讳莫的眼睛里，噙着一缕让苏瑞不安的笑意。

他对这件事并没有表露出半丝惊奇，似乎早就知道了苏瑞是莫梵亚的秘书这件事。

"苏小姐。"他淡淡地打了声招呼，"又见面了。"

"你们认识吗？"莫梵亚愣了愣，狐疑地看向苏瑞。

苏瑞一头黑线，她赶紧摆手，解释道："刚才在走廊上见过一面，我当时不知道是莫总的客人。然后，闹了一点小小误会。"

莫梵亚还是一脸揣测。

斯冠群却兀自笑了起来，并不揭穿苏瑞的慌乱。

他们接下来的谈话，似乎都是一些家长里短的小事。斯冠群问了一些莫梵亚父亲的情况，又如长辈般追问着他与萧萧的婚事，最后邀请他与苏瑞一起用午餐。

苏瑞却早已经如坐针毡，只想快点闪人，可是依照她与莫梵亚的协议，她必须常伴左右，根本没有下班的自由。

她更不能在这个时候丢掉工作。

会餐的地点就在酒店一楼的餐厅。安雅早已经订好了座位，等他们上桌的时候，菜也已经摆了上来。苏瑞非常拘谨地坐在莫梵亚的身边，而斯冠群则恰恰坐在她的对面。斯冠群表现如常，并没有格外地关注她，可是他的一举一动，还是让苏瑞觉得莫大的压力。

这样的聚餐，对她而言，犹如受罪。她几乎不敢抬头。

——真是奇怪，分明无礼的是他，告白的是他，最后备受烦扰的，却是她。这世界也太不公平了。

苏瑞正在腹诽呢，手机铃声也在此时响了起来。

她抱歉地看了其他三人一眼，稍微转过身，接通了电话。

那是一个陌生的号码。

"你好。"

"是苏瑞，苏小姐吗？"那人问。

"是我。请问你是?"

"我们是中心医院,你母亲刚才被人发现倒在路边,现在已经送到了医院。你的号码,是你儿子乐乐告诉我们的,他当时在你母亲身边,不过现在的情况也不太好。如果方便的话,能不能过来一趟?"那边谨慎地通知道。

第五章　她的决定

听到这番话，苏瑞只觉得如坠冰窖。

她神不守舍地挂断电话，非常突兀地站了起来，梦游般道："我有点事，现在就要走……"

其他三人也早从苏瑞脸上的表情察觉出不对劲来，莫梵亚蹙眉，正想追问到底出什么事情了。斯冠群已经率先开口道："如果有解决不了的事情，随时联络我。"

气定神闲的语气，仿佛苏瑞已经在他的保护之下。

斯冠群既已开口，莫梵亚顿时觉得自己没有多嘴的必要。

安雅则诧异地看了斯冠群一眼，不太明白为什么斯冠群会对苏瑞许下这样的承诺。

只有她明白，对于斯冠群而言，这绝对不是场面话。

他从来不需要说场面话。

苏瑞勉强应了声，拿起包，匆匆地走出了餐厅，在走向餐厅出口的时候，还不小心碰到了其他的餐桌。

莫梵亚几乎忍不住想送她过去了，正在犹豫，斯冠群则拿起筷子，淡淡地扯回话题，"刚才说起你和萧萧的婚事，萧萧上次看中的那幅画，回头我让安雅送过来，就当是贺礼了。"

"那怎么可以，那幅画斯叔好不容易才拍下来的，太贵重了。"莫梵亚很自然地回绝道。

"是给萧萧，又不是给你。再贵的画，也只是一幅画。萧萧不像你这样迂腐。"斯冠群微笑着调侃了莫梵亚一句。

餐桌上的气氛，很快恢复到苏瑞离开之前的模样。

只是安雅，好像突然有了心思似的，默然不语。

苏瑞已经不记得自己是怎么到中心医院的。

她冲到前台，报上了名字，很快便有护士将她带到了病房。苏妈妈的额头已经经过了简单的处理，绑着厚厚的绷带，而乐乐则躺在苏妈妈旁边的病床上，脸色发青，大口大口地喘着气。

"医生呢?! 为什么他们就这样躺在这里？乐乐有心脏病，我妈有高血压……怎么能就这么躺在这里!"苏瑞恨不得将自己分成两个人，她一面抱起乐乐，一面试图去牵母亲垂在身侧的手。苏妈妈还没有恢复意识，她的手冷透了苏瑞的肺腑。

"因为你一直没来，家属没有签字，我们不能为他们进行抢救。"苏瑞后面的护士小心地解释道。

"你们是怕收不到医药费吧。"苏瑞低着头，眼睛拢在刘海的阴影里，看不清眸色。她拼命地克制着自己颤抖的身体，漠然道："叫医生吧，我带了钱。无论需要多少医药费，我都可以承担。"

护士很是尴尬，"这位小姐……"

"叫医生!"苏瑞猛地提高声音。在她怀里，乐乐的喘气声越来越严重，额头已经泛黑，小小的脸乌青得可怕。

护士很快转身出去了。

苏妈妈和乐乐一起推进了急诊室。苏瑞一直在签着各式各样的文件，等签到那份"患者自己承担手术风险"的协议时，她终于泣不成声。

苏瑞一直等在手术室外面。

乐乐出生后，曾被急救过很多次，每一次乐乐脱离危险的时候，苏瑞都有种死而复生的感觉。她以为自己的心脏已经足够强悍了，可它还是那么轻易地被悬挂起来，暴晒着，凌迟着。

事情的因果，苏瑞也从旁观的三姑六姨那里听说了：母亲去买菜，因为不放心乐乐一个人在家里呆着，所以带乐乐一起去菜市场。然而，在他们回家的时候，竟被一辆斜插过来的摩托车撞了。

摩托车当时逃之夭夭，似乎没有上牌照。

苏妈妈当场昏迷，乐乐求了好久，才有人叫来了救护车。到医院后，乐乐又请护士给苏瑞打了电话。

——才不过四岁的小孩，在外婆被撞后，还能硬撑着做这么多事情。

乐乐真的长大了，懂事了。

可是他的懂事，只是让苏瑞更觉心痛。

她快要痛得无法呼吸了。如果可以，她真想揍自己一顿：她真的太幼稚，幼稚得以为自己一个人可以撑得下去，可以照顾好妈妈，可以让乐乐健康快乐地长大。

可是事实呢？

妈妈一大把年纪了，身体不好，还总得为她操心。乐乐总是一个人在家里，帮外婆做家务，独自去处理许多同龄小孩根本想象不到的事情。

房子在贷款，每月的开支捉襟见肘，乐乐的医药费没有着落，请不起钟点工，在重要的时候，没有人可以倚靠。他们孑然影只，孤立无援，连医院的工作人员，都可以任意欺负轻视她在乎的人。

这就是她给他们的生活？

这就是她拼到胃出血，靠咖啡与强颜欢笑努力构建的未来？

苏瑞从未像现在这样恨自己，恨自己的无能为力。

如果连自己最亲近的人都无法保护，她所做的，所坚持的，都是——扯淡！

整整四个小时，手术室的门一直没有打开，红色的灯闪烁刺眼。

苏瑞已经将自己所有的存款，甚至房产证，全部拿到了医院。可是，没有医生过来向她了解情况，甚至没有人催她付费。作为两位病危患者惟一一位亲属，她仿佛被人遗忘了一般。

四小时又十分钟，一位穿着白色大褂的医生快步走了过来，他的步子很大，行走如风，白色的大褂扬了起来，颇有气势。

在他身后，许多小护士甚至医生都忍不住尾随着他，他们交头接耳，好像在小声地议论着什么。

苏瑞只隐约听到一两句。

"是许少白，哇，是许少白真人欸？"

"不是吧，真的是去年提名诺贝尔奖的那个许少白？他可是心脑方面世界性的权威。他怎么来了？之前没听到通知啊。难道今天有讲座？哇……本人比照片还帅。真不敢相信他有三十五岁了。"

苏瑞也听说过许少白，因为乐乐的缘故，她对心脏方面的书籍阅读了不少，当然也读过许少白的论文。

不过，乍见到许少白的真人，苏瑞也觉得吃惊。她当然也奢求过，乐乐的手术可以让许少白这样资深的医生来主刀。可是，那高昂的手术费与许少白繁忙的档期，让她望而却步。

然而现在，许少白就这样走到了她的面前。

他身材在医生中略显高挑，戴着一副无框的眼睛，看上去儒雅斯文，只是气质显得稍许冷淡，"你是苏乐乐的母亲？"

苏瑞点头，"我是。"

许少白又问："带了他的病历本吗？以前苏乐乐的主治医师是谁？经常吃的药，如果方便，现在能不能简单地说一说？"

苏瑞原本有点将信将疑，摸不准状况，此时才敢真正确定，许少白确实是为了乐乐而来。

虽然事情还有诸多疑点，不过，苏瑞已经大喜过望，疑点什么的，压根不打算去追究。她很快从包包里拿出乐乐这些年来的资料——每次来医院，苏瑞都会将病历本随身携带——许少白将资料拿了过去，大概翻阅了

契约婚姻

一下，又问了些关键性的问题，这才推开手术室的门，大步走了进去。

"请问，现在就要做手术吗？我是不是要先去办理什么手续？"在许少白即将进门的那一刻，苏瑞终于后知后觉地问。

许少白亲自出马，费用少说也要百万。箭在弦上，慢说百万，便是千万，上亿，她都要想法子弄出来。

这世上，不会有什么东西会比乐乐更加宝贵。她甚至可以在此刻将自己的灵魂卖给魔鬼，只为了乐乐能平平安安地从手术室里走出来。

"现在做手术还太仓促，我只是检查一下他的病况，至于手续——我不太清楚，你问问院方，如果你询问的是我个人的费用，这个手术是完全免费的。"说完后，许少白终于走了进去。

苏瑞怔怔地站在外面，似乎还在消化许少白的话。

完全免费？

为什么？

她搜肠刮肚，也想不起自己与许少白有什么瓜葛或者交情，在今天以前，他们甚至都没有见过面。

"抱歉，请问一下……"既然自己想不出头绪，苏瑞只得去求助院方。这一次接待她的人，竟然是医院的护士长。苏瑞也不废话，非常直接地问道："关于我儿子与我母亲的医药费，我想咨询一下，大概范围是多少？还有，除了许大夫外，现在我母亲的主治医生，听说也是刚刚从外地赶过来的。真的非常感谢。你们为他们的病情这么费心，我之前还误会你们……"

如果真的是院方的安排，苏瑞简直要为自己之前的无礼脸红了。

可是率先脸红的人，却是坐在对面的护士长。护士长先摆出一个标准的笑容，然后不好意思地回答道："医药费已经由您的朋友付清了，至于许大夫他们……我们便是想请，只怕也请不来。他们也是你朋友邀请来的。"

苏瑞诧然听完，虽然不愿承认，但是，她已经想到了一个人。

她所认识的人，没有一位在医学界有如此的影响力。即便是李艾，她可以为苏瑞送来几百万，但却请不来许少白。

苏瑞沉默了下来。

这一招欲取先予，她甚至没有办法拒绝。斯冠群戳到了她的软肋上。

也在这时，苏瑞的手机又响了起来，她拿起手机看了看，上面的来电，显示着李艾的名字。

苏瑞心中一紧：她今天颠倒反复，忘记自己还有一位刚刚失婚的朋友需要安慰了。

"喂。苏瑞。"不过，接起话筒后，李艾的声音还是如往常一样风风火火，"姐失婚了，今晚过 Alex 的酒吧来，不醉不归！"

苏瑞怔住，李艾的爽朗让她悬着的心轻轻地放了下来。

"我今晚可能很晚才能过去，不过，这顿酒，我会给你补上的。你现在在哪里？"苏瑞安静地问。

"在 Alex 这里。今晚你一定要过来哦，我还等着你收留我呢。姐已经无家可归了。"李艾又呵呵笑了起来，"等你忙完了，就来酒吧接我吧。"

"无家可归？"苏瑞捕捉到一个关键的词。

难道她竟是被商天南只身赶出来的？即便离婚，也不带这样绝情的。

"姐办了一件很傻逼的事情，居然没要他一分钱。哈哈哈，自尊真他妈贵！"李艾还是一副大大咧咧的模样，可是，她的话，却让苏瑞哭笑不得，到最后，终于变成一抹不由自主的微笑，心疼而爽利。

"你本来就是笨蛋。"她溺爱地骂着李艾。

之前还口口声声说，为了物质生活不能离开商天南，可真的到了情尽的那一步，她却是比谁都洒脱了。

笨蛋女人，干吗要一直欺骗自己?!

"那就这么说定了，晚上等你把我领回家哦。"李艾说完，就要直接挂断电话。

"李艾……"苏瑞叫住她，下意识地问了一句，"你听说过斯冠群吗?"

看商天南与他的交情，也许李艾知道那个人的来路。

"当然知道。你见到他了？"李艾一惊一乍，"天南……哦，不，商天南可是千方百计都见不到他一面，他好像很少会客。"

苏瑞避而不答，继续问道："他是个什么样的人？"

"什么样的人不太知道，我只知道，想在华人圈里混，有两个人是绝对不能惹的。第一个，是至今也不知道真面目的黑帝老A。第二个，就是斯冠群了。"

"为什么？"

"为什么？一个词，深不可测。听说家世背景就很了得，他本人更是摸不到底。我说，你干吗问起他？不会是和工作有关吧？"

李艾不禁又追问起斯冠群与苏瑞的关系，被苏瑞含糊地敷衍了几句，终于挂断了电话。

斯冠群，有这么深的背景吗？

这越发提醒了苏瑞一件事：她绝对绝对不能与他挂上关系。不然，也许真的无法脱身。

可是，欠下的人情，该怎么偿还？

苏瑞一直在医院外面等着，等着许少白从手术室里出来。

苏妈妈倒是没出什么事，虽然脑部受到了撞击，好在不重，没留下什么后遗症。

乐乐的情况也已经稳定了下来，手术约到了后天，这两天时间里，先做一些前期准备。

心脏的捐赠方也确定了，那是一个前不久因为从楼上摔下来，造成脑死亡的儿童。苏瑞当时在院方的安排下，与那个小孩的家长见过面，希望他们可以捐出心脏。不过，那时的小孩家长断然拒绝了她的请求。

苏瑞也能理解他们的想法：孩子都没了，如果心脏再给别人，对于他的父母，情何以堪。

苏瑞没想去晓之以情，动之以理。人与人之间的羁绊与执著，有时毫无道理可讲。

不知为何，他们竟然改变主意了。

"听说是你朋友给了他们一大笔钱。"显然看出了苏瑞的疑虑，在旁边说明手术要点的护士小声地告诉她。

苏瑞听到这番话，已经不再惊奇了。

许少白并没有久留，他说话一向言简意赅，简单地交代着这几日的注意事项，便匆匆离开了。听说他今天还要赶往其他地方，有一个重要的讲座。

苏瑞送走了许少白。母亲和乐乐都在高级病房里休息，并且有专业的看护在照顾他们，相比之下，她倒显得无足轻重了。

苏瑞精疲力竭，等一切尘埃落定后，她抬头看了看大厅的时钟。

时钟指向六点半，从她接到电话赶过来，已经过了六个多小时了。

苏瑞突然想起斯冠群对她说的话：他十点便会离开旅馆。

如果她不在十点前将钱还给他，他们之间，就会成为一种心照不宣的关系。这是成人世界的法则。

这世上，并没有白吃的午餐。

可是，需要多少钱呢？苏瑞简直不敢去想，稍微计算一下，至少也要一百万吧，对，她起码要还给他一百万。其实一百万是不够的，他给那位捐助者的钱只怕也是一个天文数字。

——一个足以让父母亲手葬掉对亡子思念的数字。

不过，算了吧，就当成一百万吧，她不是计较固执的人，也不想在这方面逞强。对斯冠群而言，她就是弱者。

既是弱者，那只要倾尽全力，就不算丢脸。

苏瑞站了起来。

她将电话号码留给医院的看护，终于离开。

晚上十点前，一百万。

这似乎是不可能完成的任务，不过，总能想到办法的……苏瑞在医院门口，深深地吸了一口气，终于定下心，大步向中心医院后面的永安街走了去。

那是一条保留了明清建筑风格的古街，街道两侧的建筑，也不约而同地延续了明清的风格。譬如银行会做成古时银号的样子，有高高的、褐色实木柜台。药店、商店、饭馆，皆是古色古香。

很多风格独特的小饭馆，甚至比高级会所还热门，需要提前几个月才能定到位置。

其中，还有一些很古老很古老的行业。

譬如……

永安街里有许多胡同，很多胡同表面上看着平平无奇，但是走进去后，会发现里面别有洞天。许多特色的小店或者餐馆，都藏在胡同里，如果不在网上查清楚路线，很难找到。

苏瑞要去的地方，并不是特色小馆。她停在了一条通往地下室的楼梯前，楼梯旁边有一个小小的杂货店。

杂货店里，懒洋洋的店主翘着二郎腿，正看着一个脑残的古装剧。

苏瑞低下头，她在权衡。

一旦走下去，也许会是一场漫长的、无法摆脱的噩梦。

她犹豫了很久，又转过身，离开了那里。

现在已经是晚饭时间，橱窗里，各色的餐馆都坐满了客人，川菜馆里传出辛辣的香味。苏瑞开始慢慢地往医院走。

她需要再回去看看乐乐他们。然后，给自己一个下决心的动力。

"阿亚，"等走到医院前街与永安街相交的地方，她听到一个声音，在身侧不远处响起，"不是已经订好了位置吗？为什么又要跑到这里吃晚餐？这里离中心医院那么近，总觉得能闻到药味似的。"

"你这么久没回国，当然要试一试中国本土的东西。这里的小吃不错。"回答的人，正是莫梵亚。

苏瑞下意识地停住脚步，诧然地望了过去。

而说话的两个人，也显然发现了她。

苏瑞又听见萧萧的声音，非常愉悦而惊奇地传了过来，"阿亚，那不是苏……苏瑞嘛！就是现在给你当秘书的苏瑞，真巧啊！"

莫梵亚没有做声，不过，苏瑞却不能装作没听到。

她朝那两人转了过去，向莫梵亚很客气地打了一声招呼，"莫总。"视线又很快转移到莫梵亚身边的那个人，"萧萧，好久不见。"

整整五年，确实好久不见了。

不过，眼前的萧萧与记忆里似乎没多大区别，仍然是一副小女孩的模样，烫着齐肩的卷发，妆容很细致但并不明显，衣着同样有种低调的优雅：齐膝小吊带连衣裙，配上针织外套。外套上别着一枚式样简单，但是耀眼非凡的别针。

乍一看，就算说她是一名二十岁的清纯少女，估计也没人反对。

她和莫梵亚确实是天造地设的一双啊，两人站在一起，便好像芭比娃娃的招牌似的。被玻璃橱窗保护得那么美好无缺。

相比之下，苏瑞就显得太过老道，眉眼染着风尘，那种学生气的纯净早已经消失得无影无踪。

"真的是苏瑞啊，阿亚说你现在正为他工作？你过得怎样？你离开学校后去了哪里啊？你变了好多，我刚才都没认出你。"萧萧已经跑了过来，非常自来熟地拉起苏瑞的手，欣喜地问。

不过，她的问题那么多那么快，苏瑞甚至不知道自己应不应该回答。

也许，萧萧本来就不需要自己的答案吧。

所以，苏瑞只是微笑。不语。

"对了，你怎么在这里？"萧萧终于在最后一句话后，将那机关枪一样的问题停了下来。

苏瑞略微松了口气，敛神道："我到医院有点事。你们正要去吃饭吧，那我先不打搅了。回头还有机会细聊。"

明天的宴会，她还有许多细节要向萧萧确认。

她们还会有时间叙旧。

可是现在，在马路上，在莫梵亚面前，在她焦头烂额的时候，她实在不想多说什么。

"原来你在医院有事……"萧萧将这句话莫名地重复了一遍，然后转过头，颇为深刻地看了莫梵亚一眼。"难怪阿亚你……"她说了一半，又兀自笑了起来，手挽起莫梵亚的胳膊，"那行，我们再找时间聊。看你的样子也蛮着急的，我们就不耽误你了。"

苏瑞点头，"不好意思"，说完，便欲转身。

一直沉默着没有开口的莫梵亚却在此时叫住了她，声音冷硬得有点别扭了，"苏瑞，你……不要紧吧？"

如果不是遇到了麻烦，平白无故，谁会去医院呢？

不过，苏瑞的脸色虽然苍白了一些，但并没有羸弱的感觉。现在生病的人应该不是她吧。

苏瑞收住脚步，尽可能让自己表现得自然一些，"没事。谢谢莫总的关心。"

莫梵亚还想说什么，但是欲言又止了片刻，终于将话忍了回去。

苏瑞微笑。

莫梵亚其实不算一个坏人，他只是不善于表达自己，她还记得大学的时候有一场慈善晚会，那个臭屁得让所有人都讨厌，但最后捐款最多的匿名者，正是莫梵亚。

他还一直以为没有人知道呢。

她爱过的人，终究有他值得爱的理由，苏瑞并没有对此后悔过分毫。

"那我走了。回见。"她终于离开了那对金童玉女，她能感觉到，在她转身的时候，他们也很快转身离去。一南一北，从来不同道。

这样走出一段距离，她有点绷紧的身体才略微放松了一些。苏瑞抬起头，看着头顶碧蓝的天空，眼睛不知为何开始发涩。

也在此时，她的胳膊突然被人拉住。

那人略一用力，将苏瑞整个人转了过来，她踉跄一步，差点跌在那人的身上，还好站稳了。

站稳了，也看清了那个人的脸。

英俊的，骄傲的，让整条永安街哗然失色的脸。

"莫总……"苏瑞心口一滞，很快低下头，将手臂从他的桎梏下拉出来。

他追了过来，便代表萧萧也在不远处。

这里已经没有她的空间了。她在他们之间，已钻过两次空子，就像一只偷食的老鼠。

既是老鼠，就得有自知之明。莫梵亚的记忆是她偷回来的，乐乐是她偷回来的，所有的一切，都不过是她偷回来的。那些，原本都属于萧萧。

莫梵亚怔了怔，低头看着已经空掉的手，也恢复了一贯的样子。

"你是我的员工，我不希望我的员工带着心事上班，这样会影响上班效率。告诉我，你是不是遇上什么事了？上午走得那么急……"眼见着语气又变得柔软，莫梵亚硬生生地打住了话头。

"莫总放心，我不会将私事带进工作里，也绝对不会影响到工作。"苏瑞克制地答了一句，略微欠了欠身，便要脱离他的气场范围。

他们站得太近，她有点喘不过气，胸口莫名地难过起来，竟然有点隐隐发痛。

"我并不是责备你公私不分，我是担心——"莫梵亚的声音再次戛然而止，他有点恨恨地看向苏瑞，好像她总是在为难着他一样。苏瑞不明白他的怒气是从何而来，反正接下来，莫梵亚的情绪变得很强硬。

"你怎么回事，就不能好好地回答问题吗？我现在是你的老板，过问员工的状况并不算过界吧。你既然公然逃班，就有义务回答我的问题。"

斩钉截铁，不容丝毫转圜。

苏瑞蹙着眉心，勉力维持着自己的仪态。

"抱歉，我愿意扣除当天的工资。"

她确实是在"上班"途中，突然离开了，如果按照公司的条款，莫梵亚的责备并没有错。

"该死，你知道我并不是那个意思！"听到苏瑞云淡风轻的回答，莫梵亚简直有点气急败坏。他不明白，为什么她就是不肯直接回答！

在打听到她直奔医院来之后，他就一直猜测着她出了什么事情，因为担心，还莫名其妙地将本来已经订好的会餐地点，挪到这种脏兮兮的大街上。

那些混杂在一起的食物香味，闻着便让他倒尽胃口，至于小吃，莫梵亚其实也没多大兴趣。他自己都弄不清楚，为什么要追过来。大概，还是担心吧……虽然鄙视自己，但仍然是担心的。

现在他已经放下身段一再追问了。可是，她居然还在那里矫情！

苏瑞怔怔地看着他，半天才冷淡着问："那你是什么意思？"

莫梵亚言语一哽，正想回答，在他身后，果不其然响起萧萧的声音，"阿亚！你的工作交代完没有？快点，人家要饿死了。"

娇嗲的声音，但并不让人讨厌，就好像一只猫爪子挠在心上，让人痒痒的。

那是萧萧的特权，她本来就是众望所归的公主，一直是。

"原来莫总有工作要交代。"苏瑞了然地看向他，努力让自己维持着公事公办的姿态。

他是借着公事的名义追过来的——也本该如此。她还在指望着什么呢。

什么都不过是奢望的幻象。

"苏瑞，我想帮你。"莫梵亚干脆丢下一句话，并不多做解释。

"阿亚！"萧萧又在催促着，"苏瑞有事呢，什么工作一定要现在交代？你这个上司太没人性啦！"她开始为苏瑞抱起不平。

"马上就好了。"莫梵亚转头敷衍了一句。

苏瑞低头笑了笑，轻声重复着他的话，"你想帮我？……那么……"她抬起头，几乎挑衅地看向他，"你现在有钱吗？借我。"

莫梵亚没有马上答复，他皱了皱眉，"你要多少？"

苏瑞正要将数额说出来，催促得不耐烦的萧萧已经跑了过来，拽着莫梵亚的胳膊，嗔怪道："都说别谈工作了，人家苏瑞有要紧事呢。"

苏瑞看了他一眼，将后面的话又忍了回去。

"具体情况，我再给莫总打电话吧。"想了想，她说。

她不能在萧萧面前提出借钱的事情，莫梵亚那么辛苦才让萧萧成为自己的未婚妻，她的要求，只会造成他们之间的误会。

莫梵亚没有异议，他显然也是紧张萧萧的。

"也好，先去吃饭吧。"他转过身，手扶着萧萧的背，如此说道。

萧萧却没有马上走，而是慢了一步，反而去推莫梵亚，"阿亚你先去点菜，我还有点话想对苏瑞说。"

莫梵亚狐疑地看着她，但想不出理由阻止。

萧萧和苏瑞在大学时虽然谈不上什么交情，但一起举办过几场活动，也算半个同僚。

女孩子之间有点私房话，并不稀奇。

"快去快去，别偷听哦。"萧萧还是一个劲地催促着他。

莫梵亚这才离开她们，往餐厅那边走去。等他稍微走远一些，苏瑞探寻地看向萧萧。

萧萧却转过头，很认真地看着她，同样，很认真地说："苏瑞，我一直想谢谢你。"

苏瑞觉得莫名其妙。

在她的印象中，自己似乎没有做出对萧萧有帮助的事情，萧萧什么都不缺，是所有人的宠儿，她即便是想帮她，也没有这个机会。

萧萧的这一声"谢谢"，又是缘何而来？

"如果不是因为你，我甚至不知道，其实自己还是很在乎阿亚的。"萧萧微笑地看着她，语气出奇的诚恳。

苏瑞更加莫名其妙，她沉吟道，"我不太明白……"

"是十万块，对吗？"萧萧不等她说话，已经抢着打断了话题。

苏瑞脸色微变，好像有针扎在了背后。

她沉默。

除了沉默，还能有什么反应呢？

"我知道阿亚利用了你，十万块，很多女孩都不能拒绝，我没有怪你的意思，谁年轻的时候，不会做一些冲动的事情呢？不过，也是因为有了这件事，我才发现，原来自己真的喜欢阿亚，也绝对不想与任何人分享他。苏瑞……"萧萧的语气还是诚恳温柔，好像一群名门淑女在讨论自己喜爱的名牌，没有一点敌意，"苏瑞，阿亚其实是一个很重感情的人，他和你有过一次，就会一直把你当成他的责任。我不介意，这恰恰是我喜欢他的地方。所以，如果你真的有麻烦，尽可以来告诉我们。没关系。我们会帮你。"

说完，她微笑地看着苏瑞，如一个完美的芭比娃娃。

苏瑞低头一笑，"谢谢你们的……慷慨，不过，真的不用了。还有……抱歉，真的，很对不起。"她依然在笑，大概自己也觉得勉强，在没有崩溃之前，苏瑞已经匆匆转过头，"我先走了，顺便提前恭喜你们。"

萧萧没有叫住她。

在苏瑞走出很久后，还能感受到那一束目光，含着涂着蜂蜜的针芒，一阵阵，叮在她的背上。

凯悦酒店。

安雅正在收拾一些随行的文件，将它们全部整齐地放进公文包后，她出去敲了敲隔壁的门，"斯总，可以走了吗？"

私人飞机将在十一点起飞。从这里开车去机场，大概需要四十分钟，算上出酒店，以及登机准备的时间，十点从酒店出发刚刚好。

安雅是一个称职的助理，她从不会让老板浪费一分钟，但也绝对不会迟到一分钟。

"进来吧。"斯冠群的声音在屋里响起。

安雅于是推开门。

那是一间装修豪华的行政套房，斯冠群正坐在外厅的沙发上，他的指间夹着一根燃了半截的香烟，烟雾袅绕，前面的烟灰已经很长，但还没有掉下来。他似乎维持着这个动作有一段时间了。

安雅很少见到斯冠群走神，在安雅的眼中，老板几乎是一个近于神的存在，他运筹帷幄、无所不能。

"斯总?"见到斯冠群这个样子，安雅忍不住又提醒了一声，"该走了。"

"哦。"斯冠群淡淡地应着，将剩下的烟摁灭，从沙发上站了起来，斯冠群的个子很高，气场也太过醒目，起身的时候，常常会让一米六几的安雅觉得有压迫感。今天的感觉却很奇怪，更好像……有什么突然变得柔和了似的。

"斯总……难道是在等人?"大概看出他眉宇间的凝滞，安雅有点半信半疑地问，可是问完后，自己都觉得很可笑：能让斯冠群去等的人，这世上只怕还没有吧。

"唔。不过，好像被放鸽子了。"哪知，斯冠群随随便便地承认了，唇角微勾，与不太明显的法令纹连在一起，笑容变得出奇地有魅力，焕发着流金般的成熟与英俊。

安雅有点失神。

心底莫名地觉得五味杂陈。

"刚才斯总给徐先生打电话，便是因为这位失约的客人?"安雅平时其实不算八卦，她也知道刨根问底的助理很讨人嫌，可终究没有忍住。

斯冠群今天的心情还算不错，并没有责怪她的僭越，仍然是随随便便的一个语气词，"唔"。自嘲而有风度。

安雅闭上了嘴，然而已经百分之九十九地确定了：那个人，应该是个女人吧。一个能让斯冠群上心的女人……

她的脑海里非常奇怪地出现了一个人的脸，可是很快，安雅又甩了甩头，将这个荒谬的想法抛之脑后。

不可能是苏瑞，她不过是莫梵亚的一个小秘书而已，况且也不特别美。

那还有谁呢？

斯总在这里只停留了三天而已，这三天里，安雅除了会所的一次外，几乎全程跟着，如果他认识什么人，她应该会知晓。

正在安雅胡思乱想的时候，斯冠群已经信步走到了门口，他最后看了看手表，确信他等着的那个人应该不会来了，终于露出遗憾的表情，"走吧。"

他其实不想逼苏瑞，更不想用这种急功近利的方式，让她退缩。不过，他确实没有时间，也不想冒险，难道这场赌博，果然是他输了？

第六章　罗　　网

　　酒店的服务生已经将行李送到了停车场，斯冠群和安雅轻装下楼，从电梯出来，穿过大厅时，安雅先行了两步，道："我让司机把车开到门口……"话音刚到一半，安雅突然停住了。

　　她看见了一个人，一个站在酒店门口等候着的人。

　　苏瑞。

　　如果换做平时，安雅一定会得体地迎出去，顺便问候莫梵亚的情况。可是现在，当安雅看见苏瑞时，只觉得心中一沉，甚至想绕开她，不让她见到斯总。

　　不过，现在显然已经来不及了。

　　斯冠群也在同时看见了苏瑞。

　　他露出一抹欣然的微笑，越过安雅，稳步走向那边。

　　安雅呆滞了片刻，也紧跟过去。

　　"我以为你不来了。"当他停到她的面前，那声自语般的感叹也在同时响起。

　　苏瑞本来绷得很紧，一副公事公办的模样，然而乍听见斯冠群的声音，她又紧张不起来了。他的语气很随意，让人没来由地放松。

　　"不得不来。这个，给你。"苏瑞吸了一口气，尽可能让自己的态度显得冷淡些，她将一个鼓鼓的纸包递到了斯冠群的面前。

"这是什么?"斯冠群看着纸包,问。

苏瑞正要回答,一直站在斯冠群后面的安雅踏前一步,不得不再次提醒老板,"斯总,现在赶时间……"她明知自己不能擅自打断斯冠群的事,可是,今天也不知道是哪根筋搭错了,安雅一而再再而三地犯着错误。

这一次,斯冠群显然没有纵容,他的眉头轻蹙起来,冷冰冰地扫了安雅一眼。那种冷并不明显,如果不是熟悉他的人,根本看不出来。那是深藏在平静眸底的密云,安雅跟了他这么久,当然读得出他的情绪。

安雅不敢再开口,她赧然地低下头,心潮却翻涌得厉害,莫名的,觉得自己是垂死挣扎的溺水者——真奇怪的感觉啊。

女人的直觉,有时候真的莫名其妙。她自嘲地笑。

苏瑞也不是不通人情世故的小女生,听见安雅那样说,她很自觉地说:"我知道你们还要赶飞机,那我就不拐弯抹脚了,这是一百万,其实远远不够,但是……希望你能收下。还有,谢谢你。许少白的事情,我欠了你一个很大的恩情,如果以后有用得上我的地方,我随时候命。"说完,苏瑞便欲转身离开。

其实,她也知道,斯冠群绝对不会有用得上她的地方。

——于他而言,她轻如尘埃。

可是,态度是态度,能力是能力,即便能力天差地别,她也不至于要在他面前卑微。

她对他的承诺,也绝对不仅仅是场面话而已。

斯冠群并没有接过那个纸包,而是静静地看着她,"你知道,我并不希望你还给我。无论你答应还是不答应,那些事都是我愿意为你做的,你没有必要觉得有负担。"

"还请斯总务必收下。"苏瑞执意请求道。

斯冠群垂眸,终于伸手将苏瑞手中的那个纸包接到了手里,沉甸甸的货币……他兀自笑了笑,"倔强的女人,会很辛苦。"

苏瑞不做声。

他说的是实话。

她确实很辛苦，现在站在这里的，不过是一个心力交瘁的躯壳了。等待着她的，还有更多无法想象的困难，可即便如此……即便如此，也请允许她继续倔强。

她不想为了捷径而失去自我。

"可是看见这样倔强的你，……"斯冠群深刻地看着她，墨黑的眸幽深难辨，"我却反而更不能放手。"

苏瑞愣了愣，正想嚷一句"喂喂，钱货两清，你适可而止"之类的话，可是面对这样压迫性的斯冠群，她喊不出来。

"不过，你放心，我不会逼你。"意识到苏瑞的紧张与陡然的疏远，斯冠群微微一笑，刚才那一瞬的强大气压也在微笑的同时烟消云散。他一面将纸包随手递给安雅，一面淡淡地问："我可以问一句，这些钱是从哪里来的吗？"

她应该没有其他渠道了才对。关于这一点，斯冠群很清楚。

"借的。"苏瑞直言不讳。

"嗯，朋友？"

"不是，是一家财务公司。"苏瑞显然不想多谈这个话题，她的身体往旁边一侧，让开斯冠群前面的路，"快去赶飞机吧，祝你们一路顺风。"

斯冠群却没有动，他沉默地看着她，深沉的脸上，似乎，有那么一点点……心疼，或者生气？

反正苏瑞看不懂。

财务公司，不过就是高利贷。

她拿什么抵押的呢？

房子吗？还是更为苛刻的条件？

他果然是把她逼得太狠了。

"哪家财务公司？"他又问。这一次，语气变得出奇威严。

苏瑞本来不想回答，可是又不由自主地回答了，"诚德……"她倏地停住，中途改口，"这件事无关紧要吧。"

斯冠群的脸上里突然划过笑意，好像听见了一件有趣的事情，但却及时忍住，不想在她面前显露出来。

苏瑞正觉不解，安雅在旁边轻声提点道："……苏小姐，难道你是想用从斯总那里借的钱再还给斯总吗？"

苏瑞还没反应过来，安雅继续道："不过，我们还是第一次知道，诚德财务竟然也做借贷的事情。对不起，斯总，这是我的失职。回去后我会好好调查的。"

说起来，这种小公司，虽然是斯冠群的产业，可是太小太远，他们平时鲜少关注，就算真的疏于管理，也不关安雅什么事。

她不过是解释给苏瑞听而已。

让那个女人知道，在斯冠群面前，她就是一个小人物，何必摆清高呢？

苏瑞终于明白了安雅的意思，她耳根微红，尴尬得不知如何是好。

这笔钱到底是收回来，还是不收回？

她就好像掉进了一个很大很大的网里，前后左右全部悬空，无论她怎么用力，也无法挣脱。

"安雅，你先去车里等我。"斯冠群似乎真的对安雅动怒了，这一声命令沉沉的。

安雅看了他一眼，低下头，默不作声地越过苏瑞，走向了已经等在了酒店外面的黑色奥迪。

酒店门口，只剩下苏瑞与斯冠群两个人。钱已经被安雅拿走了，苏瑞可以不用再纠结那个问题。

虽然还是觉得尴尬。

"……我不知道那个财务公司也是你的产业。"等了一会儿，苏瑞轻声道。

反正这个尴尬的问题迟早要面对，不如早点解决。

"我会尽快还上的。"她又说。

虽然"尽快"两个字，让她自己都不信。

她几乎要溺水了。

"哦，不用还了。"斯冠群微微一笑，不以为意道。

苏瑞愣了愣，正想言辞婉拒，她维护了那么久的自尊与安全筹码，不可能说放弃就放弃，却在此时，听见斯冠群继续道："我一向不赞成公司业务里涉及非法借贷，这间诚德财务，我会马上将它停掉，公司将全部清盘，而它借出去的债务，也会在清盘中一笔勾销，以作为公司失察的罚款。"

苏瑞吃惊地望向他。

斯冠群淡语轻言，只不过在诉说一件很稀松平常的事情而已，好像没有刻意与她挂钩似的，"所以，你不需要偿还这笔钱了。而我的债，你也在刚刚给了安雅。苏瑞，你并不欠我什么。"

苏瑞的嘴动了动，似乎想反驳什么，不过他的理由太冠冕堂皇，她竟找不到破口点。

——可是，这笔账到底怎么回事？

怎么糊里糊涂，就一笔勾销了呢？

"我还要赶飞机，先走了。期待下次见面。"斯冠群却并不给她时间去想明白，他轻声地说完这句话，然后，弯下腰，极绅士地执起苏瑞的手，非常有风度地吻了吻她的指尖，"珍重。"

然后，淡淡的古龙水味从她的肩侧扫过，斯冠群已经离开。

惟留下苏瑞，看着还有点发凉的指尖，怔忪莫名。

明明已经一笔勾销了，为什么，她反而有种事情才刚刚开始的感觉？

也在这时，手机陡然惊响，苏瑞吓得赶忙回神，拎起手机一看："陌生号码"。

"你好。"她客气地打着招呼，心想，是哪位从前的客户。

"是我。"那头的声音先是一怔，继而不悦，"为什么一直没有打电话给我？还有，身为秘书，难道你没有存老板的号码？"

苏瑞心底一瘳。

莫梵亚。

第七章　解　围

"……莫总。"苏瑞客气地打着招呼。

"告诉我，需要多少？"莫梵亚也不想与她多说，将刚才的问题重复了一遍。

"不需要了，已经全部解决了。方才的唐突，还请莫总不要放在心上。"苏瑞深吸一口气，朝斯冠群离去的方向遥遥地望了一眼，终于垂下眼眸，淡淡道："明天萧萧小姐的宴会，也请莫总放心，我不会因为私事耽误的。"

她现在还不能丢掉工作，即便没有了债务的压力，手术之后，乐乐还需要营养费和每月的护理费，杂七杂八的费用肯定不少。

所以，即便继续留在莫梵亚身边，继续出现在萧萧面前，是多么尴尬的一件事，她也只能硬着头皮坚持下去。

莫梵亚没料到是这个回答，他安静了一会儿，忍着脾气问："到底怎么回事？"

一会儿惊慌失措，一会儿失魂落魄，一会儿急需钱，这一会儿，又说什么都不必做了。

那个人身上，难道就有这么多秘密吗？

女孩子简简单单不好吗？明明从前的苏瑞，就是一个简简单单，喜欢笑喜欢打鼓的野丫头。莫梵亚还记得自己第一次见她，伴随着"咚咚锵"

的声响，她抬起头，很得瑟地说："当然，如果是来献花，就另当别论。"

不知为何，莫梵亚一直记得那天的苏瑞，记得她一只手拿着鼓槌，歪着头问自己时的表情。

眉眼明净跳脱，阳光从大大的彩绘玻璃窗外照在她的脸上，让细微的绒毛也镀了一层淡金。

从何时开始变的？

在这个问题愤愤地浮出水面时，他的脑中莫名地闪过很多形象，连他自己都没有意识到的片段，清晰而连贯。

"真的没什么事，抱歉，让莫总担心了。"苏瑞冷淡而客气的声音又将莫梵亚从短暂的走神中扯了回来。

他顿觉不爽，莫名地执著起来，"你现在在哪？"非常颐指气使的语气，根本不容苏瑞回避。

苏瑞踌躇着，她不能回答说自己在酒店。

"我现在正送萧萧回酒店，如果你没有其他事，就出来一趟。我好像记得，你的职责是二十四小时听命于老板。"莫梵亚又开始用职位压她了。

刚才在永安街遇见她的时候，她的表情不像作伪。从刚才到现在不过几小时，事情怎么可能会圆满解决？

她向别人借钱了吗？谁？哪个男人？

莫梵亚兀自想了，自己也没察觉到，怒气里竟夹杂着酸味。

苏瑞怔住。

送萧萧回酒店？

萧萧住的酒店，不就是这一间吗？！难道他们很快就会遇见了！

这个发现让苏瑞立刻紧张了起来，她并不回答，而是直接按掉电话，打算走人。转过身，却看见了正迎面走来的萧萧。

"苏瑞？"萧萧看见她后，也是一愣，眸光在初时那一瞬的戒备后，很快变成招牌的和善与亲切，"你怎么来这里了？等阿亚吗？"

"不是，是……是和朋友约好在这里见面，不过他还没来。"苏瑞不能说斯冠群的事情，只能随便扯了一个谎。

萧萧噙着笑，有点暧昧地看了看后面的酒店，"和朋友约好在酒店碰面？怎么刚好是这间酒店呢，呵呵。"

她没有明着说什么，但苏瑞知道话里有话。也难怪萧萧会瞎想，她明知道萧萧就住在这间酒店，也知道莫梵亚会和萧萧一起留宿这里，自己还在深更半夜巴巴地跑来……

现在真是有几张嘴都讲不清楚了。

"因为是朋友定的地址，我也没想到那么巧。"略微定定神，苏瑞索性拿起手机，道："我催一下他。"

口中虽然这样说着，心里却直犯难：她从哪里抓一个这样的朋友出来？

倘若是从前，还能揪住李艾，可是李艾现在还在 Alex 那里避难呢……等等，Alex？

苏瑞将手机号码翻了一遍，很快找到了上次在酒吧时存进去的名字，她拨通了那串从来没有打过的号码，大概响了三声左右，话筒被对方抓了起来。

"苏瑞?!" Alex 有点出乎意料地惊喜，"怎么……怎么是你？"也不知道是不是苏瑞的幻听，她觉得 Alex 的声音有点轻颤。结结巴巴的感觉。

但还是柔和温润，和以前一样，让人觉得乖乖的。

"不好意思啊，我现在人在凯悦酒店，你——"苏瑞抬眼，看了看正盯着自己的萧萧，正琢磨着措辞，Alex 已经很快接过话题，"我知道了，我马上过来接你。……李艾，李艾刚才一直在念叨你。你等我一会儿，很快。"一面说着，他已经朝外面疾步走去。

苏瑞听见电话那头的背景乐变得越来越淡，渐渐能听到夜晚的街道上呼啸而过的鸣笛声。

真是一个性急的孩子，苏瑞想。心里却陡然流过一阵暖意。

"我朋友马上就过来了。"淡定地收了电话，苏瑞微笑着解释道："我先去马路对面等着了。"

再迟一些，莫梵亚也该过来了。

他刚才明显是在停车场给她打的电话。萧萧先下车，莫梵亚则去停车场停车，就在这样小小一段的空隙里，他终于可以细问她的事情……连打电话都是见缝插针。

苏瑞明明不觉得自己亏欠于谁，却莫名有种偷偷摸摸的感觉。被莫梵亚偶尔"偷偷摸摸"地关注着，甚至不如给斯冠群当情人。起码，斯冠群是正大光明、直接果决的。

苏瑞低下头，向萧萧礼貌地点点头，便朝街对面走了。

这一次，她的背很直，没有一点畏缩与难过。这世上……除了乐乐和妈妈，她只亏欠斯冠群一个人而已。

苏瑞的运气还算不错，直到走到了马路对面，莫梵亚也没有出现。

她也不敢走远，万一和 Alex 错过了，岂不是让人家白跑了一趟？

苏瑞在等 Alex 的时候，又给医院的那位看护打了个电话，看护说乐乐他们都很好，现在吃过药，都睡着了。苏瑞这才安下心来，不过，心落到了底处，却越发觉得酸楚。

如果不是斯冠群，大概……连看护，她都请不起吧。

自己根本不能照顾两个病人，更何况，还要应付这么一个变态的老板。倔强的女人，确实太辛苦。偶尔，苏瑞也想问自己：让家人陪着自己一起吃苦，到底值不值得？

而在她打电话的时候，莫梵亚已经从停车场走了出来。他被苏瑞挂了电话，正憋了满肚子的火，再给苏瑞拨过去的时候，线路却传出"对方正在通话中"的言语。

莫梵亚索性给她打了好几通，结果，苏瑞先是和 Alex 通话，后来又与医院的看护在说乐乐的事情。莫梵亚则一直被占线。

他气得差点摔手机。站在停车场门口，在拨打五次未果后，这才攥紧手机，走了出来。

苏瑞也正在同时结束了与看护的电话煲，她的手指在键盘上按了按，调出莫梵亚的电话号码，将它存进自己的电话簿里。

在输入名字的时候，先敲了"莫梵亚"三个字，想一想，她将"梵亚"两字删掉，改成了"莫总"。

就这样吧。

莫梵亚走到萧萧身侧，却并不送进去，他站在酒店门口，一副告别的姿态，道："回房早点休息吧。明天宴会的事情，我会让苏瑞来处理的。"

萧萧娇懒地看着他，眼波纯净又绵长如丝，"你不上去坐坐吗？"

"太晚了。我明天还要去公司处理一点事情。明天上午我和苏瑞一起过来。"莫梵亚还是没有进酒店的意思，看他的样子，好像还要赶赴另一个地方似的。有点心不在焉。

萧萧沉默了片刻，终究没忍住道："我刚才在这里见到苏瑞了。"

莫梵亚猛地抬头，"她怎么在这里？！你不早说。"

刚才居然敢挂他的电话！

莫梵亚长这么大，还没被人挂过电话！

萧萧本就是顺口一提，大概也没料到莫梵亚会有那么大的反应，她怔了怔，终于有点委屈道："你声音那么大干什么？我怎么知道她为什么会在这里？她说她和朋友约好见面。阿亚，你……你已经为了她，向我凶过两次了！"

"我哪有凶你？"莫梵亚有点别扭地辩解，但只敷衍了一句，还是忍不住问道："现在苏瑞去哪了？"

萧萧转过头，不理他。

显然是生气了。

莫梵亚没法子，只能过去道歉赔罪，目光却忍不住朝酒店门口的马路两侧望过去，然后，他一眼便看到了苏瑞。

应该说，是苏瑞和她的朋友。

一个男人，一个颇为眼熟的、长相清秀的男人。

和他上次在左岸酒吧门口遇见的一样。

不是一夜情对象，难道是……男朋友？

难怪会挂他的电话，原来和男朋友有约，那么，她缺的那笔钱，也自然是男人帮她垫上的吧？

莫梵亚觉得自己很可笑。

人家不过只是随便提了提，自己竟然还真的操心了那么久。其实，关他什么事呢？

他强迫自己收回视线，将注意力转移到还在赌气中的萧萧身上。可是刚才看到的那一幕，就好像刻在了莫梵亚脑海中似的，竟然怎么甩也甩不脱。

他看到的那个男人，当然是 Alex，Alex 确实没有让苏瑞多等，才不过十几分钟，他竟然就到了。

当然，这个时间的交通也算通畅——可苏瑞还是强烈地怀疑，他铁定飙车了，搞不好还闯了一大堆红灯。

"其实，你不用赶得那么急……"当 Alex 停在苏瑞身前时，苏瑞瞠目结舌地看了看手表，擦汗道。

"没有赶……就是怕李艾等急了。"Alex 的脸竟然红了红，有点腼腆地解释道。

苏瑞深以为然。

如果是李艾，肯定会催着 Alex 快点把自己弄过去安慰她这个一穷二白的失婚妇女。

"行，先去接李艾吧，我等会还要去一趟医院。"面对着 Alex 他们，苏瑞并不想隐瞒乐乐住院的事情，反正李艾马上就会知道。她今后会和苏瑞同住一段时间。

"医院？出什么事了吗？"Alex 一听便急了，也顾不上腼腆害羞，一把便抓起了苏瑞的胳膊，将她上上下下地看了一番，"哪里不舒服？我们先去医院，我给李艾打电话。"说着，Alex 已经打算付诸行动。

苏瑞哭笑不得，赶紧压住他正要拨号的手，"别，我健健康康的，是乐乐……就是我儿子住院了，现在也没事了。"

Alex 真是一点也没变，多可爱单纯的一孩子。以后谁能做他的女朋友，一定很幸福。

"……真的不要紧吗？"Alex 看了看正压着自己手背的、苏瑞的手，走了一瞬神，又问。

苏瑞摇头，"行了，上车吧。"

而在苏瑞阻止 Alex 打电话的时候，也正是莫梵亚朝他们看过来的时候，从莫梵亚的角度望过去，恰恰看到了他们"嬉闹"的样子。

莫梵亚也知道自己无权干涉，萧萧已经生气了，当务之急，他应该去哄哄萧萧，可是脚却不听使唤似的，硬是朝马路对面转了过去。

"我去打一声招呼，马上就过来。"向萧萧丢下这一句话，莫梵亚还是走向了苏瑞那边。

萧萧转过来，看着莫梵亚匆忙走过去的身影，本想喊一句什么，又把到嘴边的话憋了回去。她跌了跌脚，竟然追着莫梵亚，一并走了过去。

到了中途，追上莫梵亚的萧萧很自然地挽起了他的胳膊。

"算了，陪你一起过去打招呼吧。"她很贤惠地说。

嘴巴却微嘟着，颇有点委曲求全的幽怨，让人看着生怜。

莫梵亚伸出另一只手，揉了揉萧萧的头发，歉意地微笑着，轻柔而爱昵。

Alex 正也要和苏瑞一起回到车上时，抬头便看见了莫梵亚与萧萧。

"好巧。"莫梵亚盯着苏瑞，不咸不淡地打着招呼。

苏瑞没有做声，她向 Alex 身边靠近一些。

"莫总。"

"这位是？"莫梵亚的目光又挪到了 Alex 身上，很自然地问。

莫梵亚虽然在学校极有名气，但 Alex 却是一个极低调的人，所以，莫梵亚没有认出 Alex，这也是常事——估计莫梵亚记得的人本来就不多。

Alex 正想回答，萧萧却在此时插嘴问："苏瑞，他是男朋友吧？怎么不介绍一下，改天大家一起吃饭。"

"好，一定。"苏瑞并没有解释，她接过萧萧的话头，顺便应了声。

"我们还有事，要先走了。改天我请两位吃饭。"Alex 也并不是愚笨之人，他看出了苏瑞脸上的疲倦与敷衍，很得体地做了结束语，然后用一只手扶着苏瑞的背，小心地将她送进了副驾驶位里。

莫梵亚没有再多说什么，他和萧萧站在原地，目送着 Alex 驾车离开。

后视镜里映着苏瑞的脸，安静而淡然。

直到汽车驶远，萧萧才将头靠在莫梵亚的肩膀上，亲昵地依偎着他，闲话道："苏瑞的男友长得真的秀气，阿亚，你注意到他开的车没有？那辆车被改装过。虽然外观就是一辆中档别克，可是发动机，内部设施全部是一流水平。有这种改装技术的地方不多，而且价格不菲。我看啊，你的秘书没多久就要辞职了。"

攀上了一个金龟婿，又何必还在外面拼死拼活地工作？

萧萧的猜测也不无道理。

莫梵亚并没有反驳，他同样认同了萧萧的猜测：借钱给苏瑞的人，应该就是这个男朋友吧——可既然已经有男朋友了，傍晚的时候，她为什么还要向他开口？

"阿亚，你在想什么？"见莫梵亚有点走神，萧萧推了推他。

莫梵亚淡淡一笑，"没什么，我先送你回房间吧。"

"你今晚还是不留下来陪我？"萧萧撅着嘴，幽怨地问。

"公司明天有事……"莫梵亚正待解释，萧萧已经抬起手捶了他一下，"少来，那个小公司，还需要莫少爷亲自坐镇？莫叔叔说，他只是让你过来锻炼几个月而已，真的在那里待下去，不是和发配边疆差不多了。我不管，明天我办 Party，你不准再有诸多借口，一定要留下陪我。"

"嗯，明天一定。"莫梵亚满口答应下来，在转身送萧萧回酒店的时候，还是忍不住朝马路那边看了一眼。

——那个所谓的男朋友，可靠吗？

莫梵亚虽然不是爱玩的人，他固定的女朋友，一直以来，惟有萧萧一人而已，可是，那并不代表他不通人情世故：在他的那个圈子里，那些有钱的子弟玩过的女人，可以论打来数。他不希望苏瑞也成为那批女人之一。

也许，应该去查一查那个人的来历吧。

莫梵亚这样想着，已经做了结论，连他自己都没发觉：这种干涉别人私事的行为，似乎有点不妥吧。

第八章　乐乐的生父

在车里的时候，苏瑞一直没有说话，当然乏陈解释。

Alex 便是想问，转头看见她的表情，也问不出来。

他们很快到了 Alex 开的那间酒吧，李艾已经等得不耐烦了，在那里吵着酒保，让酒保把 Alex 藏的好酒全部拿出来。

苏瑞进去的时候，李艾刚刚搜刮到一瓶不错的红酒，正在那里数落酒保弟弟方才的不坦诚。

那位酒保年纪不大，毕业还没多久，被李艾忽悠了几句，耳朵都红了，窘迫地站在那里。

苏瑞看见此状，不禁莞尔：李艾好像没有被打击到，还是和以前一样风风火火。

她的恢复能力简直强悍到让人咋舌，而且……似乎桃花运也还不错呢，虽然酒保弟弟被李艾数落得接不上话，可是，他还是忍不住用余光去瞟李艾的脸。

今晚的李艾眼睛有点微肿，但那张绝对无可挑剔的脸，还是让人不由得流连。苏瑞总觉得李艾像一个很著名的影视明星，后来，有一次她在八卦杂志看见了一张照片，才醒悟到：原来李艾像李嘉欣，但又比李嘉欣的五官更为柔和一些，夹了一点周慧敏年轻时的灵气。

当初商天南对李艾一见钟情，穷追不舍的原因，其实是可以理解的。

"苏瑞，你终于来了，什么都别解释，自罚三杯！"听到本侧着身坐在高脚椅上，一眼便看到了和 Alex 一起进来的苏瑞，她将面前的杯子倒满红酒，径直往旁边一推。

苏瑞也不推辞，走到李艾身侧的高脚椅上，坐了下来：让李艾一个人在这里等了那么久，本来就是她的失职。

见苏瑞将酒杯端了起来，Alex 倒是急了，他作势拦了拦，将酒杯拿了过来。然后歉意地看着李艾，劝和道："苏瑞等会还要去医院，乐乐好像生病了，这顿酒改天再补上行不行？"

李艾听闻乐乐生病，早忘了罚酒这回事，而是担忧地望向苏瑞，"不会是心脏病发作了吧？"

关于乐乐的身体状况，李艾一直是知道的。

苏瑞点头，虽极力掩饰，眉宇间仍藏上了一缕忧色。

李艾也沉默下来，等了片刻，李艾抬起头，很豪气地拍了拍苏瑞的肩膀，"没事，我现在虽然不是少奶奶了，但是我离开商家的时候，好歹也开了一辆车出来了——那边叫不到出租车。这辆车如果卖掉，可值不少钱哦，我估计商天南不至于找律师，再把车要回去吧。"她说得轻松，完全忘记了自己的处境，转眼便去安慰苏瑞了，"乐乐的手术费，包在我身上。"

苏瑞静静地回望着她，"是前些天你生日时，他送给你的礼物吧？就因为你看图片时多看了几眼，他就特意为你买的那辆法拉利吗？"

李艾放在苏瑞肩膀上的手微微一顿，脸上的笑容已经有点僵硬。

苏瑞心底轻叹，先从 Alex 手中把那杯红酒拿了过来，仰头饮尽了，再倾过身，伸手轻轻地搂住李艾的肩膀。

"不用帮我，这样就可以了。真的。"

Alex 在旁边看着两个女人之间的友谊，并没有插嘴说什么。李艾既然知晓了乐乐的事情，当然不会拖着苏瑞不放。她拎起自己放在脚边的包，便要和苏瑞一起去医院。

那个小小的旅行包，便是李艾离开商家时带着的全部财产。

"最好里面全是钻石金条。"离开酒吧的时候，苏瑞看了一眼，笑着调侃道。

"是比钻石更贵重的东西。"李艾"嘿嘿"一笑，将那个 LV 的旅行包拉链拉开，苏瑞探头一看，当即趔趄倒地。

竟然是一堆限量版的布娃娃。

"现在市面上可都买不到了哦。"李艾得意地拿起其中一只，递到苏瑞的面前道："她的名字叫做 Trggle，传说，是一位能让人找到幸福的女巫，全球只有三只。她的制作者在做完那三只后便神秘失踪了。还有这个，这个的名字叫做……"苏瑞看着李艾在那里如数家珍，不由得擦汗。

哎，果然是少奶奶当久了，虽然现在一穷二白，可还是不懂人间疾苦啊。

"好了，先把你的宝贝收起来吧。"苏瑞帮她将娃娃塞回箱子里，一面走，一面问："你接下来有什么打算？"

随身带着全球限量的布娃娃，开着一辆法拉利小跑，可李艾确实是一名没有收入的无业人员。她需要工作。

"我想好了，等过几天，我就来 Alex 这里驻唱。好歹我以前是乐队主唱吧。"李艾信口回答。

苏瑞愣了愣，大概也觉得并无不可。李艾以前很喜欢唱歌，而且唱得很好听，成为少奶奶后，反而没有什么机会唱了。

就当散心也好。

"嗯，到时候别把 Alex 的客人吓走就好了。"说着，他们已经走到了 Alex 的那辆普通的别克商务车前。李艾喝了酒，那辆法拉利就暂时停在酒吧这边吧。

Alex 自告奋勇当司机，将她们一路护送到医院。

她们先去看了乐乐他们，在加护病房，母亲和乐乐都睡得很熟，苏瑞没有吵醒她们。

苏妈妈的情况已经好转许多，再观察几天便能出院了。乐乐的手术定在后天。后天刚好是周六，她不需要额外请假，也省掉了对莫梵亚的一番解释。

三人隔着玻璃看了一会儿，Alex 提醒道："你明天还要上班，先早点回去休息吧。"

这个时候，已经是凌晨一点了。

李艾也是同样的意思，他们离开医院，Alex 于是开车将苏瑞送到她家的楼下，苏瑞先下车，她转过身，正想替李艾将旅行包拎出来，一扭头，却看见了不远处停着的另一辆车。

非常眼熟的车。

眼熟，并不是因为这种黑色奥迪的低调与尊贵，而是在于它的车牌号。

那个车牌号以天价拍出的新闻，苏瑞也曾不小心瞟到过，当时还小小地腹诽了一下，顺便仇富。所以记忆深刻。

而也在刚才，当安雅越过她，走向那辆等着的车时，苏瑞再次见到那个车牌号。

于是她知道，它属于斯冠群。

这是斯冠群的车。

在她的楼下。

苏瑞心口一跳，斯冠群能查到自家的住址，关于这一点，苏瑞并不吃惊。只是，斯冠群应该已经离开了这里才对。为什么他的车会停在自己的楼下？

"怎么了？"察觉到苏瑞神色的异常，Alex 在车内问道。

"没事，看到一个熟人，我过去打个招呼。Alex，麻烦你和李艾先上去，这是钥匙。"苏瑞将大门的钥匙交到 Alex 的手中，又向李艾打了个招呼，很快朝那辆车走了去。

Alex 的视线也顺着苏瑞望向了那边。那辆车隐在小区的绿荫下，苏瑞的身体刚好挡住了车牌。他看不出什么端倪。

李艾刚才喝了太多的酒，已经倚在后面昏昏欲睡了，Alex 只能停好车，和李艾先行上楼。

苏瑞则走到了汽车边，径直拉开了车门。

她坐了进去。

车里只有一个人。

他坐在驾驶位里，一只手扶着方向盘，另一只手随意地搭在车窗上，车窗被摇了下来，凌晨一点多的风清爽怡人，偶尔浮起他的发丝，撩过那张深刻俊朗、宛如雕刻般的脸庞。

"你不是已经走了吗？"苏瑞则有点不自在地坐在旁边，很直接地问。

"我将会议推迟了。"斯冠群淡淡回答。

"为什么？"苏瑞诧异地问。

就算他真的不打算放手，也不需要急于一时吧。这可不像斯冠群的作风——那个男人，一直以来，就是运筹帷幄，从容不迫的。

"唔。"他抬起手肘，手指贴着唇，低吟了片刻，然后有点自嘲地回答道："临上飞机时，我知道了一件事，那件事让我很介意，甚至担心。所以……想务必见一见你。"

圩田机场，斯家私人飞机里。

安雅不住地拨打着电话，语气也因为对方的身份，而适当调整。

"会议延期，再等通知。"

……

"嗯，斯总吩咐，会议延期一天。"

……

"Hi, I am so sorry, but……"

……

"是的，斯总临时有急事，不能与会了。希望能延期一天。"

……

"Je suis désolé, la réunion reportée……"

安雅是一个很称职的助理，关于这一点，斯冠群从未怀疑过。所以，他可以直接起身离开，将余下的烂摊子，交给安雅一个人去摆平。

安雅不得不各方安抚，为她的老板寻一个最得体的理由，用最无懈可击的姿态向大家解释道歉。

待挂了电话，她轻轻地吐出一口气，然后扭头望向窗外：机场零星停着几架小型飞机，除此之外，只有荒芜的一片空白水泥地。

现在，斯总应该已经在苏瑞那里了吧……

安雅露出一抹苦笑：能让斯总为之延期会议的女人，到底是何等三头六臂呢？

她不明白，自己身上有什么事情，能够让斯冠群去担心？

"你儿子苏乐乐的父亲，是阿亚吧？"斯冠群的声音不高，手指依旧贴着唇瓣，眸色清淡，他甚至没有看她。这一句话虽是用疑问的语气问出来，却已经是一句陈述句。

斯冠群从来没有收到过错误的情报。

苏瑞怔住。

乐乐的生父到底是谁，这个世上，除了她自己，连莫梵亚都不知道。

她知道斯冠群手眼通天，可是，他到底是怎么查到的？

"抱歉，我不是故意去侵犯你的生活。只是……想知道。"他补充了一句。

苏瑞哑然失笑。

能让他这样道歉，似乎已经不容易了吧。不过，这算什么解释？

只因为他想知道，便可以随便去获取别人深藏许久的秘密。这个男人，真的被权力宠得太过火了。

"乐乐的父亲是谁，和你有关系吗？"苏瑞的态度突然变得强硬起来，她知道自己应该服软，她欠着他的，可是，在听到莫梵亚的名字时，她还是忍不住失控。"这件事，与你无关，与莫梵亚无关，与任何人都无关。乐乐是我的儿子，仅此而已！让你产生兴趣的人是我，请不要再把我的家人牵扯进来！"

斯冠群转过头，静静地看着发火的苏瑞，他眼中并无责难，当然，也毫无歉意，只是平静的，幽深的，洞悉一切又置身事外。

苏瑞高声说了一通后，也沉默下来，她将脸扭向窗外，努力地压抑着自己的情绪，"你为什么会在意这件事？"

终于言归正传。

她听见斯冠群犹疑的呼吸，然后，是一句堪称迷茫的回答，"……我不知道，很久没有这种感觉了。对你太没有把握。你现在在阿亚身边，这让我觉得……不安。"

苏瑞没有回头看他。现在的他，是真诚的，可恰恰因为他的真诚，让苏瑞更加无语。

他在患得患失吗？

像任何一个陷入爱河中的恋人一样？

可是……

"你想从我身上得到什么？"她终于笑出声，将视线从窗外收了回来，转身面向着斯冠群，"如果我激发了你的挑战心，如果你只是……只是想跟我上床。那么我答应你。"

对面的男子眉心微蹙，神情却还是看不出丝毫端倪。

苏瑞则低下脖子，手绕到背后，拉下那件由他买单的洋装的拉链。

八千多的衣服，布料是质感的，拉链散开时，肩膀已经滑落了一半，露出一截白皙美好的柔软。

苏瑞没有再动，她抬起头，重新看向他，"拿走你想要的，然后，不要再为我做任何事情，不要再试图窥探我的生活。我很谢谢你这次的仗义相助。即便别有用心，仍然谢谢。告诉我，做多少次可以让你厌烦一个女人？既然你不肯与任何一个女人维持长久关系，那新鲜期应该不长吧？"

斯冠群依旧没有做声，可是神色不再云淡风轻，他看上去竟有点受伤，似微恼却又惘然。

他想从她身上得到什么？

身体吗？

当然，是想要的。

可是，他并不想就这样占有她。即便此时衣衫不整的苏瑞，比任何时候的任何人，都让他感到渴望。

"没关系，我并不是良家妇女，也不是三贞九烈的牌坊卫士。你其实不用花那么多心思。"苏瑞继续说着，继续将滑到肩膀上的衣服褪下，眼见着就要褪到腰侧。斯冠群终于有了行动。

他伸出手，轻轻地放在苏瑞的脸上，干燥的、带着一丝烟草味的手，摩挲着她冰冷的肌肤。

苏瑞僵硬在原处，她的背后浮起一层寒栗，口中虽然逞着强，可是心底却是害怕的。这些年，碰过她的人，只有莫梵亚而已。

第一次的时候，莫梵亚那么青涩，其实并没有给她多美妙的印象。她只觉得疼痛，那种想交出自己的冲动，让疼痛也变得麻木，记忆中的身体是空浮的，惟有莫梵亚的脸，被汗水濡湿的头发贴着他的额头，他的眉睫恹恹的，呼吸的热度灼烧着她所有的感官。

第二次，则全然是酒醉的晕眩，药物让她变得疯狂而主动。她索取着他，重逢的喜悦沉淀成最彻底的绝望。

——无论哪一次，都绝对谈不上美妙。

虽然苏瑞说话时大大咧咧，好像开放随便至极，实际上，和未经人事的少女没什么两样。

按照李艾的说法："你啊，就是一外强中干的雏。"

所以，斯冠群的抚摸对苏瑞来说，其实很陌生，但很奇怪的是，他并没有让她反感，没有像其他那些动手动脚的客户一样，让苏瑞有种想踹人的冲动。

在他面前，她变得很渺小，他身上有种力量，让她没法子逞强到底。

斯冠群的手，就这样顺着她细腻的脖颈，滑到了她赤裸的肩膀上，然后是胳膊，然后，落在了坠在她手腕边的裙子上。

他倾过身，他的脸几乎贴到了她的耳朵。苏瑞动弹不得。

然后，斯冠群为她缓缓地拉起衣服，再细致地合上拉链。

"……你不想要？"苏瑞呆住，半天才讷讷地问他。

斯冠群已经抽身退开，顺便将她弄乱的长发理了理，又亲昵地松开。

"我从未像现在这样想要一个女人。"听到苏瑞自语般的问题，他微微一笑，低沉的声音自嘲而醇厚，"可是，不是现在，也不应该用这种方式。"

"你到底想怎么样……"这一声，已经变成了叹息，"一定要占有我的人生，你才觉得满意？"

如果身体不能够满足他。如果他从未想过去给予他的感情，甚至吝啬于承诺。那游离在身体之内，情感之外的关系，到底算什么？

情人？

一个从属于他的情人？

苏瑞低下头，额前的长发顺着低头的动作垂下来，遮住了她两侧的脸庞。

她很想对他反唇相讥，然而话到嘴边，眼睛却莫名地发涩。

第九章　自由的代价

　　苏瑞没料到自己会哭。她经历过很多棘手的事情，遭遇过许多痛心至极的变故，可很多时候，她都可以控制自己的情绪。然而，在斯冠群伸手撩起她的发丝，将它们挽过她的耳后时，苏瑞的泪就这么毫无征兆地涌了出来。

　　她觉得无力。

　　斯冠群怔住，然后伸出手臂，揽住她的肩膀，将她带进自己的怀里。

　　"我没想过逼你太紧。"他在她的耳侧低声道，带着自己也觉惘然的怜意。

　　苏瑞的额头抵着他的胸口，手则慢慢地放在他的肩膀上，再缓缓地推开，"没关系。你可以慢慢想清楚，你到底想怎么样。我等你的答案。在你对我厌烦之前，我不会让其他人碰我，也绝对不会爱上其他任何一个人。你更加不用担心莫梵亚。他并不知道乐乐的身份，也请你替我保守这个秘密。"

　　她已经不可能得到莫梵亚了，如果乐乐再被抢走，苏瑞这些年的坚持，又算什么？

　　而且，如果……只是如果……乐乐不能活下来，她不会让莫梵亚和她一起去承担这样的绝望与伤痛。

　　斯冠群未语，他退开一些，深邃的目光静静地看着她还残在眼角的泪，以及一闪即逝的软弱后，那重新冷毅的面容。

"我们并不是任何从属关系，如果一定要下定义，这只是一场交易。你帮了我，我还给你。我的朋友还在楼上，斯总如果现在不想要，我就先上楼了。"苏瑞扭过脸，语速极快地丢下这句话，便欲推开车门出去。

"苏瑞。"斯冠群在她的一只腿跨出去时叫住了她，"把你的生活全部交给我，很难吗？"他不过想让她过得轻松一点，每个女人，都应该被男人宠爱保护。他不想再看到她疲于应付的模样。

"不难，可是，我怕自己会不由自主地依赖你。"苏瑞没有回头，她低头苦笑道，"我很习惯去依赖别人。可是你——却不能让我去依赖一辈子。"

终有一日，斯冠群所有的宠爱都会随着时光的流逝而变得淡薄。到时候，她丧失的，不仅仅是他的庇佑，也是再也不可能追回的独立与自由。

所以，请原谅她现在的倔强，这不过是一种自我保护的方式而已。

斯冠群双眸微垂。

他突然有种冲动，想对她许诺一辈子，可是，话到嘴边，终成无言。

一辈子……

斯冠群摇头。

一辈子代表的桎梏与无奈，她又怎能明白？

他已经不敢再尝，也不敢再试图去毁掉任何一个他在乎的人。

苏瑞落荒而逃，虽然她尽量让自己的动作显得平淡从容，可是紊乱的心跳早已经出卖了她。

她真的不能再面对那个人，也许自己真的会妥协。

好在，斯冠群没有追上来，他坐在驾驶位上，透过半敞的车窗，看着她的身影消失在楼梯间。

苏瑞回到屋里，Alex 坐在客厅的沙发上看电视。李艾刚才喝多了，现在已经躺回了床上。

"好像已经睡了。"Alex 说。

苏瑞本来还想进去和李艾说一会话，待走到门口，她贴着门听了一会儿，又沉默地退回客厅。

她听到了房间里压抑的哭声。

乐乐和妈妈都在医院，乐乐原来住的地方便空了出来，苏瑞决定今天睡小房间，暂时别去打搅李艾。

Alex 则从沙发上站起来，指了指厨房的位置道："我刚才给你煮了一点粥。等会你喝点再睡。时间很晚了，那我就先走了。"

苏瑞点头，她总不能将 Alex 留在沙发上过夜。

"苏瑞，如果你遇到什么困难，可以找我。我们……毕竟是老同学，不是么？"当苏瑞送到门口的时候，Alex 转身叮嘱道。

苏瑞微笑，点头，"那麻烦你帮我照顾李艾。李艾是一个很好的女孩。我不介意你趁虚而入，追她哦。"

Alex 和李艾一直走得很近，在李艾最失意的时候，还能想着去找他。他们之间相处得一定很和谐。而且，Alex 看上去是一个不错的男人呢，体贴，腼腆，善良。

如果李艾当初选择的人是 Alex 这样的，而不是商天南，也许就不会有今天的受伤。

Alex 的脸色也微微一黯，他低下头一面换鞋，一面嗫嚅道："惟独这个忙不能帮。"

苏瑞诧异地看着他，"为什么？"

Alex 则抬眸，淡淡地看了她一眼，轻声丢下一句"我心里有人了"，然后转身，逃也似的离开了苏瑞的家。

苏瑞瞠目结舌地顿在那里，随即觉得好笑。

不过是喜欢上了一个其他的女孩，用得着那么害羞么？

真不知道他这些年在美国留学，到底是怎么度过的？苏瑞可知道那里令人咋舌的开放与彪悍。

Alex 下了楼，在走向停车位的时候，他的目光忍不住向刚才那辆黑色的奥迪扫了一眼。

奇怪的是，那辆车竟然还停在原地。车窗已经摇了上去，Alex 看不见里面的人，只是依稀感觉到，里面有一个不容忽视的存在。即便隔着几米地，即便隔着一层玻璃窗，他仍然让 Alex 觉得有压迫感。

他到底是谁？

苏瑞的朋友？

Alex 几乎想过去打一声招呼，可是脚动了动，又停住了。

他不能贸然去打搅苏瑞的生活。

可是在驾车离开小区的时候，Alex 还是忍不住记住了那个车牌号。

小区三号楼，第七层。苏瑞已经关了电视，走进了小房间里，她撩开窗帘，在黑暗中，倚着窗，静静地看着楼下停着的黑色的车。

斯冠群在她的楼下停了一夜。她看见偶尔从窗边透出的烟头的亮光，在寂夜里明灭不定。

她也在窗前站了一夜，什么都没有想，莫名平静。

苏瑞去上班的时候，李艾还是没有起床，她准备好早餐，然后将昨夜 Alex 煮好的粥简单地打包了两份，先去了一趟医院。

斯冠群是在凌晨四点时离开的，凌晨五点半，苏瑞坐出租车去医院。

Alex 是南方人，煮的粥异常美味，粘软合度。

冲着这一点，苏瑞更加坚定了他是好男人的认知。

李艾没能和他在一起，真可惜。

到了医院，苏妈妈和乐乐都已经起床了，正被看护扶着，在走廊上走来走去。苏瑞迎了过去，先把粥给苏妈妈盛了一碗，而后拉起乐乐的手，轻声问："乐乐明天就要准备做手术，怕不怕？"

乐乐摇头，俊美的小脸上扬起一个很阳光的笑容，"等做完手术，我的病就全好了，还能帮外婆多做点事。乐乐不怕。"

苏瑞的鼻子一酸。

所有的父母都希望孩子能够早早懂事，只有她，最怕看到乐乐懂事的样子——这让她觉得歉疚。

"嗯，做完手术后，乐乐以后就能和其他小朋友一起玩了，踢足球啊，跑步啊，都可以。"苏瑞将他抱在膝盖上，忍着心酸，微笑着畅想着以后的事情。

因为心脏病的缘故，乐乐一直不能参加剧烈活动，这也让他被幼儿园其他小朋友孤立。对于这一点，苏瑞其实一直是知道的，只是知道了也无可奈何而已。

乐乐显然也很高兴。

苏妈妈在旁边不动声色地听着，等母子俩说得差不多了，她扯了扯苏瑞的衣服，示意去外面说一会话。

苏瑞只能将乐乐放了下来，正要出病房，乐乐突然伸出手，弱弱地碰了碰苏瑞的手，仰起头怯怯地问："……妈妈，做手术的时候，能不能看到爸爸？"

他偷听其他的护士说，心脏移植这么大的手术，父母都会到场的。因为，兴许他再也不能从手术台上下来了。

他一直避免谈及父亲这个话题，外婆说爸爸去了很远的地方。可是——再懂事的小孩，在这个时候，也会希望见一见每个人都会有的爸爸。

如果他真的再也没办法从手术台上下来……

苏瑞怔住，正不知怎么回答，还好苏妈妈打了一下岔，"乐乐，外婆和你妈妈说点事。这个问题我们等会再说啊。"

乐乐点头，没有再问。

苏妈妈则扯着苏瑞走出了加护病房。等他们站在走廊一侧的茶水间里，苏妈妈沉声问："乐乐的手术，你从哪里来的钱？"

"……朋友借的。"苏瑞淡淡道。

"李艾吗？"

"不是，李艾刚刚离婚了，现在也没多少钱。"苏瑞既不想说谎，又不能说出实情让妈妈担心，只能含糊道，"是另外一个朋友。"

"男的还是女的？"苏妈妈却突然变得敏锐了起来。

苏瑞无言；半天才讷讷地说："男的。"

她已经准备了大堆说辞，还好，苏妈妈没有继续问下去了。

苏瑞正要叹气，却又听见苏妈妈叹息道："苏瑞，找个男人嫁了吧。你还年轻，不能这样过一辈子。找个对乐乐好的。妈妈也不能陪你一辈子，以后你一个人，该怎么办？"

"……再说吧。"

"怎么能再说，等乐乐再大一些，可就懂得认生了。要给他找个后爸，一定要趁早。等我出院后，就给张罗张罗，离异的也没关系。上次菜市场的张婶对我说，她的一个大侄子……"苏妈妈一提起这个话题，就会变得没完没了。

苏瑞硬着头皮听着，即便满心不耐烦，却也不方便拒绝。那是妈妈的一片好意。

她已经害死了爸爸，难道还不能让妈妈顺心么？

"等过了这段时间，我肯定会把这件事放在心上。"好容易等苏妈妈念叨完，苏瑞好脾气地宽慰道："妈，乐乐这边，你帮我看顾点。我今天还要上一天班。"

苏妈妈只是撞伤了头皮，虽然当时很吓人，休息了一晚上，似乎也没什么大碍了。

苏妈妈这才点头，放行道："你去吧，工作要紧，你现在如果再被炒鱿鱼，那我们一家三口只能喝西北风了。"

苏瑞如蒙大赦，正要离开，又听到苏妈妈问："乐乐说想见爸爸，该怎么解释才好？"

"和以前一样解释就行了。"苏瑞平静道。

"爸爸在大洋彼岸，赶不过来了，所以，对不起，宝贝。"

这个解释已经骗了他好几年，不过，现在四岁的小孩，其实聪明得紧，苏瑞不知道自己还能靠着这个解释骗多久。

"哎。"苏妈妈点头，神色郁然，"乐乐真可怜。"

苏瑞心中涩然。

离开医院，赶到公司的时候，正好九点钟。

莫梵亚居然已经在办公室了，办公室的门敞开着，莫梵亚听到脚步声，抬头看了她一眼，然后又就势瞧了瞧手表，"真准点。"

苏瑞不是白痴，她当然听得出来莫梵亚语气里的反讽。

"抱歉。"她淡淡地回了一声，将包放在办公桌上，正要开电脑。抬头便见到了依然穿着超短裙的胡娟，扭着腰，一步三摇地走了过来，"苏秘书，莫总刚才吩咐，今晚的宴会，让你协助我安排。"

她特意把"你"和"我"咬得很重，以便分清两者之间的主次关系。

苏瑞犹疑地看了看办公室里的莫梵亚，莫梵亚神色淡然，显然确实是他的决定。

不过，这其实正中苏瑞的下怀。

她本来就不想表现得多么优异，只要能多腾出点时间，好早点去医院陪陪乐乐，别说她被人挤下负责人的位置，便是贬她当一个清洁工也没关系。——当然，工资可不能少。

"我约了萧萧小姐中午一起开个午餐会。中午之前，你就把手边的活干完吧。"胡娟几乎有点颐指气使地说道。

苏瑞默然地应着，"嗯。"

心中却想：如果胡娟知道萧萧是莫梵亚的未婚妻，不知道会不会气死？

真是难为她了，今天这么冷的天气，还穿着这么短的裙子在莫梵亚的办公室外晃荡。

等胡娟终于离开她的办公桌，苏瑞在鼻子前摆摆手，扇走胡娟留下来的浓郁的香水味，然后拿着空白的纸笔，走进了莫梵亚的办公室。

她是秘书，她的工作全部由老板直接安排。

莫梵亚正在随便翻阅着面前的文件，见她进来，也没有什么好颜色，只是极生硬地问："今天公司的电脑是怎么回事？"

第十章　黑帝老Ａ

苏瑞怔了怔：电脑？

她刚才还没来得及开电脑呢，就被胡娟抢白了一番。

"你自己看。"莫梵亚说着，已经将面前开着的笔记本转到了苏瑞面前。苏瑞微微弯下腰，果然看到满屏幕的乱码。

"我去联络网管办。"苏瑞拿起桌上的电话，便要拨号码，莫梵亚已经不耐烦地制止了她，"所有的电脑都变成了这样，网管办的人已经查过了，查不出原因。那个宴会的事情你先让胡娟处理。上午你就解决这件事，如果解决不了……我会怀疑你这个秘书的能力。"

莫梵亚从今早她一进门开始，便处处针对。

苏瑞深呼吸，将气忍了回去，她站直道："我尽力。"说完，便要出门去处理这件事，到了门口，她听到莫梵亚在身后问："昨晚又没'休息'好？就算苏秘书熬得住，至少也要考虑考虑公司形象吧？下次如果还是顶着黑眼圈，就不用来上班了，直接请假在家里呆着！"

苏瑞这才明白莫梵亚的无明之火是从何而来。

也是，她刚才上电梯的时候，随便瞟了一眼镜子里的形象：那里面顶着两个肿眼泡、满脸蜡黄憔悴的女人，连她自己都吓了一跳。

可谁规定了秘书就一定要光鲜靓丽？！

苏瑞心中更是愤愤，简直是懒得理他，不过，在转身合上办公室的门时，她还是礼貌地回答了一句，"不好意思，明天一定会擦上好几层胭脂水粉，绝对不会污了莫总的眼睛。"

莫梵亚看了她一眼，俊朗的脸上露出郁结的恼意。薄唇微抿，好像无理取闹的那个人是她似的。

苏瑞扭头，"啪嗒"一声，合上门。

伴君如伴虎啊，这份工作，真的越来越岌岌可危。

腹诽归腹诽，老板交代下来的事情，她却必须要做完，而且，还一定要在中午之前做完。

苏瑞先去找网管办了解了情况，网管办的人也回答不上原因，似乎是感染了病毒，反正一开机是蓝屏，系统啊，硬盘啊，统统没有问题。

苏瑞属于半个电脑白痴，让她下载什么软件，查查网页还可以，其他的东西根本是一头雾水，至于这些奇奇怪怪的 DOS 语言，她完全看不懂。所以，虽然网管办的人说了一大通，归纳到苏瑞那里，也只有一句话：公司的技术人员已经搞不定了，得找外援。

可是，找谁？上哪找？

苏瑞两眼一抹黑。

她知道宋丽丽以前的男友是做 IT 的，似乎还蛮厉害，想了想，苏瑞跑到市场部去请教宋丽丽。

宋丽丽也很够朋友，听苏瑞这样说，她将手中的活一放，非常老道地说："这种大面积病毒感染，找普通技术人员根本解决不了问题。我告诉你一个论坛网址，你去那里求救。"

"什么论坛？"苏瑞茫然地问。

"FREESU，是一个黑客联盟，非常强大。你应该听过黑帝老 A 吧？FREESU 现在的老大就是他。"宋丽丽算是半个电脑狂，一提起相关专业，姿势立刻变得眉飞色舞。

"黑帝老 A……"苏瑞沉吟着，她对这个名词不算陌生，不久前还听李艾提起过。

李艾将这个名字与斯冠群的地位并驾齐驱，全是华人圈不能惹的人物。

"你居然不知道老A？"宋丽丽见她茫然，以为她没听说过，当即很花痴地感叹了一句，"黑帝，简而言之，就是君临黑客王国的帝王。绝对的技术之帝啊！"

"我只知道骇客帝国，里面的基努里维斯很帅。"苏瑞见她激动了，当即插科打诨道。

"就知道你什么都不懂，上次看你的电脑，除了一个瑞星，压根就是裸奔……"宋丽丽说到一半，却突然打住，她脸色微变，试探地看向苏瑞。

苏瑞却好像毫无知觉，根本没有将这句话听进去。

"说说你的老A吧。怎么叫这个名字？难道是个老头子？"苏瑞饶有兴致地问。

老A。老A，一听名字，就觉得很老资历呢。

"谁说的，在我心目中，他可是一个风度翩翩的酷哥呢，别让我幻灭。"宋丽丽见话题扯了回来，暗自里松了一口气，重新变得神采飞扬起来，"老A只是一个代号。好像源自一种赌博游戏，里面有一张谁也猜不出的鬼牌，那张牌便叫做老A。言外之意，就是深藏不露的意思。除了论坛里的几名高级管理员，没有人知道他的真身。你知道上次怀东机场的飞机全部停飞，对外宣传什么天气原因，听说啊，就是老A做的，系统全部瘫痪，当然不能起飞啦。"

苏瑞咋舌。

她怎么觉得自己穿越到好莱坞的高科技电影里了？

可是，她只是想找一个人修电脑而已。

"算了，我还是找别人吧，那些黑客，如非必要，少招惹好。"苏瑞见宋丽丽有深谈下去的意思，她赶紧摆摆手，表示话题就此打住。

宋丽丽颇觉扫兴，"你不找他们，那打算找谁？我们公司的技术人员也都不差，他们不都束手无策了吗？"

苏瑞皱眉想了想，突然灵光一现。

她依稀记得，Alex 在大学时修的科目便是计算机编程。虽然他现在改行做酒吧老板了，但至少也知道一些行内的靠谱人士吧。

想到这里，苏瑞只能又给 Alex 打了一个电话，这一次的电话铃声却响了很久，正在苏瑞要挂断电话的时候，才听见 Alex 睡意朦胧的声音，"喂。"带着淡淡的沙哑与慵懒，让人听着，仿佛被猫儿抓过心脏似的，痒痒的。

他显然是被电话铃声从床上扯下来的。

"是我，苏瑞。公司的电话。"苏瑞刚才随手拿着公司座机，Alex 那边没有来电显示。

"苏瑞？"Alex 的声音陡然精神了起来，"怎么你们公司没放假？"

苏瑞被整了一个莫名其妙，"为什么要放假？"顿了顿，她又自己找到了解释，"哦，今天是周五，不是周六。你睡糊涂了吧。"

Alex 没有做声，苏瑞听到那边传来的窸窸窣窣的声音，似乎是起床穿衣的动响。

"这么早打搅你真对不住，不过，我现在遇见了一件棘手的事情，需要请几位计算机高手。你有没有合适的人推荐？价格从优，而且很急。"苏瑞也不废话，单刀直入地说明来意。

Alex "哦"了一声，也不问清情况，只是应道："我马上过来。"

"你？"

"……我也会修电脑，等我半小时。"说着，Alex 挂断了电话，大概去刷牙洗脸去了。

苏瑞看着已经成为忙音的话筒，有点哭笑不得。

难道 Alex 以为是简单的电脑故障？好歹也让她把话说完吧。

不过，他来了也好，她可以面对面地请教他。

"我还是建议你去论坛求助。那个论坛也不是什么人都能进去的，是非常严格的会员制。刚好我的前男友是里面的会员。"宋丽丽还在那里遗憾地感叹。

这种维修的费用很高，而且主管人员轻易不会出马，她私人找不到理由与他们打交道，但如果是公司的事情，就可以假公济私了。

所以宋丽丽才那么热心。

苏瑞保留着自己的意见，"再看看吧。如果实在不行，再找他们也不迟。"

宋丽丽只得回去继续工作。

苏瑞也回到自己的办公桌前，将莫梵亚这几日的行程略微整理了一下，顺便熟悉自己的职责范畴。

苏妈妈也从医院打来一个电话，说李艾专门去医院帮忙照顾乐乐。乐乐今天做了一堆检查：心电图啊，彩超啊……不过，也不知道为什么，明明等着体检的人很多，有的人为了一个 B 超等了好几个小时，他们却根本不用排队。

基本上，拿着病历本，就能明目张胆地被护士带着插队了。

"苏瑞，你在医院是不是有朋友？"苏妈妈诧异地问。

苏瑞很自然地想起了斯冠群，口中却回答道："大概是李艾太漂亮了，呵呵。"

这个理由，估计也糊弄不了苏妈妈吧。不过，苏妈妈没有再多说什么。

能便利行事终归是好事。乐乐的身体又不好。

"帮我对李艾说声谢谢。晚上回去，我们一起宵夜。……我今天又会很晚才能回去。"

萧萧的宴会也不知道几点才能结束。

苏妈妈"哦"了一声，没有责难。

挂断电话，苏瑞对着话筒发了一会呆，又不由自主地抬起头，向莫梵亚的办公室看了一眼。

莫梵亚的办公室一直紧闭着，也不知道他在里面干什么。

办公室里，莫梵亚的桌上，摆着一份极简单的履历。

他的手指拈起履历的其中一角，闲闲地看着。

中文名：何晓航

英文名：Alex

籍贯：香港

学历：大学肄业

家庭背景：未知

工作经历：未知

Alex 果然很准时，堪堪过了半小时，便看见他气喘吁吁跑上来的身影。苏瑞好笑地看着他，又不是等着开会，何必那么守时？

"一定连早餐都没吃吧，等事情结束后，我请你喝早茶。"苏瑞迎了过去。

Alex 有点腼腆地笑，白皙的脸上还因为奔跑泛着绯色的红晕，"抱歉，起床太迟了。我们先处理电脑问题吧。"

"你先看看吧，不过很棘手，我们公司的人都束手无策。如果你有合适的人推荐……"苏瑞其实没打算让 Alex 亲自出马，毕竟他没正式毕业，后来休学去美国后，听说修的也是贵族专属的哲学。

Alex 根本没有注意听苏瑞的话，他已经径直走到了苏瑞的办公桌前，将电脑打开了。

苏瑞见他进入状态，自然不敢打搅，她先去前台为 Alex 倒了一杯水，又担心他没吃早餐会饿，正琢磨着去楼下买点面包什么的暂时压一下。

到了电梯口，便看见宋丽丽从楼下的销售部拎着一个汉堡和一杯咖啡爬了上来。

"销售部订的外卖，多一份，看看你需不需要？"宋丽丽走到苏瑞面前，一面解释，一面朝玻璃橱窗后的办公桌那边望了一眼，然后，她用手肘推了一下苏瑞，促狭地问："喂，男朋友啊？"

"男性朋友而已。"，苏瑞赶紧接过她送来的早餐，淡淡地回答。

"不错欸，这男生真秀气。多大了？有女友没？做什么的？有房有车不？"宋丽丽的视线还粘在 Alex 那边，问题像连珠炮似的，一口气噼里啪啦吐出一堆。

苏瑞没急着回答，只是似笑非笑地问："这么快就移情别恋了？不是还想着勾搭莫总吗？"

自从莫梵亚来到公司，简直让公司女同胞的穿衣品味原地提高了三个档次，其中自然包括宋丽丽。宋丽丽现在也打扮得越来越有女人味了。

"首选当然是莫总啊，可是前面不是还有一个胡娟挡着吗？现在胡娟每天上来献殷勤，露着两条滑腻腻的大腿，我怎么争得过？"宋丽丽郁闷道。

苏瑞笑，"可惜我这位朋友心里已经有人了，不然，我还真会隆重推荐他。"

宋丽丽顿时泄气，"不会吧，又被捷足先登了？那个女孩漂亮么？什么来头？"

苏瑞耸肩。

她只知道 Alex 心里有了人，但那个人是谁，她确实猜不到。

毕竟，她和 Alex 并不熟啊。只是这几天杂事纷扰，求助于他的太多，莫名其妙，就混成死党了。

除了李艾，她甚至不知道 Alex 还认识其他的什么人。

"……对了，你朋友这是在修电脑？"待她们一同走进办公室的时候，宋丽丽终于问到了点子上。

苏瑞点头，"他想先试一试。"

宋丽丽撇嘴，"还是少打击人家了，我说过，这种档次的中毒，必须找顶尖黑客来处理。我还是强烈推荐 FREESU 联盟。搞不好，还能联络到A 殿亲自处理呢。"

苏瑞见宋丽丽又开始发花痴，也懒得吵醒她。转过身，苏瑞将汉堡和咖啡放到办公桌上，对正在键盘上打字的 Alex 道："先吃点早餐吧，弄不好算了。"

"已经好了。"Alex 敲了最后一个 Enter 键，抬起头，向苏瑞微微一笑。仍然是腼腆而内敛的模样。

苏瑞一怔，还没有反应过来，宋丽丽已经大惊小怪地张大嘴，"你弄好了?!"

她的话音刚落，便听见前台的小丫头高声欢呼道："电脑能用了！"

满公司的蓝屏，都在一瞬恢复到原状，刚才因为网络瘫痪而停顿的公司，立刻喧嚣起来，然后很快投入到工作状态中去。

苏瑞不可思议地看着一脸淡淡的 Alex，半天才蹦出一句话，"Alex，你太牛了，没想到你还有这么一手。"

公司的技术人员明明都束手无策的呢。

"因为我的电脑也常常死机，久病成医而已。"Alex 不以为意道，那轻描淡写的表情，好像真的只是小毛病而已。

宋丽丽瞅了瞅他，又瞅了瞅屏幕，顿时擦汗，将公司网管办的人全部鄙视了一遍："切，那些拿工资不做事的人，苏瑞，你得带着你这位朋友好好去寒碜他们。"

苏瑞连连点头：必须的。

Alex 反而觉得不好意思了，他红着脸，赶紧劝阻道："不是他们差，而是……"话说了一半，正不知怎么接下去呢，莫梵亚的办公室终于有了动静。

大概他的手提电脑也恢复了工作吧。

办公室的门被拉开，莫梵亚站在门里，看着正与苏瑞谈笑风生的 Alex。苏瑞正要将咖啡递给 Alex，Alex 的手伸到半空，头微微低着，唇角的笑容美好缱绻。宋丽丽在桌边百思不得其解，那边的氛围随意而亲呢。

"莫总。"宋丽丽赶紧站直。

"莫总。"乍见到莫梵亚，苏瑞的动作也免不了一滞。

莫梵亚淡然地看过来，他的目光疑虑地停在 Alex 的身上，若有所思的样子。

"我请朋友过来修电脑。"苏瑞也不知道是什么心理，好像不希望将 Alex 扯进来似的，下意识地维护了一句。

"嗯。"莫梵亚还是一脸淡然，并没有说什么。

"你还要工作，我先走了。有事再电话联系。"Alex 见气氛有点莫名尴尬，他不想给苏瑞增添麻烦，索性告辞道。

"可是——"人家风尘仆仆地赶过来，替你解决了一个老大难的问题，就这样放他走了，苏瑞是无论如何都做不到的。

就算 Alex 并不缺那么一点报酬，好歹要一起喝个早茶，道声谢谢吧。

他上来后，连一口水都没顾得上喝。

"何先生，介意进来聊一下吗?"莫梵亚也在同时开口，很客气地邀请道。

Alex 有点惊异地看着他，眸光微动，随即一片宁然。

"可以。"他没有拒绝。

至于为什么莫梵亚知道他姓何，Alex 根本没去追究。香港那边确实不怎么习惯用中文名，他对外的名字一向是 Alex，但对自己的中文名也没有保密——可如果不是有心人，大概也不知道吧。

譬如此时的苏瑞。

第十一章　宴席上的暧昧

直到 Alex 进了莫梵亚的办公室，苏瑞还在抓脑袋。

Alex 姓何吗？

呃，不知道。

反正从见面初始的自我介绍开始，他就一直用 Alex 这个名字，苏瑞也不是什么刨根问底的人，她脑子里其实一向少根弦。

倒是宋丽丽，从最初的惊诧里回神后，立刻揪住苏瑞不放了，"喂，苏瑞，是朋友就帮我调查一下情敌是谁。你这朋友真不错，姐看上他了！"

苏瑞瞟了她一眼，"怎么，不迷恋你的那位 A 殿了？"

"嘿嘿，两不误，两不误。"宋丽丽晒笑一声，还想继续扯白，胡娟不知何时也上楼来，见到宋丽丽，胡娟不客气地喝了一声："现在是工作时间，苏秘书也很忙，丽丽你上来有公事？"

胡娟现在分管销售部，也是宋丽丽的顶头上司。

闻言，宋丽丽虽然满心不情愿，但也不敢公然违逆，她向苏瑞吐了吐舌头，张唇做了个"狐狸精"的口型，然后匆忙下楼了。

胡娟也没有追究宋丽丽的事情，只是抱着双臂，望着苏瑞："如果事情忙完了，我们就去准备宴会的事情。萧萧小姐刚才打电话来，说会过来吃午餐，你先去定位置。最好是个干净安静点的包厢。萧萧可是千金大小姐，吃不惯差的地方。"

这一点，不用胡娟交代，苏瑞也知道。

萧萧和莫梵亚是同一个世界来的人。精致，奢华，对细节苛刻到自然而然的程度。

对于胡娟的颐指气使，苏瑞也没有去计较，只是……

莫梵亚找 Alex 会有什么事情呢？

说起来，Alex 也进去一段时间了吧……

莫梵亚的办公室里。

隔着厚实的楠木办公桌，Alex 双手交叉，抵住下巴，很闲逸地坐在莫梵亚的对面。

他同样在猜测这次谈话的目的。

"虽然这样谈话，会让何先生觉得很唐突，不过，有一些问题，作为苏瑞的上司以及老同学，我想向何先生确认一下。"莫梵亚也不是拐弯抹角的人，他坐在办公桌后，一只手拿着笔，笔尖抵着那张几乎空白的履历，心平气和道。

Alex 微笑，神情还算友善。

"你们，现在是在交往吗？"莫梵亚探寻地问。

Alex 正要否定，蓦然想起那晚在酒店外苏瑞的举动，踌躇了一下，还是点了点头，"是。"

这应该是苏瑞希望的答案吧。

莫梵亚的笔尖顿了顿，墨水在纸上晕开，留下一个黑色的污痕。

"……她好像最近遇到了什么财政问题，如果可以，不知道能不能让我知道？我是她老板，知道下属的状况是应该的。"等了一会儿，莫梵亚又道。

可是这个话题，扭转得有点生硬了。

Alex 蹙眉，他没听说苏瑞有什么财政问题啊。

就算是乐乐的医药费，他凌晨时还专程去查过，数据上显示已经付清了。

莫梵亚见到 Alex 的表情，大概也猜到了他并不知情。

可是，如果苏瑞并不向男友求助，又是用什么办法解决危机的呢？

话题很快陷入了困局，还好，莫梵亚的电话也在此时响了起来，他随手接了起来，淡淡地叫着对方的名字，"萧萧，起床了？"

极关怀的语气。

不知道那边说了些什么话，莫梵亚一味地"嗯"了数声，然后，他挂断电话，转向 Alex，"何先生这次帮了我们公司一个大忙，等会介不介意一起用个午餐？"

Alex 想了想，大概也觉得并无不可，"那就一起吃个便餐好了。"

他既然承担了苏瑞男友的身份，就一定要把戏演全吧——不知为何，他总觉得，在莫梵亚面前的苏瑞，并不是平时的她。

对她而言，这个人的存在是与众不同的吧。

等他们一同出了办公室，苏瑞正忙着给餐厅打电话定位置，莫梵亚在旁边提醒道："何先生会和我们一起用餐。"

苏瑞先是一怔，然后对着话筒道："不好意思，再加两位。"

她之前没料到莫梵亚和 Alex 会一起参加。

"现在是十点半，我们十一点半下去，萧萧也正从旅馆赶过来。苏瑞……"莫梵亚忍了忍，有点勉为其难地吩咐道："你招待一下何先生。"

苏瑞求之不得，答应得很爽快。

莫梵亚瞧见她眉宇间的喜色，不知为何，竟又小小地郁闷了一下。

其实，有什么好郁闷的？她有一个固定男友，总好过夜夜笙歌。可是——在那么一刻，他却宁愿她夜夜笙歌。

送出 Alex 后，莫梵亚重新转回办公室去。

苏瑞则将 Alex 带到茶水间，让他在沙发上看看杂志。她则把已经冷掉的面包和咖啡用微波炉稍微加热了一番，送到他的面前。

Alex 慌忙将杂志放了下来，伸手去接杯子，"小心烫。"他很自然地担忧道。

苏瑞捂嘴笑。

可爱的男孩啊。

"等会吃饭，你如果觉得不自在，可以随时离开，莫总只是心血来潮，想谢谢你而已。"苏瑞挨着他坐了下来，好心叮嘱道。

她知道 Alex 其实并不怎么喜欢交际，在学校的时候，虽然是最拉风的贝斯手，可一直腼腆害羞，遇到聚会的场合，能躲则躲。

按照李艾的说法：这就是一位隐性宅男啊。

苏瑞已经麻烦他帮忙了，不能再让他去勉强做自己不喜欢的事情。

Alex 歪着头看着她，手指摩挲着咖啡杯的杯沿，轻声道："莫梵亚请我吃饭，好像并不是想谢谢我，而是……"

莫梵亚的话题，根本就是绕着苏瑞打转。

对那个人而言，苏瑞同样是一个与众不同的存在吧。

"而是什么？"苏瑞等着后文。

Alex 却将头转了回去，低下头，浅笑着摇头，"没什么。"

顿了一下，他又想起一件很重要的事情，"对了，我刚才自作主张，假装……那个，假装我是你男友。"

Alex 弱弱地坦白，惟恐自己的鲁莽，给她增添了麻烦。

苏瑞却没有多在意的意思，只是笑道："你这样帮我，万一被你喜欢的那个女孩知道，岂不是横生枝节？"

Alex 轻轻摇头，"不会。她不是无理取闹的人。"

"那就好，万一她真的误会，我可以出面解释。不过，等一会儿……"苏瑞不好意思地抓抓头，还是请求道，"还请继续装我的男友。"

她必须给萧萧吃一颗定心丸。

不管他们三人之间从前有什么罅隙，现在恩怨两清，大家各有各的归宿，苏瑞同样不希望莫梵亚会因为那两夜，而对她"另眼相看"——那不是她想要的结果。

"好的。"Alex 果然够义气，几乎想都不想地答应了。

这个话题结束后，两人都莫名地沉默下来。苏瑞想起自己还有一些工作没有处理，很快起身告辞了，留 Alex 一个人在那里看杂志。

他真的是一个很安静的男生，一个人在办公室里，看那种枯燥的杂志，似乎也不觉得厌烦。他低头看书的表情专注得让人心底发软。

这种安静的性子，和乐乐倒是蛮像。乐乐应该会喜欢 Alex 吧。苏瑞在合上茶水间的门时，这样想到。

一个小时的时间过得很快，等苏瑞将莫梵亚最近的行程表打印出来时，才赫然发现已经十一点四十了。她把 Alex 一个人丢在那里将近五十分钟。

她先给莫梵亚打了个电话，提醒吃饭的事情，然后匆匆赶往茶水间。

透过半透明的毛玻璃，那个人仍然维持着最初的坐姿，不急不躁地翻阅着杂志，在他的身边，已经看完了厚厚一摞。

苏瑞松了一口气，随即满心歉意，"Alex，可以去吃饭了。等急了吧?"

"还好。"听到她的声音，他抬起头，向她微微一笑，柔软而青涩，"我刚才给医院打过电话，乐乐他们都很好。检查结果大多很正常。只是有点贫血。"

苏瑞愣了愣，然后莞尔，"多谢多谢，你比我还快。"

她本来打算到下楼的时候给李艾打电话的，没想到 Alex 已经先她办妥了。

"吃饭去吧。"Alex 很仔细地将刚才看过的杂志全部放回原位，走了出来。

另一边，莫梵亚也从办公室里走了出来，他的表情不像早晨那样生人勿近了，但总觉得有点点萎靡。

胡娟则早早地等在了写字楼下，恭候萧萧的驾临。

萧萧还没来过公司，可能不知道路，莫梵亚又是一个路痴，当然不能指望他去接人。

"吃饭的地方很近，我们直接走过去吧。那边的车位可能有点紧张。"在一起坐电梯下楼的时候，苏瑞很职业地建议道。

莫梵亚有点心不在焉地"嗯"了声。

苏瑞三人决定先去餐厅，胡娟等会儿带着萧萧过去会合。她和 Alex 一路走在前面，有一搭没一搭地说着当初在学校的乐队，也聊了一会儿李艾去左岸驻唱的事情，等到餐厅门口，回头一看，却发现莫梵亚跟丢了。

苏瑞这才记起，在方才转弯的时候，莫梵亚好像看见了路边报摊的一本杂志的封面，为此稍微驻足了一会儿。她只顾着陪 Alex，竟未留意莫梵亚没有及时跟上来。

那个路痴，可能到了分岔口，就不知道东南西北了。

苏瑞哭笑不得地嗔了一句，只得抱歉地对 Alex 说："不好意思，我得先去找找莫梵亚。你在这里稍微等一等，或者先点菜？"

Alex 点头，和顺地"哦"了一声。关于莫梵亚是个大路痴的传言，他从前在学校也是有耳闻的。

没想到那么严重。

苏瑞安排 Alex 坐好后，连忙朝原路折了回去，她先是试图给莫梵亚打电话，对方倒是很快接了电话，电话那边传来喧嚣的人声与汽车的轰鸣，他应该还在这条大街上。

"你在哪?"苏瑞劈头问。

莫梵亚沉吟了半天，然后不太确定道："应该在公司的东面吧。"

苏瑞抬头看了看近在咫尺的公司大楼。

"我现在就在公司的东面。"

"……嗯……"

"……算了，说说你旁边有什么建筑。"苏瑞有点泄气道："大一点的商场，或者车站站牌，然后站在那里不要动，我去接你。"

莫梵亚大概看了一眼，报出了一个超市的名字。

"城乡仓储的旁边……"他刚来得及说出这几个字，手机"叮"了一声，竟然直接关机了。

他好像很久没有换电池了。

苏瑞重新拨过去，已是"您拨打的电话已关机"的提示。

她顿觉郁闷。

城乡仓储是这座城市里最常见的超市，即便是普通的小区，都会在大门处设一个城乡仓储的门面店。公司附近也是四五处，他到底在哪里？

没奈何，找到老板，是她这个秘书的职责所在。

苏瑞只得一间一间地去找。

莫梵亚站在路边，看着已经成为黑屏的手机，当时的第一个想法，便是临时换一台新手机，或者去买一块电池。

可是，脚动了动，又挪回了原地。

他想在这里等着。

苏瑞已经听到了城乡仓储的名字，她会来找自己。她说过"不要动"。

明明只要乘一辆出租车就可以去那座餐厅……可是莫梵亚就是莫名地想等在这里，站在超市的门口，望着来路的方向。

况且——出租车？他从醒事起就不曾搭乘过。那个座位每天被那么多人坐过，上面沾满了汗味油脂，封闭的空气里留着残存的烟味。想一想都觉得满心不悦。

于是，那天的收银员便看到一个清隽惹眼的年轻人，静立在超市车水马龙、人头攒动的门口，宛如迷途的孩童。

苏瑞是在半个小时后赶到莫梵亚面前的，这已是她最快的速度了，之前已经找了附近的三家超市。苏瑞也担心他会等得不耐烦，一路小跑，待她真的站在莫梵亚面前时，她的脸因为急剧运动变得红扑扑的，弯腰大口地喘着气，平时的矜持与端重全部消失无踪。

"怎么那么慢？"莫梵亚果然等得不耐烦了，一见她，就毫不客气地训了一句。

苏瑞一口气没喘匀，闻言，一言不发地转头就走。

丝毫不客气。

——她又不是保姆！

莫梵亚几乎想也未想，伸手便抓住她的胳膊，急声道："怎么又是这样！为什么你就不能好好听我说话？"

苏瑞低下头，看着被莫梵亚抓住的胳膊，压着情绪，淡淡地道，"如果莫总确实在好好说话，我自然会听。"

可是，他这是好好说话吗？

这么大个人了，连如此短的距离都会走丢，害得她一顿好找，找到后，还讨不到半点安慰的话，竟然是一句责骂。

她不过是打工而已，又不欠着他，为什么要卑微到如此地步？

"……对不起。"莫梵亚怔了怔，竟然将态度放软，有点别扭地道了歉。

苏瑞也不是那种任性的人，她心底深处一声轻叹，同样放低姿态道："没关系，让莫总等这么久，确实是我的失职。"

"不是——"莫梵亚摇头，那张过于醒目的俊脸露出迷惘而踌躇的神情，"我有话想对你说。"

"嗯？"苏瑞仍然看着自己被抓住的胳膊。他似乎并没有要松手的意思。

"你的男友，Alex，我查不到他的背景。你最好多留点心眼。还有——你上次问我借钱的事情，最后到底怎么解决的？"他真的厌倦了猜测，索性直接问她。

苏瑞先是一愣，随即哭笑不得。

他竟然去查了 Alex？！

为什么？

"Alex 的人品我可以保证，所以，应该不需要莫总担心。"她没什么好気地说完，突然又好奇了，"莫总怎么会突然在意 Alex？"

如果她没记错，他们才见第二面吧。在大学的时候，这两人应该没有任何交情。

莫梵亚固然是学校里的风云人物，Alex 却低调得好像不存在似的，这两个人，一个在明，一个在暗，南辕北辙，压根没有丝毫交集。

"你……我总不能完全不管你！"莫梵亚先是一哽，随即有点气恼地回答道："我们之间，一定要成为最普通的上下级吗？"

苏瑞惊异地望着他，许久后，才低下头，极轻极轻地道："可我并不想成为你的朋友。"

当你爱着一个人，怎么可能会成为他的朋友？

苏瑞自认她没有如此伟大的自制力与情操。

维持生硬的上下级关系，也许，是她给自己划下的鸿沟。

它提醒着她到此为止，不能再越过雷池了。那边没有她期望的风景。

"我也没打算和你做朋友。"莫梵亚依旧紧紧地抓着她，他脸上的困惑越来越浓，几乎有点焦躁。

可是，不打算成为朋友，那到底想成为什么呢？

他同样不知道。

苏瑞抬头看着他，她似有所悟，却又什么都不清楚。也许是靠得太近，也许是欲念太深，她一直看不清他。明明就是一个任性的大路痴，除了这张脸一无是处！为什么……总是让她无法拔足。

"是因为那两夜？"她终于慢慢地抽出自己的胳膊，退后一步，尽可能清冷地问。

莫梵亚未语。

"萧萧可能已经到餐厅了，你们就要结婚了。你只能为她一个人负责。其他的事情，你无须去管，我也不会缠着你。等过了这段时间，我会另外找工作……"苏瑞呼吸轻顿，在说到"另找工作"的时候，好像有什么刺了一下她的心肺，莫名地，痛得厉害。

她一直在用经济状况说服自己将这份工作好好做下去，潜意识里，原来还是奢望留在他身边吧。

即便他一直无理取闹，即便萧萧的存在让她如坐针毡，即便她觉得自己像一场突兀的闹剧，她还是想靠得近一些，就像努力去走近一只刺猬，努力触摸它的温度。长刺让她遍体鳞伤，她却没有离开的勇气。

"不要再像上次那样走得无影无踪。"莫梵亚冷不丁道，"这和萧萧没关系，你不用觉得……亏欠她。那只是我的事情。"

如果这属于出轨。错的也只是男人而已。这是莫梵亚的理论。

他不需要在女人身上找借口。

"而且，我和萧萧之间，根本就不需要——"莫梵亚还待再说什么，苏瑞却低下头，从随身的包里将正不停震动着的手机取了出来。

应该是胡娟他们等得不耐烦，打电话过来催了吧。

可是，来电显示上却并不是胡娟的号码，更不是 Alex 和萧萧的，那是一个陌生的……国际长途。

苏瑞不记得自己有朋友出国了啊。

她满心疑惑地接起来，"你好？Hello？"

那边略微停顿了一下，然后，一个低醇而磁性的声音夹杂着电流，极有力度地传进了她的耳膜里。

"是我。"

他不需要另外自我介绍，他的声音已经有极高的辨识度。

斯冠群。

苏瑞抬眸，有点慌乱地看了莫梵亚一眼，然后转过身，略微站远了一些，"你好。"她将这两字又重复了一遍。

客气而生疏。

莫梵亚挑眉。

他再迟钝，也意识到来电的那个人不同寻常。那个人让她紧张。

会是谁呢？

帮她解决财务纠纷的那个人？

莫梵亚不知道，他此时的猜测，其实已经很接近真相。

"苏瑞，我一直在想你昨晚说的话。"斯冠群并不介意她的疏远的声音，仍然用他特有的从容而笃定的语气，缓缓道。

"嗯。"在斯冠群面前，苏瑞只有接招的力气。

"你问我，什么时候想要你。我想，我已经知道答案了。"他说。

苏瑞心底微凉，莫名地瑟缩了一下，"什么时候？"

"当你开口说，你想要我的时候。"斯冠群淡然道，"在此之前，我可以一直等，也绝对不会真正碰你。"

苏瑞顿时无语。

倘若她一辈子都不开口呢？事实上，这种可能性很大。

"如果你一辈子不开口，我便一辈子不碰你。"似乎猜到了苏瑞的心思，斯冠群在那边轻描淡写地说。然而听他的语气，似乎根本不为这个可能而担心。

苏瑞也说不出什么心情，好像松了一口气，又觉得莫名失意。

然而，等真正挂了电话，她才意识到一件事：按照她自己之前的承诺，如果斯冠群一日不碰她，她岂不是也不能再与其他人在一起了？

这，算不算自掘坟墓？

苏瑞哭笑不得。

总觉得，自己被设计了啊……

"有事？"见苏瑞合起电话后，一副若有所思的样子，莫梵亚在旁边不咸不淡地问。

苏瑞摇头，"没事，我们先过去吧，别让萧萧小姐久等。"

莫梵亚只能将所有的话缩了回去，想了想，还是安静地随苏瑞朝餐厅的方向走了回去。

一路上，他们总觉得有什么话没有说完，可待要细想，又不知从何说起。

索性，都不要说话了。

只是在进餐厅大门的时候，莫梵亚的脚步略微顿了顿，低声道："不用再说辞职的事情，除非你真的有失职的地方，不然，我不会批准。"

苏瑞"嗯"了一声。

再也无话。

萧萧果然已经到了，见莫梵亚与苏瑞一起进来，她的目光先是一黯，然后又奇异地明亮起来。

"阿亚，你还说等我一起吃饭，到头来，反而是大家一起等你。"她站起来，随意地嗔了一句。

莫梵亚走过去，手自然地扶着萧萧的腰，同她一起坐了下来。

"不好意思，久等了。耽误了何先生的时间，真过意不去。"他径直向另一边的 Alex 道歉道。

"不好意思啊，何先生。"萧萧跟了一句。

萧萧并不是不知分寸的人，任何事情点到即止，现在，她是女主人，身为女主人，总不能拆自己未婚夫的台。

正室，就得有正室的范儿。

Alex 还是一副不骄不躁的样子，他微微一笑，道："没关系，我今天也没有其他的事情。"说着，他转过身，很细心地为苏瑞将面前的餐巾展开，铺在了桌子上。

这些事，本应该由侍应生来做，可是 Alex 做这些一点都不觉得别扭。

相比之下，莫梵亚对萧萧反而少了这种细心。

萧萧先是气恼，随后却开心起来——他们果然是男女朋友关系。

有这样一位男友，苏瑞的运气，却也不错。她该学会惜福了吧。

胡娟，坐在两对情人中间的那一位，见状，她的眼中划过嫉恨，继而下意识地向莫梵亚的位置移了移。

寒暄完毕，侍应生已经将午餐端了上来，这是一间西式餐厅，主菜为牛排，再根据各自的爱好，另点了一些配菜与点心。

莫梵亚拿起桌上的刀叉，还未开始吃饭，他的膝盖好像被什么人不小心撞了一下。

起先还不太明显，毕竟桌子不大，被不小心碰到的可能性也很高。

可是，渐渐的，这种试探性的触碰越来越频繁，莫梵亚抬起头，疑惑地看了看对面。

坐在他对面的，正是苏瑞。

苏瑞大概察觉到他的目光，也跟着抬起头，四目相对。一个是满心疑惑，一个是莫名其妙。可是，却足足对望了几分钟。

"怎么了，阿亚？"萧萧也停了下来，困惑地看着他俩，问。

"没什么。"莫梵亚极快地丢下三个字，低下头，继续用餐。

苏瑞仍然处于莫名其妙当中：刚刚莫梵亚的表情是什么意思？好像自己调戏了他似的……

一顿午餐，就这样有惊无险地结束了。等吃完饭后，胡娟开始向萧萧讨教晚上宴会的细则。她对萧萧的态度很恭敬——经过这次短暂的聚会，便是瞎了眼的人，也会发现萧萧与莫梵亚的关系吧。

莫梵亚那种冷淡漠然的性子，肯勉为其难地照顾一个女孩，为她拖椅子，为她将牛肉切好。如果只是朋友，显然太过了。

苏瑞本以为胡娟会失落，没想到，胡娟一点反应都没有，反而对萧萧更加殷勤了。苏瑞在旁边冷眼看着，竟还看出了一点谄媚的意思。

这个女人很强大啊，苏瑞想。

胡娟从前靠傍上太子爷上位，关于这一点，公司的人都知道，譬如宋丽丽，经常背地里说狐狸精怎样怎样，骨子里是鄙视她的。惟独苏瑞没有鄙夷过她：一个肯靠身体上位的女人，本身就是强悍的。她很清楚自己想要什么，很清楚自己可以付出什么样的代价。——这个代价，苏瑞自认不可能付出。她的自尊让她骄傲到近乎自虐的地步。

胡娟的嚣张与跋扈，也未尝不是一种伪装色，让所有人都以为她徒有美色，而没有能力，所以，大家虽然讨厌着她，却没人防备着她。所以这次公司易主，很多部门都在改朝换代，惟独胡娟不痛不痒地留了下来。

她此时巴结着萧萧，让苏瑞莫名觉得不安。

萧萧却对胡娟的恭敬很受用，她们两人相谈甚欢，其余三人反倒闲了下来。

不过，莫梵亚也好，苏瑞也好，还有 Alex，似乎都是不怎么爱讲话的性子，他们用餐巾擦了嘴，然后各自无所事事地坐在原处。

萧萧则在讨论的中途，抽空问了 Alex 一句，"何先生现在在哪高就？"

"在沿江路开了一家酒吧。"Alex 礼貌地回答道，"萧萧小姐有空的时候，不妨去坐坐。"

"好啊，下次如果再有聚会，就去打扰何先生了。我回国后，一直担心没什么舒服的地方可以去。"萧萧异常热情地回应着。

第十二章　爱与性的因果

"何先生，你和苏瑞打算什么时候结婚？"过了一会儿，萧萧又热心地问了一句。

Alex 脸色一红，转头求助般地看向苏瑞。

苏瑞则落落大方回答道："等时机到了，当然会结婚。——我总要嫁人的。"

是啊，虽然苏妈妈每每提出的相亲让苏瑞反感不已，可是，她始终要嫁人的。即便不是为了自己，也应该为了乐乐。

她希望乐乐有一个完整的家庭，偶尔，也希望在累极的时候，有一个真心的依靠。

可是，再等等吧，且不说现在有多少人愿意娶一个有儿子的未婚妈妈，便是有人愿意娶，她是否可以心平气和地去接受另外一个男人，苏瑞自己都没底。

听苏瑞这样回答，Alex 也收回目光，他微笑着，轻缓而认真地说："我随时都愿意，只要苏瑞准备好了，等多久都可以。"说这句话的时候，Alex 眸光纯正而真挚。他对她的在乎，虽然极力掩饰，但是仍然溢于言表，几乎要让在场的人嫉妒了。

萧萧掩嘴笑了起来，"苏瑞，你找了一个好男人呢。"

苏瑞心有所动，一面暗赞 Alex 的鼎力配合，一面淡淡道："是啊，我也觉得自己的运气不错。"

"何先生，苏瑞当初可是我们部门的一枝花，你以后要好好待她哦。"胡娟同样不失时机地夸了一句。

Alex 只是点头应允，他又开始害羞了。

莫梵亚却一直沉默着，表情谈不上开心，但也没什么不开心，就是闷闷的。

胡娟又向萧萧落实了一下宾客名单，这场午餐会议便宣告结束了。Alex 起身告辞，他还有一些其他的事情要做。何况，他若在这里，苏瑞也不能安心去办事。

就算是一场小型宴会，其工作量也很大，各种小细节，各种突然状况，其实繁琐得很。

"何先生今晚也一起来吧。"见 Alex 要走，萧萧赶紧邀请道。

Alex 先是一愣，他探寻地看向苏瑞，苏瑞则朝他微笑着点点头。

"好的，那晚上见。"他欠了欠身，答应后，这才算真正离开。

苏瑞将他一直送到餐厅门口，Alex 还要走到公司楼下的停车场，不过，他坚持不让苏瑞继续送下去，"赶紧回去吧，你下午还有一堆事要做。——乐乐那边先别操心，我和李艾会帮你看着的。"

苏瑞心底一暖，"谢谢，真的，特别谢谢你。"

并不是因为今天修电脑的事情，也不是因为他装作她男友的事情，她谢谢他，是因为 Alex 在她最狼狈最手忙脚乱的时候，给了她最安心的感觉。

他让她觉得，自己并不是一个人。他和李艾会一直在自己身后。

"苏瑞……"顿了顿，Alex 终于忍不住问道："你现在，缺钱吗？"

苏瑞摇头，"现在不缺了，已经解决了。你放心，如果我再差钱，我肯定不会与你客气的。说起来，我记得你家好像蛮有钱的吧。"她嘻嘻地笑，态度已经轻松了许多。

Alex 摸了摸鼻子，很腼腆地回答道："还行，不算穷。"

131

苏瑞笑，她越发觉得 Alex 可爱了。

"一路小心。"

"嗯，你也注意身体，别太累了。还有——" Alex 的手抬到了中途，又垂了下来。他浅笑着提醒道："你鼻子上有黑椒粉。"

苏瑞一愣，赶紧伸手擦掉，傻笑数声。

送走 Alex 后，苏瑞返回餐厅。莫梵亚与萧萧他们也打算离开，萧萧先去洗手间补妆，莫梵亚留在客厅里等她。胡娟则去结账。

苏瑞从门口径直走来时，冷不丁便撞见了独自一人的莫梵亚。

她向他点了点头，正想越过他，回座位拿自己的包。

"你们决定结婚？"莫梵亚却在她擦身时淡淡地问。

苏瑞脚步一驻，"也许吧。"

就算对象不是 Alex，她确实已经开始认真考虑结婚的事情了。

因为苏妈妈的苦口婆心，因为乐乐的那一句"我想见爸爸"。她是一定要结婚的。

很多时候，婚姻反而与自己无关。那是一种社会关系的稳固。她要用婚姻来告慰为她操了一辈子心的母亲，来安抚一直生活在惴惴不安中，以至于早早成熟懂事的乐乐。

"既然如此，刚才吃饭的时候，你为什么又……"莫梵亚的声音一急，脸色也随之沉了下来。

"怎么了？"苏瑞又开始莫名其妙了。

刚才吃饭的时候也是这样，他突然抬头，用那么愠怒而复杂的目光盯着自己。简直让她二丈和尚摸不到头脑。

"你挑逗我了。"莫梵亚忍了忍，终于将接下来的话说完了。

苏瑞睁大眼睛，登时哑然。

"你没发烧吧？"好半天，她才讷讷地问。

莫梵亚不悦地看着她，"难道一直用脚碰我的人，不是你吗？"

"当然不是我！"苏瑞也恼了，她没什么好气地顶驳道："我吃饱了撑着才会去挑逗你。如果我……如果我是那样的人——当初我就……算了，懒得跟你说！"她将手一挥，已经不想再继续说下去了。

这件事本来就无稽至极。

"如果不是你，那是谁？"莫梵亚却穷追不舍了起来，"苏瑞，难道那两夜对你一点意义都没有吗？既然你不想从我身上得到什么，为什么要一次次地用那种方式出现在我面前？你对我有兴趣，还是你觉得，勾引别人本身就带给你一种成就感？"

"谁 TMD 勾引你！"苏瑞伸手将他猛地一推。心底好像莫名蹿出一阵邪火似的，她口不择言道："如果我们之间一定是谁勾引了谁，那就是你勾引我。你的存在就是勾引我，五年前那场闹剧后，这一切就应该彻底结束了。五年后，你就不应该再出现在我面前！就这样一个小公司。莫大少爷有必要屈尊降贵亲自坐镇吗？！"

莫梵亚呆呆地看着她，他被她推得往后退了一步，手扶着前台的柜子，才算站稳。

苏瑞自己也呆住了，她木然地站在了一会儿，然后，扭过身，快步离开了餐厅，"我先回公司了。"

莫梵亚并没有叫住她，他不知该如何反应，也摸不清方才那番话到底隐含了怎样的意义。

然而，此时此刻的苏瑞，心中却只有一个想法：这个公司已经呆不下去了。

继续装聋作哑、掩耳盗铃，只会让自己越发失常，渐渐不能自持。她必须马上辞职，就算不辞职，也不能再当他的秘书——这样日以夜继地跟在他身边，根本就是一种折磨，她简直在自虐！

苏瑞越走越快，连红绿灯都没注意到，她身后快速地擦过一辆车，司机探出头来，冲她恶狠狠地骂道："你找死啊！"

苏瑞没有应声，她敛神，向对方道了声"不好意思"，一回头，却见莫梵亚站在餐厅门口，风神毓秀，脸上尚残着一抹惊怕。

她脑子里突然冒出了一个无稽的念头：如果刚才就这样撞死在他面前……

不过，这个念头刚刚冒进脑子，苏瑞便想抽自己。如果她有一个好歹，妈妈怎么办，乐乐怎么办，即便是莫梵亚就此忘不掉自己又怎样！他还是会结婚生子，继续自己的生活。

还嫌自己当笑话当得还不够么！

苏瑞咬着唇，在红灯转绿的时候，终于快步消失在莫梵亚的视线里。

胡娟和萧萧也从店里走了出来，萧萧看见莫梵亚站在门口，忍不住笑问道：“怎么，等急了吧？”

莫梵亚脸色兀自苍白着，他沉默以对，好像有点魂不守舍的样子。

刚才苏瑞莽莽撞撞地过马路，那辆车擦过她身后时，他清楚地感觉到自己心跳停止的声音。直到现在，心跳的频率还那么微弱而后怕。

“苏秘书呢？”胡娟意识到苏瑞的缺席，在旁边插问了一句，“难道还在送男友？”

“人家小情侣还有一些私房话，由着她吧。”萧萧抿嘴笑着，眼角瞟着有点怔忪的莫梵亚，“阿亚，等苏瑞和 Alex 结婚的时候，我们一定要送一份大礼。你说，送什么好呢？”

“什么？”莫梵亚这才算回神，不过，只听到了萧萧最后一句话。

“我说，你打算送什么当做苏瑞和 Alex 的结婚礼物？”萧萧不厌其烦地重复了一遍，没有一点不悦。

“结婚礼物？”莫梵亚沉吟了片刻，然后烦躁地回答道：“到时候再说，这个就不用你操心了。……你现在应该操心晚上的 Party。客人都通知了吗？”

莫梵亚后面的话题，其实扭转得颇为生硬。即便胡娟，也多少注意到了。

可是，萧萧好像全然没有注意到似的，仍然巧笑嫣然，温柔可人。

苏瑞回到公司后，便开始着手准备会场的事情：联系公关公司，联系乐队，请他们下午去会场丈量彩排。

因为是内部的小型聚会，固然预算不少，但也不能请太知名的乐队，不然，会喧宾夺主。苏瑞咨询了几家公关公司，那边推荐了一个素质不错，但并没有怎么曝光的民间乐队。

据说："一溜儿帅哥，特别养眼，音乐好，主唱也很牛。"

公关公司那边认识的丫头笑眯眯地介绍着。

"那怎么没红？如果真的有那么好，应该有很多经纪公司找上门吧？"苏瑞不客气地质疑道。

"理想主义者呗。"小丫头在电话那头扼腕道，"只想做自己的音乐，又不肯迎合市场，对歌迷不冷不热的，哪个经济公司愿意要这种刺头？便是签约了，估计也是被雪藏的坯子。"

"那样啊……性格怎样？我可不希望他们在宴会上闹起来。"苏瑞下意识地想起那些梳着朋克头，戴着鼻钉，穿着古里古怪的"摇滚青年"。

"放心，他们很敬业。"丫头说着，又问，"有兴趣没？有兴趣的话，我通知他们下午也去会场。他们现在的活很少，日子也不好过，能帮就帮吧。"

感情这个丫头也是假公济私的主。

苏瑞微微一笑，倒也不以为意，"好，下午看看再说。我还有几家备用的，不行再说。"

"肯定行。里面有一个玩贝斯的，叫斯杰。超帅。啧啧……"那边兀自感叹完，这才挂断电话。

苏瑞则盯着话筒愣了愣：斯杰？

这个名字，似乎有点耳熟啊。

这通电话打完，胡娟才姗姗来迟，莫梵亚已经被萧萧拖去逛街了，下午估计都不会回公司。

"搞什么，原来你早就回公司了。"胡娟一见到苏瑞，便蹙眉抱怨道：

"怎么都不打一声招呼，难道你不知道今天下午会很忙吗？"

苏瑞没有理会她的责怪，而是迅速看了看周围，然后，从座位上站起来，叫住她，"胡娟，我有话想问你。"

现在已经是下午两点多，大家都在自己的工作岗位上，苏瑞她们所在的位置是总裁办的门口，平时的人便少得可怜，此时更只剩下她们两人而已。

胡娟转头诧异地看着她，"什么问题？"

她是想问，为什么莫总会把晚上的活动交给自己负责吗？

倘若苏瑞真的问这个问题，胡娟决定好好地打击一下她。不要以为靠着老同学的关系当上秘书，就是什么值得得瑟的事情——胡娟已经查过了，莫梵亚与苏瑞曾在同一所大学里就读。

可是，苏瑞的问题却显然不是那个。

"刚才吃饭的时候，是你一直在……试探莫总吧？"

她盯着胡娟问。

胡娟先是一顿，然后漠然地看着她，"怎么，有意见？"

她供认不讳。

苏瑞轻叹一声，然后淡淡地提醒道："你也应该知道莫总与萧萧的关系了。你想做什么，我绝对没有任何意见，只是想提醒你一下，莫总并不是上一位太子爷。"

莫梵亚不是那种玩得起的人，她也不过是他的一个意外。

胡娟若是继续这样下去，最后不过是闹得大家都尴尬。她只是好心。

这次的黑锅，她可以帮胡娟背了，也希望莫梵亚不会再追究下去，可如果还有下一次呢？

"莫总当然比那个花花大少好太多了。那个人给莫总提鞋都不配。"胡娟却好像根本不知道苏瑞所指的意思似的，她兀自笑了笑，然后，一脸神往道："所以，我才会对他更加势在必得啊。这么好的男人，错过了就是白痴。"

苏瑞蹙眉，"你若不信，我也不好多说什么，不过，他从学校的时候就只喜欢萧萧。你可能要做无用功了。"

"他，喜欢萧萧？"胡娟却好像听到了世间最滑稽的事情，她捂着嘴笑道，"不可能，如果莫总真的喜欢萧萧，怎么一次都没碰过她？"

苏瑞怔住。

一次，都没碰过？

不对吧，他们已经订婚了，前晚莫梵亚不就在萧萧的房间里留宿么？

大家都不是纯情的少男少女了。

"你怎么知道，他们没有……没有……"苏瑞想细问，却又觉得不妥。这种事情，外人怎好过问？

"萧萧自己说的。"胡娟得意地说，"刚才在卫生间那边遇见她，她正给朋友打电话，她自己说什么，阿亚一直不肯碰我，怎么办呢，他不会不行了吧？——这个阿亚，应该就是莫总吧。"

苏瑞怔住。

照这样说来，他们之间，果然什么事都没发生过。

可为什么呢？

因为……珍惜吗？

因为他太珍惜她，所以，竟然连碰都不敢碰？

"我说，莫总不会真的不行吧？"胡娟摸着下巴，自忖道。

她的声音不高，不过，苏瑞还是听得清清楚楚。她几乎条件反射般冲出一句话，"当然不是！"

如果莫梵亚真的……咳咳，那乐乐是从何而来的？

胡娟莫名其妙地看着苏瑞，"你怎么那么肯定？"

苏瑞言语一哽，然后扭头道："得病的几率并不高，而且，莫家有自己的私人医生，几乎每隔一段时间就会定期体检，如果真的有问题，他怎么会不去治？"

"是啊，我也是这样想的。可是，一个正常的男人一直不去碰自己的女人，你说，除了不够喜欢，还能有什么理由？"胡娟用看白痴一样的目光看着苏瑞道，"男人啊，都是下半身的动物。"

苏瑞不置可否，"可男人与你上床，也未必是喜欢你。"

言外之意，胡娟与上任太子爷上床的次数也不在少数了吧，可是太子爷离开这间公司，撤回祖籍后，却并没有将胡娟一并带走。

"最起码不讨厌啊。谁也不会想和一个丑女上床，不是么？"胡娟当然懂得她的画外音，不由得挑眉道。

苏瑞没有做声。

她不知道。

也许……也仅仅是不讨厌吧。

"莫总既然没有和萧萧做过，我现在接近他，又有什么不对吗？"胡娟继续道，"你可以说我是趁虚而入，可这个虚，却不是我造成的。"

苏瑞无言。她确实没有置喙的资格。

"那么，你爱他吗？"苏瑞突然问。

胡娟一愣，"他？"随即醒悟，"你说莫总啊？"

"嗯。"

胡娟刚才对莫梵亚那么推崇，难道，竟是动了感情？

"莫总的条件很好啊，又不花心，既帅又有钱，况且对女朋友忠贞的钻石王老五，谁不爱？"胡娟漫漫然地回答，可是，看着苏瑞那么认真的表情，她又是一怔，"如果你说的是那种爱，那当然没有。你当是言情小说啊，哪里有那么多情有独钟。"

苏瑞默然，她也觉得自己这个问题其实幼稚得很。

传出去，也许会成为笑柄吧。

可是——

"如果你不爱他，和那个人做，会觉得难受吗？"苏瑞还是轻声地问了一句。

她莫名地想起斯冠群。

胡娟白了她一眼，"你是小学生吗？现在初中生都不相信爱情这种玩意儿了。放松点，不过就是寻欢作乐而已。不过，你和一个男人做多了，也许自己都不清楚到底是爱还是不爱了。"胡娟的态度一向嚣张凌厉，惹人厌弃，可是，在说这句话的时候，却让苏瑞莫名地察觉出一丝伤感来。

胡娟，也是喜欢过太子爷吧。好歹跟了他一年多，做过的次数也不在少数。

天长日久，谁又能分得清，到底有没有动过心呢？

再渣的人，也有动人的一面。

"算了，这些话没有必要跟你说，你在公司里一向喜欢装清高。别告诉我，其实你是真的不懂!"胡娟显然不想和苏瑞继续讨论下去，挥挥手，果断地打住了话题。

胡娟是真的讨厌苏瑞，她之前一直针对着苏瑞，便是因为苏瑞的假清高。

当初太子爷最开始看中的人，确实是苏瑞。只是被苏瑞义正言辞地拒绝了，太子爷才转向了她。

她不过是候补。

那个女人，明明平平无奇，充其量属于样貌清秀，模样干净一些。有什么好的？

为什么公司的男人们，个个都维护她？公司的女人们，个个都愿意亲近她？

苏瑞也曾为了订单陪客户喝酒，上次，还不是差点被陈老板他们给做了。

她和她又有什么区别?!

胡娟恨透了苏瑞骨子里那种清净的东西。

苏瑞没有辩解。

那些事情，她并不是不懂。从大学里出来后，苏瑞也在社会里摸打滚爬了那么多年，而且从事的职业，又是最锻炼人际交往的销售。世间百态，她看了不少。

看了不少，知道了不少，但仍然是个坚持自己的笨蛋。

苏瑞兀自苦笑。

"准备一下，我们去会场。"胡娟说着，已经离开了办公室，下楼去了。

胡娟离开后，苏瑞也敛神重新投入到工作当中去。

她没有松懈的资格。家里一个年老的，一个年少且生病的，加上李艾，都指靠着她来支持呢。

想到这里，苏瑞又想给李艾打电话了，瞅瞅看还有一点时间，她见缝插针地拨通了李艾的手机。

李艾果然在医院里看顾乐乐，一拎起话筒，就听到李艾爽朗的声音不客气地问："苏瑞，你告诉我，你到底交上什么了不得的朋友了？"

苏瑞先是一怔，继而询问，"怎么了？"

"许少白刚才来了。"李艾道，"当初商天南的母亲心脏有问题，派人专程去请他，也没能把他请来，现在，许少白竟然主动来了。我都得靠边站，由许大医生亲自陪乐乐去做检查。难道……"李艾顿了顿，然后极八卦地笑问："难道，你勾搭上许少白了？我是听说他还单身来着。"

"胡说什么，我也是在昨天才见了他一面。他来去匆匆的，连话都没说上几句。"苏瑞赶紧撇清谣言，"他是……看在另一个人的面子上，才对乐乐那么照顾的。"

"咦？"李艾小小地惊奇了一下，"什么人面子那么大。"

苏瑞本不想回答，可是，斯冠群的事情，李艾迟早会知道，不如告诉她，很多事情，也可以相互商量。

拿定主意后，苏瑞淡淡地回答道："是斯冠群。"

李艾半天没有做声。

"喂？你没事吧？"这次，换作苏瑞担忧了。

"在呢，在呢。"李艾重重地松了口气，道："我还在想，到底是谁神通广大，既为你请来了许少白，又搞定了医药费。原来是他。你怎么认识他的？"

"说来话长。我现在也没空细说，帮我向许医生道谢，如果需要，我可以马上赶过去。"苏瑞自己也不知道从何解释。她索性含糊其辞道。

"暂时不需要，晚上回去后我们再谈这个问题。如果对方真的是斯冠群……苏瑞，你打算怎么办？他肯定不会无缘无故地帮你吧？"李艾在圈子里混了那么久，当然知道其中的潜规则。

一个有钱人对一个平民姑娘好，相信我，那不是灰姑娘的故事，那只是猎奇与交易。

"给他想要的。"苏瑞淡淡地回答。

李艾哽住。

"没关系，其实他并不讨人厌，有机会见到他，你就会觉得，他是一个不错的人。"苏瑞下意识地为斯冠群辩解道。

"你喜欢上他了？"李艾警觉地问。

苏瑞没有回答。

喜欢吗？大概，没有那么深刻吧。

然而，确实是不讨厌的，斯冠群本身，便是一个极有魅力的人，苏瑞也承认，那一晚，他等在楼下时，她透过窗户看着他，心中未尝不觉得安宁。

他能带给她，带给她的世界，一种别人给予不了的安全感。

"我不知道，我现在是努力让自己不去喜欢他，呵呵。"苏瑞的语气蓦地变轻松起来，"喜欢那个人，一定是一件很危险的事情。"

听到苏瑞的这个回答，李艾有点不置可否。

"算了，回去后再向你逼供。这边你别担心，阿姨已经没事了，乐乐又有许少白亲自坐镇，我都觉得自己待在这里算多余了。"李艾笑吟吟地让苏瑞宽心。

"嗯。"

"哎呀，不和你说了，我有电话打进来……"抛下这么一句话，李艾风风火火地收了线。苏瑞也要赶紧下楼了，如果让胡娟等急了，少不了又是一顿聒噪。

她们本来已经水火不容了——不过，经过刚才那段乌龙的谈话，苏瑞对胡娟的敌意反而不那么强了。

说到底，她也没做什么作奸犯科的事情。

到了与公关公司约好的时间，她们一起赶往了会场。

迎宾，酒水，自助餐，灯光，节目，全部要一一落实，到最后，要定乐队的时候，苏瑞转头问身侧一个穿红色连衣裙的小丫头，"你说的那个帅哥组合呢?"

小丫头连忙跳起来，往门口冲去，"我去瞧瞧。"

不过，她刚冲到门口，便看见一行四人，拎着琴盒走了进来。

果然是一色的帅哥。

苏瑞朝那边扫了一眼，心中暗赞：现在的小屁孩，真是越长越妖孽啊。

四位少年全部高高瘦瘦，一水儿漫画长相，而且，他们都画了很明显的眼线，肤色偏白，视觉效果简直好到尖叫。

难怪公关公司的那些小丫头，个个都对他们赞不绝口。

不过，在四位仲伯不分的小帅哥当中，苏瑞还是注意到其中一位。她注意他，并不是因为他格外高，或者格外帅，而是，她见过他！

简直见鬼了。

是啊，斯杰，方才便觉得这个名字耳熟，敢情自己之前听过。

那个晚上，小区的臭水沟边，喝酒买醉的少年，还有那一出又青涩又哭笑不得的电话。

电话那头的女孩，便将他唤作"斯杰"。

这个世界真小啊。

苏瑞有点拿不定主意，自己到底要不要过去打招呼呢？

他那天也喝了不少，许是忘记了吧。

何况，失恋这种窘态被别人看见，他估计也不想再提。

如此一想，苏瑞决定装作不认识他，等会直接装模作样地握握手，自我介绍下得了。

可在这时，斯杰的目光也顺着小丫头的指尖，望向了苏瑞这边。

小丫头显然正在向他们介绍苏瑞。苏瑞这次可是他们的金主。

然后，斯杰似乎也想起苏瑞来了，他先是困惑了一会儿，然后猛地记起来。

见他的眸光陡然一亮，苏瑞便觉得不好。

果不其然，斯杰已经大步向她走了来，大喇喇地叫了她一声，"大婶，原来是你啊。"

这一声大婶，让苏瑞直欲吐血。

她真想过去使劲地踹斯杰那个榆木疙瘩，"你叫谁大婶呢，你叫谁大婶呢，老娘只比你大五岁，五岁！不，四岁！"

斯杰看上去也就十八九岁，可是，她是下半年才过生日啊！

"你们认识？"公关部小丫头赶紧凑过来，好奇地问。

苏瑞的眉角抽了抽，"也不能算做认识……"

"在一起喝过酒，一起过过夜，算不算认识？"斯杰简直就是一副惟恐天下不乱的模样，故意暧昧地解释道。

苏瑞真的要吐血了，不过，吐血之前，还是想拍死他。

"一起过夜……"果然，小丫头已经开始浮想联翩，她看向苏瑞的眼神，明显写着这样一行字：老牛吃嫩草。

苏瑞觉得自己冤得和窦娥一样。

"喂喂，别混淆概念，明明是某人失恋，在河边嚷嚷着要自杀！"既然斯杰拆她的台，她也懒得和他客气，跟着胡诌道。

"是啊，所以你就趁虚而入了呗。"斯杰似乎已经从那段失恋里走了出来，竟然还能无所谓地开着玩笑。

苏瑞无语了。

好吧，还是那句话——

现在的小孩啊……

大人怎么惹得起？

"入你个大头鬼。"苏瑞不客气地敲了敲他的额头，然后，目光扫向他手里拎着的乐器，"你也是弹贝斯的？"

"嗯。"斯杰也不贫了，一本正经地看着苏瑞道："你还欠我一顿酒，所以，这次的活动，就直接聘请我们吧。我们下个月的房租，就全部指靠大婶你了。"

"我得先看看你们的实力。"苏瑞一点放水的意思都没有，同样很认真地回答道："还有，如果你再叫我一声大婶，我就直接让你出局，免得留在这里刺激人。"

斯杰笑。果然乖了。

音响很快调好，苏瑞与乐队的其他三人一一见了面。她在学校时是鼓手，所以，还特意与这个乐队的鼓手巴结了几句：也是一名帅哥，年纪和斯杰差不多。名字很乖巧，叫做毛毛。那双描着眼线的眼睛电力十足。

而他们的乐队名称，也叫做电眼乐队。

苏瑞在听到这个名字后，呵呵地笑了几声：破小孩，真是自恋。

键盘手则是个满脸笑容的小伙子，比他们三个稍微矮了一些，长相也平凡很多，但让人觉得安稳。一看便知是个靠谱男。艺名：凛子。

至于主唱嘛……

苏瑞望了过去，想去打一声招呼，但被他身上生人勿扰的气场止住了。主唱今天的心情似乎不好呢。虽然他是与斯杰平分秋色的灵魂人物。

"好了，开始吧。选一首你们拿手的就可以。"苏瑞说着，人已经退到了场内，抱着手臂，观看他们的演出。

当音乐响起的时候，四个人很快进入状态，苏瑞玩过乐队，算是半个专家。她的眼光也堪称挑剔，可是，在这样挑剔的眼光里，苏瑞还是不得不承认：他们很牛。

是的，很牛。

演奏天衣无缝，精准中不乏激情，时不时蹦出的音符，几乎带着天才般的光晕，让人仰视。

主唱的声线犹如天籁。

他唱歌的时候，会让人不由得猜想：这真的是人类发出来的声音吗？人类的声音，可以美成这个样子吗？清冽，纯粹，空灵，让人瞠目结舌的完美男中音。

一曲之后，苏瑞想也不想，当即拍板。

这样一支乐队，足够沸腾全场了。她现在只恨这个舞台不够大。

甚至连主唱略显冷傲的臭脾气，苏瑞也原谅了。

谁叫人家有天赋呢？

胡娟对这个决定同样没有异议，事实上，在场的每个人都被他们的表演镇住了。

然后，便是紧锣密鼓地准备，人一旦忙碌起来，时间便过得特别快。

宴会的时间定在八点，七点半的时候，苏瑞才算真正忙完。她重新审视了一下整个宴会流程，确保万无一失后，便安排公关公司的迎宾人员在酒店门口等客人。

胡娟则抓紧时间去收拾打扮了：萧萧的朋友，全部非富即贵，如果现在不抓紧时间多认识几位，不是傻蛋么？

苏瑞很自觉地将自己定位为"幕后工作人员"，所以，尚能安然地穿着T恤、牛仔裤，丝毫不觉尴尬。

接近八点的时候，客人终于陆陆续续而来，胡娟换了一袭真丝的旗袍式长裙，酒红的头发在脑后盘成一个复古的发髻，婉约多姿。

她很善于接待客人，而且，对每个人的身份来历竟也打听得清清楚楚，寒暄起来，不偏不倚，有寸有节。端的是八面玲珑，滴水不漏。

苏瑞远远地看着，忽而觉得：其实胡娟是个人才啊。

莫梵亚也算是慧眼识珠。

既然前台有这么一个可人儿，苏瑞更是乐于退居二线，她先去厨房巡视了一下主餐的配置情况，又检查了音响与照明设施，最后，绕啊绕，绕到了斯杰他们暂时作为后台的休息室了。

等会司仪开场后，紧接着就是乐队的表演。然后，主办方讲话。再然后是余兴小节目。最后自由活动。

萧萧这次办宴会，除了宴请宾客、告诉大家她已回国外，好像也有一件很重要的事情要宣布。

司仪八点半开场，九点钟的时候，斯杰他们就要上场。

苏瑞可不想其中的环节出任何纰漏。

不过，那位主唱今天的心情，着实不太好呢。她莫名觉得担忧。

果不其然，在苏瑞走到休息间的门口时，便听见里面传出斯杰的声音。

"你答应他了？你怎么能答应他呢？我们不是一开始就说好了吗，只做自己喜欢的音乐。他上次拿的歌，切，什么狗屎！难道你要我去录那种俗烂的歌曲？打死我也不去！"

斯杰的态度有点狂躁，不过，他的痛心疾首却不像假的。

"斯杰，你和我们不一样，我们都知道，你虽然一直和我们混，可是你根本不是什么普通人家的小孩，更加不是从你口中那个贫民窟里出来的。不然，上次犯事，为什么会那么容易摆平？你应该知道，上次我们打的人，可是部长的儿子。这样都可以毫发无损地放出来，我早就觉得奇怪了。"

苏瑞本来想推门进去，闻言，反而犹豫了。

那是他们乐队内部的事情，她一个外人，如果无端地插嘴，也许反而将事情搅黄。

念及此，苏瑞只得继续站在门口，先听听情况再说。

果不其然，那个人的话音一落，斯杰沉默了。

倒是键盘手凛子在旁边调解道："秀一，斯杰到底是什么身份，其实和我们没多大关系，大家能在一起，就是因为喜欢做音乐。他是什么出身，碍着我们什么事了？"

他口中的那个秀一，应该就是那名主唱。

不过，这个名字怎么那么……日化？难道是混血儿，或者，原本就是日本人？

苏瑞有点不太确定了。

"当然不碍事，事实上，上次如果不是斯杰背后的人帮我们把那个狗屁部长摆平，也许我们早就在拘留所被人弄死了。可是，他有这个后盾，可以去玩什么纯粹的音乐，我们却不可以。我们要养家糊口，要出人头地，我不想一辈子给这些完全不懂音乐的千金大小姐大少爷们表演。我希望有更多人听到我的声音，这个要求，到底算不算过分？"秀一说话的声音其实也很好听，但又觉得有那么点咄咄逼人。

"话虽如此……"凛子有点哑言。

他也知道，以秀一的天分，玩这种地下小乐队，确实委屈他了。

"好了，都别说了。秀一，如果你执意要去和那家经纪公司签约，我们不会拦着你。你的声音条件很好，外形也好，如果往偶像歌手发展，会有很大的前途。作为兄弟，我们不能挡你的前途。不过，人各有志，你不能因为斯杰的出身而责难他，当然，更不能代我们来决定。斯杰，你放心。同意签约的人只有秀一一个人而已，我决计不会妥协。"这番话，出自鼓手毛毛的口。

众人沉默。

"……你的意思是说，我们拆伙？"秀一终于点破道。

"不是拆伙，是你离开我们。我和斯杰一定不会放弃，凛子，你呢，你留下来，还是跟秀一走？"毛毛转头又去问键盘手凛子。

凛子惶然，"何必要闹成这样，大家一起走到现在……"

"行了，道不同不相为谋。就算不在一起了，以后见面，还是兄弟。你现在只需要回答我，是想跟着秀一出名发财，还是和我、和斯杰一起，继续为每月的房租奔波？无论你做什么选择，我们都不会说什么。刚才说了，以后永远还是兄弟。"毛毛的话铿锵有力，没有一点拖泥带水的意思。

苏瑞在外面听得汗涔涔：都要演出了，他们却在闹内讧。她可是连备用乐队都推掉了。这可怎么办？

不过，如此看来，似乎这只乐队真正的老大哥，是这位毛毛同学。啧啧，真看不出来。

又是一阵耐人的沉默。

苏瑞觉得自己有必要去干涉一下，至少要安抚他们，就算真的讨论人生理想什么的，也请在宴会结束后再讨论吧。

她在其位谋其职，就算不想干这个秘书了，最后一个任务，还是希望能圆满成功。

不过，就在苏瑞准备推门进去的时候，她听见了凛子的回答。

"我留下来。秀一，抱歉。"

秀一沉默以对，然后，一言不发地转过身，拉开房门，便要离开。

苏瑞与他撞了一个正着，他们抬起头，看着对方，面面相觑。

然后，秀一将头一低，擦过苏瑞的身侧，快步向走廊的尽头、也是楼梯口的方向走了去。转眼就没了踪影。

苏瑞简直连想吐血的心都有了。

"他……他……他不会就这么走了吧？"她指着秀一消失的背影，这样问斯杰。

斯杰抱歉地看着她，"对不起，大婶，我也没想到会弄成这样……"

"大婶你个头！没有主唱怎么表演啊?!"苏瑞气恼，心中暗自腹诽：果然是嘴上无毛，办事不牢。气死她了。

斯杰仍然只是抱歉地看着她。

事实上，秀一的单飞，对他们的影响也很大。其他三人此时也沮丧得很。

苏瑞急得焦头烂额，几乎想自己顶上主唱的位置了，可是，让她打鼓还能凑合，这唱歌……唱歌……苏瑞的脑子电光石火地一闪，很快想起一个人来。

李艾。

李艾当初可是风靡全校的王牌主唱，不知道多少男生的床头都贴着她的海报呢。她是真正的少男杀手，梦中情人。

虽然当了好几年的商家少奶奶吧，可是这些年她夜夜笙歌，想必专业知识没落下多少。

况且，她不也是打算去 Alex 的酒吧驻唱么？

苏瑞如捡到了救命稻草一般，赶紧又拿起电话去骚扰李艾。

李艾正在医院里闲得发毛，照顾乐乐的事情有许少白代劳，因为许少白的在场，其他的护士也顿时积极了起来，全部围在许少白身边转悠，再加上苏妈妈的能干周到，她完全使不上劲。

所以，听苏瑞说到这个情况，她二话不说便答应了。先问明地址，然后马不停蹄地驾车赶来。

李艾的法拉利速度同样不是盖的。

就在司仪就要结束开场白的时候，苏瑞终于在门口等来了宛如及时雨的李艾。

"你真是我的活菩萨。"一见到她，苏瑞便冲了过去，毫不犹豫地肉麻道："没有你我该怎么办啊！！！！"

"你终于发现我的好了吧？"李艾乜斜着她，得意道："怎么样，反正姐现在单身，你也单身，干脆我们飞到荷兰注个册，一起把乐乐养大成人算了？"

苏瑞踹了她一脚。

这个时候了，还不忘贫嘴。

"赶紧进来，先换衣服，你穿着这一身衣服不是让在场的来宾自惭形秽吗？还有，迅速熟悉乐队的其他成员，还好曲目很简单，我刚才看了一下，你应该瞄两眼就能唱了。"一面说着，苏瑞已经将李艾拽了进去。

李艾虽然形单影只地从商天南家跑出来，可是她随身的衣服也件件不菲，譬如她现在穿着的，一套香奈儿的限量版 OL 风休闲裙，她若是这样上台，底下识货的人心底估计老不是滋味。

还以为是萧萧故意请人来寒碜她们呢。

"出场费还没谈妥呢……"李艾兀自嚷嚷，"姐现在是专业演员，反正付钱的又不是你，不要给你老板省钱，随便几万有吧？"

"不会亏待你的。"苏瑞胡乱应着，已经将李艾推进了斯杰他们所在的休息室里。"喏，你们的新主唱。"

斯杰他们也随之转过头来，然后，在呆愣了几秒钟后，斯杰用一种极梦幻的语气问道："这位漂亮大姐姐是……新主唱？"

苏瑞顿时怨念了。

她和李艾同龄，为什么李艾是漂亮大姐姐，她就要当大婶？不带这样伤人的！！

"不错啊，三个小弟弟都蛮帅的，就是不知道实力如何，跟我合作过的乐队，可都不是省油的灯哦。"李艾不正经地调笑道，算是开场白了。

凛子有点愤愤，毛毛倒还冷静，倒是斯杰这个小子涎着脸巴了上来，"彼此彼此，能让我们配乐的歌手，可不能是那种 KTV 的麦霸。"

苏瑞瞪了他们一眼，将曲谱和词谱向李艾一递，"少废话，赶紧背好。再过二十分钟就上台。到时候，是皆大欢喜，还是杀身成仁、玉石俱焚，你们自己选择吧！"

李艾反正和苏瑞混惯了，并不在意苏瑞的语气。电眼乐队的三个帅哥呢，毕竟心虚，同样乖乖地安静了下来。

苏瑞安排好这边的事情后，又跑到了前台去瞅了瞅情况。

莫梵亚和萧萧已经到场了，萧萧正和朋友们寒暄，偶尔笑成一团。

莫梵亚却是一副不怎么理人的模样，闷闷的，看上去既冷傲又不好相处。

胡娟则如一只穿花蝴蝶，满场绕啊绕，招呼这个，与那个拉关系，巧笑嫣然，以至于大家开始纷纷猜测起她的身份：难道又是一个不知名的上流名媛？

见状，苏瑞也安下心来。只希望宴会能风平浪静到最后，然后，圆满结束，她就可以去医院看乐乐了。

明后天周末。

下周一的时候，一定要写好调职报告……或者辞职报告。

这样想着，苏瑞放下舞台后方的帷幕，正打算退回休息室，目光在收回时，却撞见了一个绝对没想到的人。

真是见鬼，商天南怎么也来了？

她看过宾客名单，里面并没有商天南啊，如果她早知道商天南会来，她是无论如何都不会让李艾来表演的。

再看看商天南的旁边，他的手臂被一个乖巧年轻的少女挽着，那女孩一看便是气质极好的类型：笑容淡淡的，说话的表情淡淡，连声音都淡淡的，典型的大家闺秀。

他的新欢？

而且，这位新欢并不是那些模特或者绯闻对象，而是真正的女朋友吧。一个门当户对的未婚妻。

他才刚刚离婚欸！就这么正大光明、旁若无人地挽着他的新欢来参加宴会了！

对他来说，李艾算什么？前妻就真的是一块破抹布，用完了就甩，一点留恋都没有吗?!

苏瑞想掐死他。她很少这么讨厌一个人了。

"祝大家今晚玩得愉快。"舞台上，司仪已经说完了最后一句话。

苏瑞悚然一惊。

下一个节目，李艾他们上台。

她必须去阻止李艾。

她不能让李艾在商天南面前那么……狼狈。如果她看见他，如果她在台上失控……

苏瑞这一次，是想掐死自己了。

明知道今天的宴会会有很多名流参加，其中也不乏李艾从前那个圈子里的熟人，她为什么要叫李艾来，为什么！为什么！

……然而，阻止已经来不及了。

她听到音乐响起的声音。

她看见了大幕徐徐拉开。

李艾一身黑色的皮衣，性感高挑，头发利落地绑成马尾，同样化着异常夸张的妆。烈焰红唇，金色的眼线。台上的李艾，其实漂亮得让人喘不过气来。在三个极品帅哥的映衬下，她没有半点逊色。事实上，她甚至抢了其他三人的光辉。

大家都不由自主地抬起头，往李艾那边望了过去。

包括……商天南。

一阵疾风劲雨般的鼓声。

李艾握着话筒，很酷地站在台中央，她的台风异常出彩，只要她在台上，就没有人的目光能从她身上移开。

这是一种天赋。

她开始唱了，虽然只看了几遍，可是，她的声音比起秀一来说，并不觉得差个档次，那是一种别样的风情。秀一是磁性十足的中音，而李艾则是当年出名的高音皇后。

苏瑞还记得，当年李艾在校庆时演唱的那一首《珠穆朗玛》，几乎成为了全校师生的梦魇——它刺破耳膜，绕梁三日，入云不绝。

原本喧闹的会场为之一静，他们都看着台上那些震到他们的新人，大

152

概也有人认出了李艾，部分人的视线从李艾身上挪到了商天南身上。

商天南不动声色，他仍然挽着自己的娇小女友，极冷静地看着台上的前妻。

李艾也终于看见商天南了。

苏瑞知道。

她的声音在那一刻顿了顿。

苏瑞觉得自己的心提得老高，就要从喉咙里蹦了出来。

可是，在那一瞬的停顿后，李艾的声音却变得更加清亮了起来，可糟糕的是，却也完全偏离了原先的曲调。

凛子愣住，有点无措。毛毛也抬起头，疑惑地看向李艾。

还是斯杰反应迅疾，很快调整了自己的节奏，他大步上前，索性站在李艾的旁边，用一段超炫的纯音乐为李艾掩饰了过去。

然而，李艾却好像玩上瘾了一般，她完全丢开了桎梏，只是将那段歌词，反复地玩唱了起来。她转向斯杰，用一种挑战般的、狡黠的目光看着他。

斯杰当然明白，这绝对是一种挑衅啊。

不就是即兴表演么？

难道他还会输给李艾？

调子变得乱七八糟，偏偏他们又能搭配得天衣无缝，到后来，李艾的声音已经高得不像话，在场的宾客只觉得莫名震撼，却不知道自己到底被什么震住了，也不知道这到底算好听还是不好听。

苏瑞不知道是该松气还是该继续担心，她的注意力稍微从舞台上挪到了下方，她混到了舞台下的人群里，然后，听到了关于李艾的许多许多碎言碎语。

"……她就是商天南的前妻？"

"是啊，看看那打扮，难怪商少要甩了她，真俗。"

"……"

"真可怜，听说离婚的时候一分钱都没分到，现在还得靠卖唱为生。"

"切，你怎么知道她是真可怜还是装可怜，八成是知道商天南会和许小姐来这里，所以才故意……"

……

所有的言论，惟一的矛头都是李艾。

苏瑞听得义愤填膺。

为什么，身为一个受害者，到最后，却得承担起所有的过错，所有的流言飞语与猜测，甚至恶意的诋毁？

太不公平！

底下的窃窃私语越来越过分，李艾却一副浑然不知的模样，仍然在台上，和斯杰玩得不亦乐乎。

那简直是天才间的巅峰对决。

到最后，毛毛和凛子都已经住手了，由着他们去玩。不过，他们并没有不悦，事实上，从他们的表情中可以看得出来：他们喜欢李艾。

喜欢这个任性妄为，但是张扬才气的新主唱。

苏瑞沉默了一会儿，然后，大步地走了上去。

如果李艾此时已经是一出笑话了，她怎么忍心让她独自去承受呢？

身为朋友，开心的事情可以不必分享，但是艰难的时刻，却一定要在一起！

她走上了台。然后，在毛毛惊奇的注视下，拿过他手中的鼓槌。

也许她不是天才，比起李艾，比起斯杰，苏瑞的音乐天分算不上杰出。

可是，她毕竟和李艾合作过两年，她们彼此熟悉，相互守望，在所有快乐或者艰难的时刻，用最无间的亲密，去维持着属于两个女人之间的友谊与义气。

鼓点响起的时候，李艾和斯杰同时回头。

然后，李艾笑了。

她笑起来时，美得让全场的灯火黯然失色。

苏瑞看见李艾眼中的光亮，她也知道，自己的眼睛也一定很亮很亮。

斯杰的弦乐突然高昂起来，苏瑞初时还显得生疏，但很快踩上了他们的节奏，她觉得自己浮在一层真空里，周围全是七彩的水泡，她的面前，是站在虚幻之地吟唱的李艾，斯杰的手指拨动如飞，无数的音符划过被雪藏的五年，仿佛又回到了校园里最疯狂的时代。

她们曾整夜整夜地排练，她们意气风发，她们说着男人和未来。她们笑骂着所有看不惯的一切。她们一起用青春的无畏，去笑傲命运的诡测。

李艾的声音终于慢慢地低了下去，好像疾风暴雨过后，小树林里流水的叮咚。暮霭渐起，雨后的原野清新而优美。

然后，黑夜如纱帐缓缓落下，天地渐渐进入最美的梦境。

苏瑞停住鼓槌，斯杰也按住了兀自颤动的琴弦。

李艾也松开话筒，她往后退了一步。

仍然是满场无言，大家经历过这场非同寻常的音乐冒险，好像都有点回不过劲来。

然后，李艾大步走向苏瑞。

她伸出手，抱住苏瑞的肩膀，在逼近的时候，直接将脸一歪，毫不客气地给了苏瑞一个真正的法式热吻。

现场一阵哗然。斯杰也睁大眼睛，随即忍俊不止。

"亲爱的，我真的爱死你了。"李艾大声宣布道。

苏瑞先是一愣，然后，笑得张扬肆意，"我也爱你。"

比任何人都爱。那种爱，无关爱情，无关利益，无关任何因由。

只是友谊。一辈子不离不弃的友谊。

然后，谢幕。

当帷幕拉上的时候，台下的观众，仍然有点傻愣愣的，不知是该鼓掌呢，还是该大笑。

然而，等苏瑞她们走进后台时，她们听见了前面雷鸣般的掌声。

斯杰他们还有点搞不清状况，听到掌声，略微驻足了一会儿，惟有李艾，一路走得很快，甚至都不回头望一眼。

苏瑞小跑着追了过去，她和李艾一前一后进了休息室，然后，苏瑞转过身，背抵着房门，静静地看着面前那个美丽的女子。

"对不起。"苏瑞道，"我没有想到他会来。"

李艾摇头，"不关你的事情。"

"李艾，你骂我一句吧。每次出事，都是你帮我，我从来没有为你做任何事情。现在……还让你在商天南面前……"苏瑞也不知道该怎么道歉了。

李艾却兀自笑了笑，"你是说，刚才的我很丢脸吗？"

苏瑞一愣，然后断然道："怎么可能，刚才的你简直是光芒四射！"

"就是啊，姐从来没有像今天这样痛快过，走，我们继续光芒四射去。"李艾揽住苏瑞的肩膀，大声道。

苏瑞也顿时释然。

是啊，有什么可丢脸的？

她离开他，照样能活得精彩，谁说上台表演就一定比底下的宾客低一等？

"不过，你可不能这样出去。"见李艾就要出门，苏瑞赶紧扯住了她。

李艾现在化的是舞台妆，美则美矣，但毕竟太过夸张。

"怎么，难道你这里还有几套提供给灰姑娘的晚礼服？"李艾笑吟吟地问。

苏瑞摸了摸鼻子。

就算翻遍她的衣柜，也没有什么能拿得上台面的晚礼服啊。李艾的礼服则全部缩在了商家，她随身的皮箱只带了几件便装而已。

正在她纠结的时候，外面突然传来一阵敲门声。

苏瑞以为是凛子他们回来了，问也不问，直接将门拉开来。

外面却是一个陌生的年轻人，穿着侍者的制服，脸上带着职业的笑容。

"请问，苏瑞小姐是在这里吗？"

苏瑞点头。

"这是刚才被人放在前台的包裹，主人特意交代，要将包裹亲手送到你的手中。"侍者说着，将一个纸箱式的包裹递到了苏瑞的手中。

苏瑞愣愣地接了过来，下意识地道了谢。

侍应生很礼貌地退开了。

也在这时，凛子和毛毛从走廊的那一端走了来。"斯杰呢？"苏瑞看了看他们的身后，问。

斯杰没有和他们一起。

"不知道，刚才有一个人把他叫去了。"凛子笑道，"他总是神神秘秘的。"

苏瑞没有接话，她想起刚才听到的对话。斯杰的家世背景似乎很值得探究。

不过，那也与她没有多大的关系。

"你们现在就要走吗？酬金还没结算呢。"苏瑞见他们已经进来拿自己的衣服和随身的乐器，不由得又问了一句。

"嗯，我们想去看看秀一怎么样了。酬金打到我们账上就行了，等会遇见斯杰，还请苏小姐告诉他一声。"毛毛回答完，又很诚心诚意地转向李艾那边，"你有没有兴趣加入我们？我们三人刚才商量了一下，很郑重地邀请你入伙，你真的很棒。"

李艾方才的表演，显然也将他们震慑住了。

能被他们肯定，李艾当然也很开心，毕竟，她已经很多年没有上台了。

不过，她还是矜持地回答了一句，"我得看情况，到时候打你们电话。"

敢情他们连手机号码都已经交换过了。

毛毛又非常认真地强调了一遍，"请务必考虑。"这才和凛子一起离开。

他们今晚和秀一应该会有一番深谈吧。

目送他们离开后，苏瑞又将注意力重新放回那个箱子上。

"你说，我答应还是不答应呢？三个小弟弟都很可爱呢。"李艾掩嘴笑道。

苏瑞鄙视了她一眼，道："重新回到森林的感觉怎么样？"

再也不吊死在一棵树上了，感觉应该不错吧。

李艾笑，催着苏瑞，"赶紧看看包裹里有什么——难道真的是仙女送来的舞裙？十二点钟会变成老鼠的水晶鞋？"

苏瑞一笑置之，"喂，你还是做童话梦的时候吗？"

可是，盖子一掀开，她却愣住了。

同时愣住的，还有李艾。然后，李艾伸出手，从盒子里拿出里面的物品，举高一些，眼睛登时放出光来，"童话显灵欤。"

是啊，童话显灵。

苏瑞从未见过这么漂亮的衣服，况且，不止一件。是两件。

两件同样美得像银河编制而成的晚礼服，仿佛出自织女的手笔，制作精良到无懈可击的地步，一件是华丽雍容的银白，一件是甜美优雅的淡粉。

而在盒子底部，还有与之相配的高跟鞋。鞋面上镶着碎钻，在灯光下，明耀得让人错不开眼。

"还有一张便签……"李艾先是惊叹，然后拿起那张小卡片，将上面的话念了出来，"送给你和你的朋友。希望你喜欢。"

"有落款吗？"苏瑞问。

李艾耸肩，"没有。看来，是神秘的爱慕者呢。"说着，李艾的表情变得出奇八卦也出奇暧昧，她欣慰地看着苏瑞道："我就知道嘛，像你这样好的丫头，怎么会没有人追？我若是男人，早把你娶回去了。"

"少来，我有什么好？无才无貌没钱也不会做家务，脑袋被门夹了的人才会娶我。"苏瑞懒得听李艾打趣，只是将卡片拿了过来，仔细看上面的字样。

这应该不是本人写的，字体太正，大概是吩咐送礼服的店家代写的吧。从卡片大概是看不出什么端倪了。

"裙子是高级定制品，暂时看不出品牌，不过，绝对是大师出品。手工真好，不过这两双鞋子……苏瑞，好像是真钻。"李艾还在那里品鉴着。她毕竟是从奢侈品里浸泡出来的，眼光比苏瑞这个小白领锐利多了。

所以，最后的结果是，如果这真的源自一个爱慕者，这个爱慕者的财力不可小觑。

"虽然我刚被有钱人蹬了，但如果你能嫁给一个有钱人，我绝对会恭喜你的。……至少，你可以少辛苦点了。"李艾实话实说道。

苏瑞不做声。

她直觉地想起斯冠群。

又是他吗？

又是他吗？

想来想去，这两件衣服是斯冠群送来的可能性，实在很大。

"怎么了，你是不是想到谁了？"见苏瑞沉默，李艾敏感地问了一句。

"你还记得，我对你说的斯冠群吗？"苏瑞也不瞒着，径直把猜测说了出来。

李艾一默，然后，谨慎道："对这个斯冠群，我也所知甚少。他虽然神通广大，可是……也许不是良人。"

正因为神通广大，所以选择会很多，在他面前，百花缭乱，美女如云。就算他真的一时兴起，对苏瑞产生了兴趣，然后呢？

苏瑞不是那种玩得起的女孩，她如果真的决定嫁给一个人，便会死心塌地地和那个人共同经营一辈子。

苏瑞沉默。

这一点，又何需要李艾去点明？

斯冠群岂不是从一开始就明说了，他是不会娶她的。没有许诺，甚至没有一往无前的勇气。

"不过，这两套衣服倒是不错，也算是雪中送炭，怎么样，我们试一试？"

李艾见话题渐趋沉重，连忙转移苏瑞的注意力。

无论如何，女孩子收到礼物，终究是一件开心的事情。

"嗯。你适合这件银白色。"苏瑞将那件摇曳如鱼尾般的礼服，递给了李艾。

李艾却之不恭。

她们很快将衣服换好，然后，娉娉婷婷地走出了休息间。

李艾是天生的衣架子，其实这件衣服相当挑人，如果皮肤不够白，或者气质不够宫廷，都会穿不出来味道，可是，她穿上的效果，便好像这件衣服是为她量身定做的，让苏瑞几乎以为她是哪位异国的公主。

"等会商天南看到你，肯定会悔得肠子都青了。让他痛不欲生去。"苏瑞捂着嘴笑道。

李艾挑挑眉，大言不惭地做了一个胜利的姿势，"管他做什么，姐什么时候吃过回头草。整装待发，出去迎接整片森林！"说完，她又不悦地望向苏瑞，"你怎么没换衣服？"

苏瑞还是刚才那件 T 恤，牛仔裤。

"我是工作人员啊。行了，我给你简单弄个发型。然后，我们一起出去。"苏瑞又招呼道。

李艾却不干了，"不行，要出风头就一起□□。如果你不换衣服，我也不出去了。"她开始耍赖。

苏瑞简直拿她没有办法。

可是，她又是知道的，在李艾这样兴高采烈、没心没肺的背后，未尝不觉得凄惶。

所以——

好吧，今天就一起疯吧。

"没办法，就当给你当绿叶了。"她终于妥协。

任何女人站在李艾身边，都必须面临当绿叶的命运，李艾的五官偏于明媚，便是不化妆的时候也显得光彩照人，更何况精心装扮后？

所以，当初在大学的时候，女生都不太愿意与李艾在一起，大家好像全部偏向于那些性格温顺、样貌平平的老好人，李艾太张扬太出色，在男生圈里更受欢迎。

惟独苏瑞，傻子一样，天天和李艾厮混在一起，那个时候的苏瑞，甚至还不怎么会打扮，每天顶着一头乱糟糟的碎直发，穿着大大的运动衫，或者皱巴巴的棉布裙，脚下是千年不变的平跟球鞋。她比李艾矮了半个头，这个形象，根本就是绿叶的典型。

不过，等苏瑞真正换上那件淡淡的桃红色小礼服时，也许不会有人将她当成陪衬。

那件衣服，同样和她很般配。

婉约，柔美，又不乏个性。它几乎与苏瑞的气质相融在一起，那种与生俱来般的和谐感，让李艾叹为观止。

"我觉得吧，如果这件衣服真的是他为你挑选的，他一定是个很懂你的男人。"李艾沉吟道，"再考虑考虑吧。"

苏瑞"嗯"了一声，有点茫然地看着镜子里的自己。

李艾和苏瑞因为换衣服的缘故，又耽搁了二十多分钟，等他们出来的时候，司仪正在调节气氛。萧萧似乎准备上台说一些致宾词。宾客的注意力都在台上，暂时没有人注意到悄悄入场的她们。

苏瑞扫视了一眼全场，她没有看到莫梵亚，倒是看到了门口姗姗来迟的 Alex。Alex 也在同时看见了她，他先是小小地惊艳了一下，然后，很柔和地笑了笑，朝苏瑞点点头。

苏瑞示意李艾，和李艾一起朝 Alex 走了过去。

当她们走动的时候，会场的人也终于注意到这两位凭空出现的美人，苏瑞还好，不过是让人看着很舒服的赏心悦目，倒是李艾，实在太过夺目，大家还在她方才的表演里没有回过神，现在，乍见到伊人摇身变成高贵公主，总忍不住多看几眼。

李艾目不斜视，更没有一点造作或者不自然，她当了几年的少奶奶，自己举办的宴会也不在少数，还不至于在这种小场合上失礼。

之前还在说李艾闲话的一些人，顿时有点禁言，只因为此时的李艾实在太美。她们如果再风言风语，难免有嫉妒之嫌。

"Alex，你也来了。"李艾已经停在了 Alex 的身侧，非常得体地打着招呼。

Alex 笑了笑，目光掠过苏瑞，轻声道："衣服很漂亮。"

"人呢？"李艾头一歪，好笑地追问。

Alex 的脸居然有点泛红，"人自然是……更美。"

苏瑞已经看不过眼了，她推搡着李艾，嗔道："不要捉弄他了。明知道 Alex 喜欢害羞。"

"喂喂，你什么时候和他站在一条战线上了？"李艾顿时抗议，眼角一瞥，见 Alex 红晕更深，她突然领会到什么，当即笑得讳莫如深。

苏瑞见她笑得古怪，却也猜不到她此时在转什么鬼心思，不过，和李艾与 Alex 在一起的感觉，让她欢喜而自在。

人生一知己一朋友，足矣。

那三人在门口处谈笑风生，倒把这满场的宾客全部置之不顾了。商天南不可避免地又注意到李艾。

方才李艾下台后，他还以为她会找个地方躲着猫着，没想到，转眼她又出来了，还是用这种高调的姿态。

而且，在那件银色的长礼裙的辉映里，此时的李艾，几乎可以用美丽不可方物来形容。

和她一比，他身边的女伴，多少显得平庸了一些。

这让商天南多少有点窝火。

如果刚才的表演，只是让她自己丢脸而已，那现在这一番做作，难道是成心给他好看？

"天南，那位就是李小姐？真漂亮呢。"他的驻足与表情，自然引起了同行女伴的注意。新女友是大家闺秀，修养气度也许真的不凡，可是看见自己男友的前妻如此明艳动人，语气里多少带了点酸味。

商天南淡淡地"嗯"了声，然后，转过头对女友说："如果她让你觉得不舒服，我现在就过去请她离开。"说着，他已经抽出了被女友挽着的胳膊，大步向李艾走了去。

小女友手中一空，急忙说道："不用不用。"便想伸手拉住他，可是手指微拢，却握住了一片虚无的空气。他已经走远。

商天南此时的目光与注意力，早已经全部在李艾的身上了。

他也没有留意到，被他丢在身后的女孩，满脸的失意。

李艾正和 Alex 说着刚才的表演，在说到苏瑞也上了场之后，Alex 顿时一脸遗憾，"真可惜，被事情耽搁了，如果早点来就好了。"

"你如果早点来，还有那个斯杰什么事。"李艾很是怀念道，"Alex 的技术绝对比斯杰厉害。你的手指灵活得像第八奇迹一样，快得我眼花缭乱。对了，Alex，如果我去你的酒吧驻唱，我强烈要求你重出江湖，为我伴奏。"

Alex 却只是歉意地摇摇头，道："很久没玩过乐器了，手指都僵了。"

李艾其实也只是这么一说，她看得出来，Alex 现在对演奏的兴趣已是缺缺。事实上，他这种低调的性格，当初肯去乐队应聘，已经算是不可思议了。

也不知道当年他是怎么想的。

"只可惜才一个月就解散了。"李艾还在继续追念往事。

苏瑞笑着打断她道："有什么关系，我们三个不是还在这里吗？下次有机会，我们关起门来玩一场，可以不？"

李艾这才停止了伤怀，很欣慰地点头道："可以。等 Alex 的酒吧打烊后，我们关上门，自己疯上一阵……"她神采飞扬，笑如春花，可是一偏头，笑容却在脸上僵了僵。

商天南已经走了过来。

李艾以为自己已经做足了准备，可是乍一看到他，还是不能如自己期望的那样自如。事实上，苏瑞几乎眼见着她的脸上失去了血色。

"算了，不和那个人纠缠。我们去那边。"苏瑞心中着急，就算李艾现在只是强撑，她也不希望她现场失控。在这样众目睽睽的地方，两个刚刚离婚的男女，寒暄也罢，恶语相向也罢，到底都是伤害。

她赶紧去拉李艾，待摸到李艾的手时，才发现李艾的手指也变凉了。

苏瑞的心一疼，怔在了原地。

"好巧。"商天南终于停在了李艾的面前。

就近去看，苏瑞还是不得不承认：商天南的条件确实不错。长相俊朗，出身好，有钱，有风度，就算是花心，在很多人眼中，只怕也是一个优点。

当初李艾会被他骗到手，并不是没有道理。

不过，现在看见这张俊脸，苏瑞只想一拳打过去。

他居然还笑得出来！

"好巧。"李艾同样笑容嫣然，好像他们只是许久不见的旧同学似的。

"你今天……很漂亮。"商天南又道，他的目光肆无忌惮地扫过李艾玲珑有致的身体，顺着她润滑的肩膀，到胸前起伏的曲线，到窈窕的腰，最后是被裙摆遮住，但仍然能想象得到的、挺直的双腿。

在那样的注视下，好像衣服都已经在无形中扒光了一样。

李艾神色未动，不过神情间也有点屈辱。

苏瑞本来还在劝自己忍一忍，见状，几乎按捺不住，就要冲着商天南发飙。

好在 Alex 及时阻止了她，他碰了碰苏瑞的胳膊，轻声道："我们去别处转转吧，让他们自己聊一聊。”

商天南与李艾的离婚，从始至终，都是商天南单方面的决定，在那之后，他们甚至都没有机会深谈过一次。

无论两人之间谁对谁错，毕竟同床共枕了那么多年，很多事情，外人真的没办法插嘴。

苏瑞也怕自己在这里待下去，迟早会将事情搞糟，想了想，同意了Alex的建议。

“李艾，你们先聊一会儿，如果有事，就直接叫我，我在附近。”她毫不客气地瞪了商天南一眼，转头对李艾这般说。

李艾点了点头。

商天南不置可否。

看他的样子，也似乎是有什么话想对李艾讲。

苏瑞和Alex暂且离开，会场中央的人太多，Alex本来就是一个喜静的性子，苏瑞更不想穿着这件礼服太招摇过市。两人达成共识，索性朝通往一楼阳台的楼梯走了去。

这里虽是地下室，但并不会觉得憋闷。四周的拱门处设有通往阳台的阶梯，阶梯上方和地板都是反光性极好的铝板，所以保证了会场的空气流通与光线充足。

苏瑞的裙子不算长，到膝盖而已，在室内不觉得，到楼梯口的时候，外面的夜风一激，她不由得打了个哆嗦。

Alex很敏锐地察觉到她的寒意，他信手脱下自己的外套，披在了苏瑞的肩膀上。

那件外套，还残留着Alex的体温，异常舒适的毛料，摩挲着她赤裸的肌肤，很温暖。

说起来，今天Alex的打扮也很帅啊，之前一直见他穿休闲装，今晚倒是规规矩矩一套浅色西装，白衬衣，褐色领带。现在脱下外套，只剩下一件白色的衬衣了，扣子一直延伸到领口，领带整洁。更显得清爽正派。

见苏瑞一眼不眨地瞧着自己，Alex 反而不好意思了，"看什么呢？"

"没有，觉得很神奇，过了五年，我和李艾都变老了，你还是和学生时期一样。"苏瑞扭过头，兀自笑道，"时光对男人真宽容。"

对女人，却严酷得很。

"我没觉得你变老，还是和我第一次见你时一样。"Alex 很认真地回答道。

苏瑞失笑。

她依稀记得，自己第一次见到 Alex 时的形象似乎谈不上多好吧。那时乐队的贝斯手刚刚退出了，还留下一句"玩音乐没前途"的混账话，她和李艾一面咒骂男人不靠谱，一面百无聊赖地等着别人来应聘。李艾趁着空闲，揪着头发写曲子，苏瑞则在那里嗑花生，将一粒粒剥皮后的花生粒丢在空中，又张大嘴巴将它接住。然后，Alex 来了。

Alex 看见了一个张着血盆大嘴、蓬头垢面，坐在地板上的邋遢丫头。

如果她现在的形象还是和当初一样，对苏瑞来说，这可算不上什么恭维话。

"哎哎，我还以为自己多少变漂亮了一些呢。"苏瑞闷闷地抗议道，"好歹我现在穿的衣服还算好看，发型也过得去……"

Alex 先是一愣，然后连忙否认，"不是那一次。"

苏瑞又扭过头，不明所以地看着他。

不是那一次，难道在之前他们还见过？

苏瑞表示没有任何印象。

Alex 脸色微红，正想说什么，阳台那边却传来一个颇为熟悉的声音。

莫梵亚的声音。

"我还是希望你能继续完成学业，你这样糟蹋自己，难道就能改变什么？那件事，根本就不关你叔叔的事情。"

看样子，他正在和一个晚辈在理论什么。

苏瑞和 Alex 停下脚步，不知道是应该继续往上走呢，还是原地折回去。

"是啊，根本不关他的事情。我的事情，同样和他没有半分关系，他何必在那里假慈悲？我知道他有钱，我也知道上次出事，是他请你帮我解决的。可是，你不用指望那种小恩小惠就可以打动我。那是他自愿做的，我没有求着他，也永远不会求他。"这个声音，也同样熟悉得很。

苏瑞辨了一会儿，顿时恍然。

这不是斯杰的声音么！

她刚才还在想，那个斯杰跑到哪里猫着去了，没想到竟然和莫梵亚在阳台上……吵架？

听语气，似乎和吵架差不多了。

"斯杰，你知道你叔叔花了多大的代价才找到你。"莫梵亚也有点不耐烦了，他憋着气道，"你做的那些荒唐事，倘若不是真的关心你的亲人，换做第二个人，会原谅你吗？别任性了，你糟蹋自己，并不会让任何人感到内疚，那只会毁了你的人生。"

苏瑞听到这里，已经意识到，自己不再适合继续待下去了。

他们谈论的内容，也许已经涉及到了别人的隐私。

Alex 显然也有相同的想法，他碰了碰苏瑞的胳膊，向原路的方向示意了一眼。

苏瑞点头，正要转身，便听到上面传来一阵急促的脚步声。

斯杰已经冲了下来。

他的速度很快，苏瑞想避开也来不及了，只能尴尬地站在原地，不好意思地看着他。

斯杰见到苏瑞时，也是一愣，然后低下头，既不打招呼，也不解释，匆匆地进了会场。

莫梵亚在后面追了几步，他站在阳台里侧，同样看见了苏瑞。

莫梵亚先是怔了怔，又看了看此时披在苏瑞身上的外套，还有她身上那件近乎完美的粉色小礼服。

这样的苏瑞其实很漂亮，漂亮得几乎让他感觉刺眼。

"莫总。"苏瑞打了声招呼，手揪着肩上的外套。

"嗯……"莫梵亚沉吟了片刻，终于淡淡地回道，"外面的风很大，注意别着凉。"

苏瑞微汗。

这是什么问候？

"我会照顾好她的。"Alex 则点点头，轻声接了一句。

苏瑞更汗了。

果然是尴尬的时刻，所以连话题都变得莫名其妙起来。

莫梵亚没有再说什么，他侧过身，越过苏瑞他们，同样返回了会场。

待他离开后，苏瑞也没有了去阳台吹风的兴趣，看样子，似乎有点恍惚。

Alex 看在眼中，很体贴地建议道："不如我去看看李艾吧，他们两人应该谈得差不多了吧。"

苏瑞点头。他们没能去阳台上闲聊一会儿，很快又折返了会场。

进去后，才发现萧萧此时正在致辞。莫梵亚则走到了舞台边，他是萧萧的男朋友，这个场合，确实应该陪在她身边。

不过，看莫梵亚的表情，似乎有点心不在焉，以至于萧萧在说什么，他完全没有留意到。

萧萧先说了一些谢谢大家光临之类的话，然后，她停了停，故作神秘地静默了一会儿，再抬高声音，望着莫梵亚，异常甜蜜地宣布道："今天的宴会，除了大家有机会好好聚一聚之外，还有一个好消息想告诉大家，那就是——我和阿亚已经决定在本月结婚了！"

宾客先是一愣，然后，立刻鼓起掌来。恭贺声也变得络绎不绝。

莫梵亚却好像吃了一惊似的，他转过头，愕然地看着萧萧。可是迎上萧萧满面的笑容，想说什么，又忍了回去。

苏瑞则和 Alex 站在原地，远远地看着舞台上那一对漂亮般配的璧人，在大家的祝福声中，仪态悠然。

在听到这个消息时，苏瑞本以为自己会难过。可是，真的身临其境，她却发现自己平静得很。

大概，她已经为了这一刻准备得太久太久了吧。

从一开始，她就知道莫梵亚是萧萧的。既然从未奢望拥有过，又怎么会难过失望？

"你的老板要结婚，我们现在过去道声贺吧？" Alex 从侍应生手中端过两杯红酒，递给了她一杯。

那边的莫梵亚与萧萧已经被人围了个水泄不通，大家纷纷对他们举杯道贺，萧萧自然是开心，一脸幸福的笑容，莫梵亚却好像一只提线娃娃似的，线在萧萧的手中，提一提，便喝一杯酒，根本看不出他到底是开心还是性子太过冷淡。

苏瑞正站在人群的外围，还没有靠进去，却见胡娟匆匆忙忙地迎面走来，她一看见苏瑞，便憋着一肚子火似的走了过来，"你跑到哪里去了？"

见面便是劈头质问。

"不好意思，刚才离开了一下。有事？"苏瑞并不是擅离职守，会场的事情之前就已经安排得井井有条了，如果胡娟此时火急火燎地找自己，应该是出了什么事故吧。

"你请来的那位李小姐，好像和商先生吵了起来。我不好出面，你赶紧去劝一劝吧。"胡娟急躁地说完，视线终于停在了苏瑞的衣服上——她刚才忙于应付一圈"权贵"，所以没有留意苏瑞与李艾的最初登场——"你什么时候换的衣服？"

这件礼服，比胡娟身上的这件还精致。

她还以为苏瑞真的只穿了一件 T 恤，牛仔裤，没想到，这个丫头隐藏得那么深，竟然偷偷把衣服换过来了！

"刚才……"苏瑞明知胡娟误会了，可是一言两语，她也解释不清楚。

算了，还是先去看看李艾吧。怎么就吵起来了呢？

其实，苏瑞更想知道的是，怎么李艾吵架，都不叫上自己呢?!

别看苏瑞平时看上去文文静静的，真的吵架的时候，便是那些习惯了骂街的市井妇女，也只能望其项背。

胡娟挑眉看着她，又看了看她身边的 Alex，"你已经有了这么好的男友，就应该惜福。何先生真是我见过的脾气最好的人了。"

女朋友在宴会上穿得这么招摇，分明就是打算招蜂引蝶的，Alex 的表情却没有半点责备，反而一直任劳任怨地跟在其后。这些有钱人，哪里有这么体贴的?

"嗯嗯。"苏瑞胡乱敷衍着，"他们在哪?"

她现在只担心李艾他们。

"在门口那边，还好大家的注意力都在萧萧小姐的婚讯上，不然，肯定会闹翻天。苏瑞，你既然知道你的朋友是商先生的前妻，是不是故意将她请来的?"胡娟还在那里喋喋不休地追究责任。

苏瑞却已经懒得在这里纠缠下去了，她将那杯红酒重新塞进 Alex 的手中，便往门口那边走了去。

门口那里本是用于签到或者摆放宣传品的，位置还算宽敞，玻璃门与电梯之间还有一段距离。

李艾和商天南就站在墙边，气氛已经紧绷到一触即发的地步。而且，除了他们两人之外，现场还有另外两个人。

一位是商天南的未婚妻，那位大企业家的女儿。

一位，则是本打算离开，却碰巧与李艾他们撞上的——斯杰。

苏瑞赶紧小跑过去，刚靠近，便听见商天南讥嘲般的声音，道："装什么装，李艾当初嫁给我的时候，也不是什么处女。"

苏瑞虽然没有听见他们前面的谈话，但是单单这一句，已经足够她火冒三丈了。

她就要冲过去，结结实实揍那个混账一顿，可是，已经有人抢先了一步。

原本站在李艾身边的斯杰，一言不发地走过去，冲着商天南的右脸颊，狠狠地揍了下去。

商天南几乎当场倒地，颧骨那边立刻浮起一片铁青。

商天南的小女友惊呼了一声。

这边的响动，也惊动了会场里的人。

Alex 和胡娟先出来，其他人也陆陆续续地跟了过来，商天南捂着脸，怒视着他，"你是谁?!"问完后，他疑惑地看着李艾，然后站起身，冷笑道："你说我在外面乱搞，那你呢？离婚才几天，你现在就勾搭上小男友了，还穿得那么花哨来这种场合，李艾，看不出来，你竟是这种人。亏我还想给你一笔赡养费。现在想想，算了，反正你也是拿钱去养小白脸。"

李艾气得全身发抖，想反驳，却一句话都没说出来。

倒是斯杰，闻言嗤笑了一声，"你猜对了一半，不过，真相是，我这个小白脸心甘情愿养着她。"说着，他大步走到李艾的身侧，在李艾猝不及防的时候，伸手环住了她的腰。

他的动作很快，也很有力，李艾的惊呼还在喉间，嘴已经被他堵住，所有的诧异全部堵在斯杰滚热的呼吸里，她先是睁大眼睛，看着咫尺间的小男生，忽而软了下来。她索性闭起眼睛，手臂绕到斯杰的脖子后，很小鸟依人地挂在他身上。

李艾长得很高，斯杰也不算矮。全部是长胳膊长腿的身材，俊男美女，两个人拥吻的画面，非但不让人觉得唐突，甚至让人觉得……唯美。

苏瑞则呆愣在旁边，不知道该说什么了。

商天南的表情自不必说，又红又白，还有刚刚被揍的青色，像打翻的调色盘似的，说不出的精彩。

其他的宾客，也全部瞠目结舌，他们望向商天南的目光，已经纯粹是看热闹般的幸灾乐祸了。

苏瑞心中本觉得痛快，可是，渐渐发现不对劲了。

如果斯杰只是看不过眼，想为李艾出气，这，这……这也太入戏了吧?!

他们激吻的时间已经太长了。

出于朋友道义，苏瑞觉得自己有必要提醒当事人一下，免得他们干柴烈火，忘记了此时此景的状况。

"那个……李艾……"她弱弱地叫了一声。

斯杰这才松开怀中的佳人，李艾好像要窒息了一样，全身虚软在斯杰的臂弯中，她的脸红扑扑的，眼眸像刚刚洗过的黑曜石，水润明亮，漂亮得吓人。

斯杰的表情则更明显，他近乎痴迷地看着李艾，神色专注而炽烈。

他对李艾，似乎不像逢场作戏。

原来感情确实是有实质的，当你爱上一个人的时候，自己的每个表情、每个眼神、每根汗毛，都在喧嚣着、雀跃着。

斯杰不会爱上李艾了吧?

苏瑞猛地意识到。

下一刻，斯杰已经拉起李艾的手，推开围观的众人，大步朝外面走去，"这里太乌烟瘴气了，我们走。"

李艾也不忸怩，就这样任凭斯杰拉着自己，目不斜视地走了出去。

苏瑞哪里还顾得上现场，她转过身，匆忙对胡娟道："不好意思，我有事也要先离开了。"说完，她又抱歉地看了 Alex 一眼，急忙冲了出去。

斯杰是个什么样的人，其实大家都不太了解，她总不能就让李艾跟着一个陌生的小男生走了吧?

她还记得，前不久那个小男生还在为了失恋买醉呢。

总而言之，就是——不靠谱!

等她赶出去的时候，斯杰果然已经拦下了一部出租车，就要与李艾一起离开。

苏瑞叫了李艾一声，跑到跟前，"你们现在打算去哪里? 我和你们一起走。"她问。

"不用，你还是去医院吧，乐乐在医院等妈妈呢。"李艾拒绝道。

"那你告诉我，你们到底要去哪里？"苏瑞怎肯随便放行。

李艾沉默，她只是不想在这个地方继续待下去。

斯杰淡淡道："李艾想去哪里都行，我陪她就可以了。你不用担心。"

"怎么可能会不担心。"苏瑞郁闷道，"都不知道你是从哪里蹦出来的。"

"喂喂，好歹我请你喝过一次酒吧，大婶。"斯杰急了，抗议道。

"喏，这是我家的钥匙，妈妈那里还有一套，等会我拿她的就好了。你们在外面转转，如果想回去，就直接回家。还有——"苏瑞直接无视他，又转向李艾，郑重其事道："你旁边这个小子兴许未成年，别打主意啊。"

"是我在打她的主意，而且，我已经成年了。"斯杰在旁边不满地嘟哝道。

"少来，我看你小子就不是什么稳重的人。上次买醉，这次等钱交房租，还闹出了什么事要莫梵亚去摆平。我不管你是什么来头，有什么本领，反正，不要趁虚而入，知道不？"苏瑞没好气地警告道。

刚才已经趁虚而入，一亲芳泽了——不过，看在他让商天南吃瘪的份上，苏瑞决定原谅他。

何况李艾并没有反感。

斯杰撇撇嘴，手依然紧紧地攥着李艾，"我没有趁虚而入，我很认真。"

苏瑞懒得理他。

看见李艾又不想"认真"的男人真的很少，女孩太漂亮了，其实也有一个缺憾：大概对方的好感总是来得太容易，以至于会混淆了自己的判断。

不过，斯杰虽然有那么点不靠谱，但应该不是什么坏人。

她等会还要赶去医院，不可能陪着李艾去发泄。身边有个人陪着，终归是好事。

"你先回家等我，别把商天南的话放在心上，我们就当那个男人已经是个死人，反正从今往后，也没有任何关系。"

"嗯。"李艾的神色已经平静下来，回答得心不在焉。

"那个……真的不需要我陪你？"苏瑞又问。

李艾摇头，"不用啦，你在我旁边呆着，我反而想去安慰你。说起来，你也比我好不到哪里去。赶紧去医院陪乐乐和伯母吧。"说着，她推了苏瑞一下，自己则钻进了出租车。

斯杰低下头，从怀中拿出一个便签纸，拿司机的笔，快速地写下一串号码，"喏，我的电话。不放心的时候，随时打给我。"

苏瑞接了过来，心这才放下一些。

会主动留下电话号码，好吧，姑且相信这个小男生一次。

苏瑞站在门口，一直目送着他们离开，这才转回身，打算另叫一辆车，先去医院。

这边已经没有什么事情了，即便还有什么状况，胡娟自然会去处理。

就当她失职吧。

反正，明天就会辞职。

莫梵亚和萧萧就要结婚了，很好，这才是真实的生活。人总不能一直活在童话故事里，即便是童话故事，也没有事事如人愿的事情。

在李艾他们坐车离开时，Alex 也已经谢过主人，追了出来。苏瑞一转身，便看见了站得不远的他。

"宴会还没结束，你怎么也出来了？"苏瑞站在街这边，扬高声音问。

Alex 却只是微微一笑，"我送你过去。"

"……呃，好。里面什么情况？"苏瑞又擦汗问。

本来是好好的一个订婚宴，萧萧和莫梵亚的婚事正让大家欢欣鼓舞，没想到，李艾和商天南一闹，里面的气氛一定变得很差了。

正要结婚的人，看着离婚的人闹得不可开交……

萧萧和莫梵亚一定恨死她了。

莫梵亚会认为她是成心的吗？

"没什么事，那位胡助理真的很能干，她已经安抚好了。宴会照常继续。"Alex宽慰道，"你别往心里去，不关你的事情。李艾也不会怪你的。"

"嗯。"苏瑞低下头，看着自己赤裸的小腿，终于有点冷了。

她出来得匆忙，并没有换衣服，而Alex的外套，在刚才返回会场的时候就还给他了。

Alex也发觉了，想再将衣服披在她的身上，但不知为何，又犹豫了。

"苏瑞。"

"嗯？"

苏瑞抬头看他。

这段时间的接触，Alex从来没有如此郑重其事地叫过她。

"你……我……我以后可以帮你照顾伯母和乐乐吗？"他鼓足勇气，一股脑地将这句话扔了出来。

苏瑞先是一愣，然后失笑，"你不是一直在帮我吗？真的，我已经很感谢很感谢了。你不需要再多做什么了。"

"不是，我是说……"Alex突然语塞，有点懊恼地扭过脸，硬生生地转换了话题，"我去把车开过来，你在这里等我一会儿。"

"哦。"苏瑞乖巧地点头。脸上还留着一点疑惑。

Alex这是怎么了？

待Alex去停车场的档口，苏瑞又顺着通往地下宴厅的楼梯望了一眼。

那里喧嚣依旧，霓裳鬓影。

那才是莫梵亚所在的世界啊。这样的聚会，这样的未婚妻，这样的繁华。

多年凤愿一招成真，不知道此时的莫梵亚，是怎样的心情。

正想着，一辆黑色的车已经停在了苏瑞的面前。她转过身，"Alex"的名字刚刚叫到了嘴边，却又生生地停住了。

车窗滑开。

坐在里面的人，并不是 Alex。

而是……斯冠群。

这次不是他亲自驾车，这是一辆加长的林肯车，后面有两排真皮沙发式的座椅，司机位与乘客位之间，尚有一个全封闭的隔板。

"上车吧。"苏瑞正发呆，斯冠群已经推开了车门。

"我在等朋友。"她下意识地回了一句。

Alex 已经去开车了，等会接不到她，Alex 会担心的。

"我让门童转告你朋友一声。"斯冠群不为所动，只是淡淡地吩咐道。

仍然是那种天下独尊的语气。

……不过，并不惹人讨厌。

苏瑞犹豫了一下，终于上了车。

她和斯冠群的事情，终归是要解决的，现在，他是她的债主。

虽然他们的关系并不是只用一句"谁是谁的债主"便能解决的，不过，苏瑞宁愿自己这样想，她也只能逼着自己这样想。

这个男人，是她惹不起的。惹不起，也绝对绝对爱不得。她只有清醒地摆正自己的位置，这样，对所有人都好。

车门合上，斯冠群打开中间的一个小窗口，对前面的司机叮嘱道："去中心医院。"

苏瑞刚才还惴惴不安的心顿时安定下来了。

他不过是送她去医院。

"不好意思，总是那么唐突地出现在你面前。"等他们坐定后，斯冠群率先道歉道。

苏瑞其实没有怪他的意思，闻言，立刻摇手道："没关系。"

"我知道你这几天会很忙，大概闲下来的时间，只有这段路了。所以，只能用这种方式与苏小姐聚一聚。"斯冠群的态度出奇的绅士，彬彬有礼，可是并不让人觉得疏远。

那也许是岁月与历练留下来的一种能耐吧，总能让对方的防备丢盔弃甲。

苏瑞几乎能想象得到，他在谈判桌上的模样。他一定是主导全局，牵着别人鼻子走的一方。

——如果他还需要上谈判桌的话。

苏瑞没有做声。

她不知道该说什么好。

"衣服，很适合你。"斯冠群离开了一些，侧过身，极欣赏地看着她。

苏瑞这才想起衣服的事情，"果然是你吗？"

"嗯。选得有点仓促，只能说，你和你朋友都是很好的模特。"斯冠群不以为意道。

苏瑞却想，只能说，是你太懂女人了。

如果不是阅人无数，又怎么可能会有那么毒的眼睛，一眼便能看到她和李艾所适合的款型，甚至于……型号。

当然，这句话她没有说出来，不过神态闪烁，自己想着都觉得好笑。

斯冠群洞悉地瞧了她一眼，也笑了出来，"你在想什么？"

"没什么，没什么。"苏瑞赶紧连忙道，"你不是要去开会……"

斯冠群应该在国外开会吧，怎么那么快又赶了回来？

不过，苏瑞的问题只问到了一半，马上卡了回去。

她的身体被拥入了一个温暖的怀抱。

斯冠群倾过身，手环住苏瑞的肩膀，下巴则轻轻地放在她的颈间。他的动作很轻，空气般自然，以至于苏瑞并不想去推开他。

"我从来没有送过女人衣服。"他在她的耳畔道。

像是为她心中的疑问释疑一般。

苏瑞一愣，脸有点泛红，"你有没有送过衣服给别人，与我有什么关系？"

斯冠群低笑，因为笑声实在压得太低，声音也显得过于醇厚，伴随着他的呼吸，撩着她的耳垂，苏瑞的耳朵莫名其妙地红透了。

他身上有种烟草与古龙混杂在一起的味道，不算清新，可是太过蛊惑。

苏瑞又有想要逃离的冲动了。

太危险，如果斯冠群靠得太近，她会丧失思考能力。

"别动。"

苏瑞刚刚挪了下，斯冠群环在她肩膀上的手臂也随之紧了紧。

苏瑞赶紧正襟危坐。

斯冠群并未妄动，只是安静地贴着她的肩膀，呼吸均匀，安静得好像睡着了一般。

"你不要紧吧？"察觉到斯冠群并不明显的疲倦，苏瑞低下头问。

"有点困。"他闷声道。

苏瑞"哦"了声。

斯冠群会觉得困，想想也知道，他一晚上没有睡，凌晨赶往会场，开完会，又马不停蹄地赶了回来。也许刚刚下了飞机没多久。

汽车行驶的速度并不算慢，从酒店到医院的路途不过二十多分钟。斯冠群就这样静静地依偎着苏瑞，什么都没说，什么都没提，倒是苏瑞，先是绷得紧紧的，慢慢又放松了下来，甚至渐渐变得平静。

苏瑞将头低了一些，他的头发于是擦着她的下颌，痒痒的。

斯冠群的呼吸仍然拂在她的耳侧，明明是那么强势的人，可是疲惫的时候，和乐乐似乎也没有两样。

——斯冠群，你到底是什么样的人呢？

酒店，宴会。

商天南与李艾的纠纷很快被胡娟平息了。

她先请宾客继续回会场，又去宽慰被商天南丢在一边的小女友。

闹得这么尴尬，商天南当然不会继续久留。他和他的女伴离开后，虽然闲言碎语还是不少，但是气氛也慢慢恢复融洽了，大家继续向萧萧与莫梵亚祝贺。

莫梵亚敷衍了一圈，也喝了不少酒。等场面恢复下来后，他却离开了会厅，端着酒，独自走到了阳台外面。

萧萧和朋友们说了一会儿话，抬头发现莫梵亚不见了，问了侍应生，随后跟了过去。

宴会到了此时，已经是尾声了。宾客的客人们，要不就是找到了合适的交际对象，一时难以脱身；要不三三两两地聚在一块，准备与主人告别离开了。

也因此，阳台上并没有什么其他人。

这面的阳台面对着酒店的内花园。花香怡人，空气甚好。白色的拱柱宛如中世纪的罗马建筑，顶上种着吊兰，翠叶繁花，与地下的灯红酒绿判若两个世界。莫梵亚端着酒杯，正倚在栏杆上，不知道在想些什么。

萧萧走过去，斜靠在他的身侧，"你在怪我吗？"

莫梵亚没有回答，他端起酒杯，浅浅地啜了一口，"不会，既然双方家长已经确定了时间，你只不过选择了将它公布出来。"

萧萧微微嘟着嘴，看着面前那张过于俊秀完美的脸，撒娇般道："可是你看上去并不高兴的样子。"

"没有的事。"莫梵亚矢口否认，然而脸上还是没有半丝欣喜。

萧萧倒不怎么怪他。

所有人都以为莫梵亚又冷淡又臭屁，只有萧萧知道，其实他只是迟钝而已。在人际交往方面，莫梵亚其实是一个很迟钝很迟钝的家伙。

无论是读书还是工作，他似乎都没办法交到朋友。

人家如果说一件好笑的事情，他可能当时会面无表情，然后，在别人转身后，再低下头偷偷地笑。

如果别人遇到伤心难过的事情，他也许还是一副淡淡然的模样，简直让人恨得牙痒痒——即便他在事后也做了很多很多事情，别人却已经不再领情。

这样一个笨蛋，萧萧本以为自己永远不会喜欢上他。

直到……

直到……那个叫苏瑞的女孩出现。

莫梵亚是她的，萧萧从小便知道，莫梵亚只能是她一个人的。

即便她不要，她也不会让任何人抢走他。

"阿亚，你……不愿意娶我吗？"萧萧靠近一些，不依不饶地追问道。

当然，语气仍然是娇嗲的，柔弱的，几乎能渗出水来。

"我不是从小就答应娶你了吗？"莫梵亚淡淡地回答。手指夹着高脚杯，肘撑在白色的栏杆上，垂下来的藤条挡在他的脸前，透过稀疏的藤蔓，她看着他纯净的容颜，突然又开始患得患失。

这确实是一张很惹女人喜欢的脸，冷淡得出奇，又干净得出奇，水珠一样，不带杂质。

"阿亚，你喜欢我吗？"萧萧终于问出了口。

所有人都知道莫梵亚喜欢萧萧，因为从小到大，他们都在一起。一起上学，一起自习，一起参加活动，甚至一起吃饭，一起睡觉。

莫梵亚不怎么理人，没有朋友，也没有人愿意亲近他这个挑剔又高傲的家伙。他只有萧萧而已。

所以，所有人都说莫梵亚只对萧萧情有独钟。

除了萧萧之外，他甚至记不得其他女孩的名字，或者长相。

说多了，便连萧萧自己也这样深信不疑。

可是，莫梵亚从来从来——没有说过"喜欢"两个字。

现在，他们就要结婚了，萧萧必须要从他口中听到"喜欢"两个字。

她想要确定，自己对于莫梵亚来说，确实是与众不同的。

莫梵亚却并没有马上回答，他转过身，面向着花园的方向，轻轻地沉吟，"喜欢……你吗？"

那样的困惑，仿佛他自己都难以回答。

萧萧的眼中划过气结，但很快换成甜美的笑容，她向莫梵亚走近一步，手轻轻地放在莫梵亚曲放在栏杆边的手臂上，"阿亚，除了我，你还能喜欢谁？谁也没有比我们更适合对方的，不是吗？"

莫梵亚的手并没有挪开，他垂下眼眸，淡淡地看着萧萧那只纤细的、柔若无骨的手。那只手上没有一点瑕疵，或者皱纹，或者伤痕。相比之下，苏瑞的手则太粗糙了，因为打鼓的缘故，也因为常常要做一些粗重事，譬如换灯泡，修电器，搬煤气。苏瑞的手细纹很多，而且掌心甚至有茧。

莫梵亚不明白，为什么自己会无端端地想起苏瑞。

也许是她的手摩挲着他的皮肤时，那略显粗糙的触感，太让人难忘。他总是会在梦醒时想起。

"阿亚。"萧萧的手已经顺着他的胳膊缓缓地移了上去，移过他的肩膀，轻轻地捏了捏，又滑到了他的胸前。

高级定制的西装，手感极好。

然而，更好的，是他太过冷静的表情，还有此时映在她眼前的脸，清高而困惑。

萧萧几乎觉得掌心在燥热不安。

她终于握住了他的领带，稍一用力，她已经借着这股并不太大的拉力踮起了脚，她的脸几乎贴到了他的，呼吸相闻，莫梵亚的表情还是那个模样，没有激动，也没有反感。

果然是……太熟悉了吗？

因为从小一起长大，因为一开始就宣布了双方的亲事，以至于莫梵亚从不把自己当女人看吗？

萧萧想起自己心理学博士的朋友给自己的建议，她调皮地一笑，脚尖踮得更高，手仍然拽着莫梵亚的领带，却非常微妙地把握着力度。

既不会让他觉得不快，也不会让他分心。

"阿亚，说你喜欢我。"她的香水被夜风一搅，几乎触人心魄。

莫梵亚略微低着头，他同样在仔细地看着自己面前这张脸。

精致得宛如洋娃娃般的脸，纤长的睫毛，根根分明，白里透红的皮肤，鼻尖微翘，唇形呈心形，唇彩也是很高级的牌子，凑近了，有股幽幽的果香，让人想咬一口。

萧萧是无可挑剔的。

莫梵亚一直都知道。

他确实是一个很挑剔的人，或者对方的一颗烂牙，或者一丝汗臭，都能让他倒足胃口，偏偏萧萧从没有让他烦心过。

那么，这应该是喜欢吧。

她不是某人，喜欢跑夜店，喜欢喝得醉醺醺的，喜欢无端端地闯入他的视线里，用最粗鲁的方式占据他全部的注意力。

"阿亚?"见莫梵亚久久不回答，萧萧不满地催促了一句。

她还需要一点点气氛，只要一点气氛，她就可以吻他了。

莫梵亚的手依旧靠着栏杆，手中的红酒甚至端得很稳很稳。

"嗯。"他轻声应着。

"嗯什么?"萧萧故作不解地歪了歪头。

"喜欢你吧。"莫梵亚道。

萧萧嫣然一笑。

她终于将脚踮得更高，唇贴了过去，贴在莫梵亚优美而冰冷的唇瓣上。

莫梵亚先是一怔，本来放在栏杆上的手慢慢地环到了萧萧的腰上，他担心她会软倒下来。

她的整个身体都已经承重在他的胸口上。

可是，除了唇齿相依，萧萧却没办法更进一步，这让她觉得气恼不已，他甚至都不懂得伸舌头!

萧萧反而有点不知如何下台。

他如果推开她，她可以委屈，而莫梵亚是最看不得她受委屈的。

如果他配合，她有足够的信心，让他为自己激动……也许，今晚便是一个极好的机会——留下莫梵亚，交出自己。让那颗长久以来并不安定的心，踏踏实实地落回去。

可是，此时莫梵亚的态度，既不迎合也不拒绝，他的姿势是体贴的，可是神色间仍然太过清冷，傲傲的，淡淡的，这让萧萧的主动送吻变得有点可笑。

萧萧终于退开了一些，因为方才摩挲的缘故，莫梵亚的唇瓣显得嫣红欲滴，这让他无端多了分艳色。

让人……垂涎欲滴。

萧萧暗叹了一声，然后，还是说出了口，"今晚你答应过我，会留下来陪我。"

"嗯。"莫梵亚轻应。

这确实是他答应过的，他没想过耍赖。

"阿亚……"萧萧将头埋进他的肩窝，手则紧紧地抱住他的腰。

剩下的话，她无需多说了。

等会儿，如果他留在宾馆，事情大概会水到渠成了……再迟钝的男人，也是男人吧。

他不是和苏瑞也有过一夜吗？

"那我让酒店多给你准备一件浴袍。"萧萧仰起脸，很纯洁地说道。

浴袍这个词，本身便带着旖旎的色彩吧。

哪知，莫梵亚却在此时莫名其妙地冒出一句话，"对了，到底是谁批准她下班了？"

萧萧愣了愣，还有点搞不清状况。

倒是莫梵亚，拿出手机，搜了一个号码，直接拨了过去。

他的行为，也将这番花前月下，良辰美景，彻底地打回了原形。

萧萧有点郁结地看着他，心中暗咒莫梵亚是猪头。

这种时候，有什么急事不能等会解决吗？

电话长音持续在响。

那个人似乎很久才接了电话。

"你把朋友送回去了吗？如果送回去了，就去我家拿几件衣服来宾馆，我在门口等你。"莫梵亚有点颐指气使地吩咐道，"我家有佣人，她会帮你开门。实在找不到地方，就去外面买几件，这个总会吧？"

那边也不知道回答了什么，莫梵亚似乎有点气结，他抛下一句，"十二点钟之前，便不算周末。我等你拿过来。"说完，直接按掉电话，根本不给对方拒绝的机会。

萧萧在旁边听得分明，此时此刻，又怎会还没有猜到那个人的身份呢？

"你叫苏瑞送衣服来？"萧萧哭笑不得地问。

"嗯，我不太喜欢酒店提供的浴袍，也不知道是不是被别人用过。"莫梵亚解释完，手很快扶着萧萧的肩，招呼道："客人都要走了，我们回去吧。"

态度还是殷勤的，并无半点敷衍的意思。

萧萧有点失语。她并不是不知道莫梵亚的讲究，他对事物的挑剔几乎到了找碴的地步。

不过，他也经常需要住旅馆，以前的莫梵亚，还不至于如此无理取闹吧？

"……阿亚，苏瑞是和人家男友一起离开的，你现在让她送衣服来，不是太……太搅人好事了吗？"萧萧好心地提醒他。

面对萧萧的提醒，莫梵亚一点愧疚的意思都没有。

相反，潜意识里，他似乎还有点期待，自己真的能搅到她的"好事"。

上班时间，难道不应该二十四小时待命吗？

这可是当初她给他的承诺。

"或者，我让南婶递几件衣服来？"萧萧又在旁边勉为其难地建议道。

莫梵亚却并不答应，"既然她拿了工资，总得做事。刚才在会场提前离开，我已经没有追究了，这一次，绝对不能姑息。"

萧萧见他态度坚决，也没有再说什么，但总觉得……别扭。

他是想见她吗？

诸多理由，诸多纠结，其实不过是想见见她吧？

不然，他又何必重新回到这座城市？

萧萧突然又不确定了。不太确定他刚才的那一句"喜欢你吧"，到底有几成真心。

斯冠群并没有睡多久，快到医院门口的时候，他被苏瑞的手机铃声惊醒了。

……当然，也可能是一直没有睡。

佳人在怀，想真正睡着，并不是一件容易的事情。

苏瑞抱歉地看了他一眼，然后掏出手机，先看了看来电的名字，然后脸色微沉，人也贴在车窗边，"什么事？"

现在他应该拥着自己的小娇妻接受大家的祝福吧，怎么会想起给她打电话？

莫梵亚吧啦吧啦地说的一通，听在苏瑞的耳里，却只有一个信息——他要在萧萧那里留宿。

他们之间真的没什么吗？

苏瑞现在开始怀疑胡娟的情报了。

不过，之前有没有发生关系，已经毫无意义了，他们反正要结婚了。

"可我并不知道你家的住址。而且，明天周末。"莫梵亚的要求实在有点无礼，苏瑞不得不耐着性子提醒他。

苏瑞几乎想打人了。

难道她必须为了给他送去寻欢作乐的道具，而放任乐乐在医院里继续孤单，想着妈妈吗？

也许她刚才就应该提出辞职。

她咬了咬唇，几乎就要将"辞职"两字说出来了，莫梵亚却很快挂了电话，根本不给她说话的机会。

还是那种德行！

"怎么了？"见苏瑞咬牙切齿的样子，斯冠群在旁边淡淡问。

苏瑞这才醒神，她此时还在斯冠群的车里呢。

"工作上的事情，我可以再打一个电话吗？"她礼貌地问。

斯冠群微笑，"你可以做任何你想做的事情。"

她在他的面前，总是莫名地拘束。这可不是他想要的结果。

——而且，那个电话，是莫梵亚吧？

虽然知道莫梵亚马上就要与萧萧结婚，他也绝对不会与苏瑞有什么交集，可是，还是介意得很。

这份介意，让斯冠群很是自嘲。

他可以去应对任何困境，却单单对这件事，毫无把握——苏瑞实在不是一个容易让人随便猜到心思的人。这些年，关于乐乐的生父是谁的疑问，在那样的压力下，她甚至还能对她的母亲守口如瓶。

这种深沉，岂是一个普通十八岁女孩所拥有的？

不过，恰恰是她仿佛永远没有底线的韧性，让他对她越来越好奇，也越来越不能放手。

另一边，苏瑞已经拨通了胡娟的电话。

胡娟本来正和客人聊天，察觉到手机的震动，她扫了一眼，瞧见苏瑞的名字，胡娟真是一肚子火不知从何而来。

"苏瑞，你终于知道自己失职了，你还真当自己是参加宴会的大家小姐啊？赶紧回来。"她找了个角落，接起电话道。

苏瑞不想解释，她就当没听见胡娟的话，"莫总现在需要一些换洗衣服，如果胡助理忙完了，麻烦等会给他送过去。他那时应该在萧萧小姐的房间里。倘若不在，就是隔壁的房间。胡助理还请麻烦问问前台。"苏瑞说着，将萧萧的房间号留给了胡娟。

"给莫总的换洗衣服？"倘若是其他的事情，胡娟一定会截口拒绝，不过，在听到这个要求后，她却沉默了。

"那么，这件事就拜托你了。"苏瑞哪里肯给她时间考虑清楚，既然胡娟没有反对，姑且当做她答应了。

胡娟"哎"了一声，还想说点什么，苏瑞已经果断地挂了电话。

斯冠群在旁边看着她，看着苏瑞挂断电话后，唇边一闪即逝的、狡黠的笑。他不禁莞尔。

"将工作推给别人不要紧吗？"他问。

"没关系，反正我也想调职了。"苏瑞这样回答。

斯冠群不置可否，"已经到医院了。"

车早已经停在了医院的大门外。

苏瑞"哦"了声，连忙坐直，就要推门出去，不过，临出门时，她还是回过头，道了声，"谢谢。"

医院的事情，乐乐的事情，衣服的事情，她需要谢他的事情很多很多。

斯冠群的手指放在唇边，似乎犹豫了一下，不过，在苏瑞就要推门出去的时候，他开口道："我在这里等你。"

苏瑞探寻地望着他。

"我知道你马上会很忙，如果我陪你上去，你也一定会觉得不自在。所以，我就在这里等你好了。"他很细心地解释道，"如果觉得累了，你随时可以下来。倘若没有时间，一直不下来也行。"

乐乐明天要做手术，苏瑞今晚可能会陪床吧。

不过，医院那样的环境，即便想松一口气，想必也是一件极难极难的事情。

所以，他等在这里。

在任何她需要他的时刻，她至少还有一个能够喘气的地方——最起码，这里也是离她最近的地方。

苏瑞先是一愣，条件反射地想拒绝，却又被他用一句话堵了回去。

"万一我等会睡着了，下来前，先打我的电话。"

苏瑞"啊"地顿了声，又微汗道，"哦。"

见苏瑞的反应有点发愣，斯冠群微微一笑，他伸出手，很自然地拿过被苏瑞攥在掌中的手机，然后，娴熟地输入一串号码，设置为快捷键。

"你的专属号码。"他这样说，又将手机塞回她的手里，身体倾过来，在她的唇上蜻蜓点水般碰了碰，"上去吧。"

在他做这一切的时候，苏瑞还是没有半点反感的意思，她几乎要恨自己了，在斯冠群面前，她简直软弱得任他宰割啊。

她真的不能和这个男人再纠缠下去，不然，她保不准自己什么时候会丢盔弃甲。她也不过是个女人而已。

"嗯，那我上去了。"低下头，她匆忙地将手机放回包中，推门，快步走进了医院大楼。

直到进了电梯，被他碰过的唇还在烈烈地发着烧。

电梯的镜子，则映着一张绯红与素白奇异交织在一起的脸，困惑而妩媚。

苏瑞伸出手，小心地触碰着被他吻过的唇，神色复杂，又无可奈何。

电梯很快到了三楼的住院部，电梯门一打开，便让苏瑞吓了一跳。

怎么她平时来，不知道住院部的护士竟然那么多啊？

见到此景，苏瑞才彻底明白了李艾当初对她说的话：许少白一来，也不知道那些护士都是从哪里钻出来的，霎时间都没有了李艾什么事。

她已经猜到，在美女护士最集中的地方，必然就是敬爱的许少白医生了。

他还真……受欢迎。

果不其然，苏瑞奋力地挤过人群，到了乐乐住的加护病房时，她终于看到了许少白。

他正用听诊器在乐乐的胸口处听心脏的杂音。

在许少白的周围，都是这间医院姿色出众的护士，她们或为乐乐垫枕头，或削苹果，仿佛一夜间就与乐乐成为了亲人似的。

苏妈妈则坐在一边，完全插不上手，看到自己的孙子受到如此空前的待遇，苏妈妈也不知道是该笑还是该惊。

好容易看到苏瑞，苏妈妈站了起来，对女儿免不了埋怨了一句，"怎么那么晚？"

乐乐明天就要上手术台了，万一……凡事都有一个万一，万一乐乐再也回不来了，那该怎么办？

苏瑞也觉得懊悔，她本以为自己可以将生活安排得井井有条，可是在看到乐乐的时候，才发现其他的一切都是浮云。

去参加那个毫无意义的宴会，让乐乐一个人待在医院里，她真的很不称职，不称职至极。

而这一切，倘若没有斯冠群的暗中帮忙，也许她会更不称职，她甚至连手术费都无法负担！

"抱歉。"苏瑞内疚地握着母亲的手，轻声道，"我不会再让你们吃苦了。乐乐也一定会像其他小孩那样健康快乐，他肯定会康复的。"

她不需要别人的宽慰，甚至不让自己心存丝毫的侥幸心理，她要坚信，坚信乐乐会健健康康，一直活在她的身边。如果连她都不能确信这一点，她又能用什么去支撑自己的家人？

苏妈妈叹了口气，看着女儿憔悴的脸，也不好再说什么。

许少白已经诊断完，缓缓地直起腰。"妈妈。"病床上，乐乐也从人群的缝隙中窥见了苏瑞的身影。

第十三章　手术前后

苏瑞笑着迎了过去，坐在乐乐的床边，摸着他柔软的头发，温柔地问道，"今天乐乐乖不乖？有没有听外婆的话？"

乐乐使劲地点了点头，然后扬起一个很灿烂的笑容，"乐乐很乖的，外婆说，只要乐乐乖乖的，等乐乐做完手术后，就能看到爸爸了。"

苏瑞一愣，转头看了一眼苏妈妈。

苏妈妈神色泰然，心中打的小九九昭然若揭。

关于相亲或者结婚的事情，苏瑞一直兴趣缺缺，她上次安排的那几个条件还不错的人，都被苏瑞推掉了。

这一次，她要趁着乐乐开始念叨爸爸的时候，对苏瑞施施压。

自己如花似玉的女儿，又能干又懂事，不过是年轻时遇人不淑，大了肚子回来，但是也不能就这样孤寡一辈子啊。

苏妈妈绝对不允许这种事情发生。

"妈妈，外婆是不是骗我？"见苏瑞犹豫，乐乐很敏感地问了一句。

苏瑞连忙摇头，努力地挤出一抹笑来，"当然不是，外婆不会骗乐乐的，等乐乐做完手术，健健康康的，漂漂亮亮的，妈妈就叫爸爸回来探望乐乐。"

她一面说着，一面狂抹汗。

千万不能对小孩子失约，苏瑞最引以为傲的事情便是，她从来没有让乐乐失望过。

所以，今天的这一句话，也一定要兑现。

可她去哪里给乐乐找个爸爸呢？

难道真的要答应妈妈，试着去见几个人？去见一个靠谱的，能够对她、对乐乐好的男人，哪怕并不喜欢，但是会陪伴她一生一世的？

算了，太仓促了，到时候还是请 Alex 帮忙顶一顶吧。

苏瑞心思电转，已经想了七八个应对之策，乐乐却在此时又提了一个要求，"妈妈，那在做手术之前，我可以和爸爸通个电话吗？我想知道爸爸的声音。"

乐乐这几天也不知道怎么搞的，也许小孩子自己也有意识，知道自己会九死一生。他不希望再将自己心底的愿望隐藏下去。

苏瑞愣了愣，面对乐乐殷切的眼睛，她真的没有办法拒绝。

那一双与莫梵亚一模一样的眼睛，大而明亮，总是会让人想起一些非常非常纯净的东西。

"好。"她几乎不由自主地应了下来，"等会，妈妈先去联系一下。"

这个时候，她实在不忍心让乐乐失望。

说着，她俯下身，在乐乐的额头上轻轻地吻了一下，临走时，又依恋地抚摸着他的脸，然后站起来，走出了病房。

因为苏瑞的到来，病房的护士也没有刚才那么多了，当然，更重要的原因是，许少白已经率先走了出去。

苏瑞在门口与正等着她的许少白碰了面。

护士们虽然知道她是孩子的妈妈，不过，见许少白与她单独进了办公室，还是免不了嫉妒了一番。

许少白与苏瑞一前一后地进了许少白的临时办公室。

他转身合上门，将外面探寻的目光全部关在了外面。

苏瑞惴惴不安地坐在对面，看着依旧慢条斯理、气定神闲，但又没有一点感情痕迹的许少白，担忧地问："请问，是不是手术有什么麻烦？"

　　许少白是个标准的冷面孔，一张俊脸冷淡却养眼，眉眼精致，皮肤白皙，简直可以作为精英人物的典范。

　　苏瑞在看见那张脸的时候，有时会忍不住想，他是不是做多了外科手术，所以已经不能将人类当人类看了？

　　以至于，自己也失去了人类的喜怒哀乐？

　　《沉默的羔羊》里的变态杀手汉尼拔，似乎就是这样的精英人物。

　　苏瑞有短暂的失神，随即想拿块豆腐，让自己撞一下。

　　都什么时候了，还在研究这么无聊的问题！她果然不是个靠谱的人。乐乐身为她的儿子，也不知道是不是上辈子造了什么孽。

　　"有点麻烦，毕竟是先天性的，虽然一直吃药，但心脏的衰弱也导致了他本身的免疫力偏低。我只能以我的专业知识保证手术的顺利完成，至于后期的治疗，他会不会出现排斥反应，或者随随便便因为一场感冒夺去生命，我都不能打包票。"许少白的声音还是平静得没有一点情感。

　　在他看来，这就是一项工作，至于这项工作是不是关于一条人命，似乎从未放在心上。

　　苏瑞听得全身冰凉，她是知道手术的风险的，不过，按照许少白的说法，真正的风险，并不是手术本身，而是术后的反应。

　　而那些反应，甚至不由医生来控制。

　　许少白是这个领域的权威，如果连他都这样说了，其他人更是乏善可陈。

　　"这个恢复期要多久？"愣了半天，苏瑞才小心翼翼地问。

　　"少则半年，多则一年。在术后的一年内，你就要注意他的身体情况，最好不要再去幼儿园，也不能让他受凉，感染病菌。"许少白回答道，"我向你母亲了解过情况，乐乐一直由你母亲带，这样并不太合适。你母亲自己的身体就不好，有很严重的心脑血管疾病。如果可以，我希望你能请一名专业的看护。"

　　"好的。"苏瑞心里没底，许少白说什么，她就应什么。

"我认识几名看护，现在人在美国，如果你需要，我可以帮你联系。"许少白对苏瑞的态度已经是破天荒的周到了。

这样近乎"温情"的谈话，如果被许少白之前的病人看见了，肯定会极度不平衡。

这也太厚此薄彼了吧！

苏瑞正要点头，忽然想起什么，她不得不艰难地问了一句，"请问，这样一名专业看护，一般是多少薪资？"

她现在的全部家当……就是一栋还在还款中的房子而已。

至于其他的存款，也早就混在了还给斯冠群的一百万的支票里。现在苏瑞的全部资产，不足两万元。

加上即将要发的工资……那也是一个杯水车薪的数字。

许少白没料到苏瑞会问工资的事情，他沉默了一会儿。

这也难怪，许少白虽然没有怎么挑选过病人，但是能请得动他亲自出马的病人，大多非富即贵，那些人用钱便如流水般，根本不问金额。所以，被苏瑞这样乍一问，他反而有点不知怎么回答。

"大概……八千多美元一月吧。"他不太确定地回答。

事实上，这应该是最保守的价格。

真正的市场价，甚至比它高出几倍。

苏瑞却倒吸了一口凉气。

月薪八千多美元，相当于七万多人民币。她的工资也不过是两万多而已——就这两万多工资，还是在莫梵亚的手底下委曲求全才能赚到的。

而且，她现在已经没有办法继续在莫梵亚的手里呆下去了。

她该怎么去承担这样一笔庞大开支？

可是，按照许少白的说法，术后的恢复期，才是真正重要的时期，这笔开支，是无论如何都不能省的。一个月七万，一年……又是将近百万的费用。

还要还房贷，还要买营养品，还有后期的医药费……

苏瑞觉得自己过得真的很失败。自己的人生已经一塌糊涂，却还让乐乐也跟着她一塌糊涂。

"你的财政有问题？"许少白终于发觉了一点端倪，他略觉诧异地问。

能让许少白觉得诧异的事情，真的不多。

不过，他知道在这个女子背后的人到底是何等背景，倘若她是那个人的女人，又怎么会为了区区几百万如此为难。

许少白突然不太确定他俩的关系了。

"没有。"苏瑞勉强地笑笑，摇头否认，"手术的事情，还请许医生多费心。这些真的很谢谢许医生。"

"不用谢我。"许少白并不怎么领情，眼镜后面的眼睛再次变得冷漠无情，"我并不是看在你的面子上才做这个手术的。"

他也不过是在还人情债，谁让他也欠着那个人不少人情呢。

"不管您是看在谁的面子上，真正受益的还是我儿子，所以，我必须谢谢你。"苏瑞微笑着，异常坚决地表达了自己的感激之心。

"手术结束后再谢吧。凡事有万一，更何况，人类本来就是一种脆弱的生物。"许少白说着，人已经站了起来，他的这一席话，又将苏瑞的心打回了谷底。

不过，在许少白就要出门的时候，他听到他身后的苏瑞，轻而安静地说了一句。

"我儿子，一点都不脆弱。"

是的，乐乐一点都不脆弱，他曾和她一起熬过了最艰难的时期，在没有一个人的祝福的情况下，在所有的医生都建议她流产的情况下，他仍然来到了人世，并且成长得聪明漂亮，乖巧懂事。

所以，她的乐乐，绝对会长命百岁的。

这一点，苏瑞始终始终，坚信着。

这份坚信，与科学或者医学都没有任何关系，只是生命之间的承诺与守护，不过，这样的自信，大概也是许少白最不屑的那种。

契约婚姻

如果坚信有用，还要医生干什么？

许少白对她的话不置可否，果然直接无视掉了。

不过，跟许少白简单地聊过之后，苏瑞开始忧心另一件事了。

另一件对此时的她而言，非常非常棘手的事情。

爸爸的电话。

乐乐所期待的，爸爸的电话。

她应该让谁去打这一通电话呢？

还是 Alex？

说起来，她刚才被斯冠群"劫走"之后，也不知道 Alex 怎么样了。

一想到这里，苏瑞又开始愧疚起来。

人家好心好意地为你东奔西走，你一声不吭地跟着别人走了，最后却连问候都不问候一声。

现在，临有事了，自己才想起他来。

Alex 不会生气了吧？

苏瑞又有一种想撞豆腐的冲动了。

她果然是个很差劲的人。

……还是不要找 Alex 了，等会诚心诚意地去道个歉还差不多。苏瑞这样想着，手指已经无意识地按到了快捷键。

那是一个陌生的号码，斯冠群为她输进去的号码。

她的手指久久地悬在上面，想按下去，又总是无法做下决定。

算了，算了，她本来已经与他纠缠不清了，又何必还要再继续欠下去？

她还需要一个正常的家庭，她希望乐乐在一个完整的、平凡的、健康的家庭里，无忧无虑地成长。

斯冠群，不是她的良人。

不是，不是。

所以，她不能去依赖他，而想依赖他的苗头已经那么明显，她必须自己将它掐断！

也在此时，手机铃声恰如其分地响了起来，苏瑞先看了看上面的人名，第一反应是按断，可是，也不知道怎么搞的，她竟然鬼使神差地接了起来。

"买了衣服没有？"那边劈头就问。

冷淡的，颐指气使的，虽然孩子气，但是真的真的很可气的声音。

莫梵亚。

她都要急死了，他却只是在惦记着他的衣服，他和萧萧欢好后，需要换洗的衣服！

苏瑞从来没有怪过莫梵亚，她一直觉得，五年前的那场单恋也好，乐乐也好，都不过是自己的事情。

可是，在此时此刻，接到莫梵亚的电话，听到这一句几乎可笑的叱问后，她只觉得心底冰凉。

原来……还是会委屈的。

她也是会不甘的。

她也是可以不讲理的。

"怎么不说话？"苏瑞的沉默让莫梵亚丈二和尚摸不到头脑。这句话，他虽然是出自关心，但那个语气真的让人无语。

苏瑞吸了口气，淡淡道："没什么。"

"没出事吧？"莫梵亚紧问道。还是极冷淡的语气。

别扭的关心啊。

苏瑞已经彻底地平静了心态，她摇头，"没事，衣服很快就应该能送到。"

胡娟既然满口答应了，应该会把这件事处理得妥妥当当。

"哦。"莫梵亚应着，一时间，似乎也找不到其他话题。

可是，他并没有收线。手握着话筒，明明已经没有什么要交代的了，可是听着那边的呼吸声，竟是谁也无法先挂电话。

沉默中，有什么未尽之言，可是他们谁也不知道它是什么。它依旧遗失在沉默里。

苏瑞突然觉得凄惶，那种突如其来的凄惶，让她突然张口，叫了他一声，"莫梵亚。"

不是叫莫总，而是叫着他的名字，舌尖顶着上颚，又很快放了下来，这三个字，在口腔里回荡的感觉，如此纤细而陌生。

莫梵亚静静地"嗯"了一声。

"我还没有说恭喜吧。"苏瑞低声道。

他与萧萧的婚事，她还没来得及说恭喜。无论如何，这曾是他梦寐以求的事情，只要他开心了，她也应该觉得开心才对。

莫梵亚的反应还是淡淡的，"谢谢。"他说，"不过，我并不想从你口中听到恭喜。"

苏瑞愣住。

莫梵亚没有继续说什么了，也许连他自己都不知道为什么。

他可以向任何对他说恭喜的人周旋，虽然谈不上感激，但也绝不反感，惟独，在苏瑞说出"恭喜"两个字的时候，他没有一点欣喜，甚至莫名焦躁，焦躁且气恼。至于是气恼自己，还是气恼苏瑞，他不知道。

"算了，没事。我挂了。"两人沉寂了一会儿，莫梵亚有点自嘲地做下了结束语。

"等一下。"苏瑞忙忙地叫住他，急声道，"我可以……可以请你帮个忙吗？"

莫梵亚的手顿在了原处。

她请他帮忙？

"如果觉得不方便……"没有听到莫梵亚的答允，苏瑞也觉得悻然。

她到底是怎么了，不是一直千方百计地隐瞒着乐乐的身世吗？不是一直不想让莫梵亚知道乐乐的存在吗？她怎么会开口要请莫梵亚去帮忙呢？

她真是鬼迷心窍了，一定是，一定是哪里短路了。

正要挂电话，莫梵亚也终于开口，"没有什么不方便，事实上，你能向我开口，我很高兴。说吧，什么事？"

苏瑞的手指紧紧地扣着手机，低着头，盯着自己的脚，"我想请你，装一下我孩子的父亲。"

"嗯？"

"只是在电话里，他现在……有点事，想听听爸爸的声音，可是他爸爸……他爸爸已经有了另外一段人生，是不可能回到他身边的。所以，我想拜托你打这个电话，随便说什么都好，如果他叫爸爸，麻烦你应一声就行。这个忙，可不可以帮我？"苏瑞有点艰难地提出了自己的要求。

远离莫梵亚，是她的决定，也许她不能替乐乐决定什么。如果乐乐真的……有个什么意外，她希望他曾听过莫梵亚的声音，也希望，莫梵亚也曾听过乐乐的声音。

这个世界上，两个有着最深血缘的人，在某时某刻，曾彼此倾听过对方的声音。

这样就够了，他只要做到这样就够了。

从此以后，她真的再也不出现在他面前，带着乐乐，一起离开他正光辉绚烂的人生。

听到苏瑞的要求，莫梵亚先是一愣。他抬起头，看了看正在套房的客厅倒酒的萧萧，转身，信步走到了阳台外。

"把电话给他吧。"莫梵亚道。

他答应了。

虽然觉得这个要求很无稽，甚至在苏瑞提起那个孩子以及孩子的爸爸时，莫梵亚很清楚地感觉到自己体内冒出来的莫名怒火，可是，他无法去拒绝苏瑞的请求。她的声音很嘶哑，比起平时的强硬与刻意疏远，此时的苏瑞，似乎更无助更脆弱。

这让莫梵亚觉得陌生，心口竟然莫名地涩痛了一下。

那就帮这个忙吧，帮完这个忙后，他也要彻底地甩开与苏瑞之间的往事，将五年前的那一晚，彻底地抛之脑后。

他到底还在对这个女人期待什么呢？

五年前，她可以为了钱去酒吧卖笑，五年后，她可以在醉醺醺的时候，随便找个男人一夜情，对这样的女人，他到底有什么可牵肠挂肚的！

可是……慢着……牵肠挂肚？

莫梵亚悚然一惊，自己都被这个词给吓住了。可是转念，却只觉得满心嘲讽。

现在，他还要为她去哄一个不知道是谁的孩子。就算她曾对他意义不同，却也是，他的一个臆想罢了。

他不会，绝对不会，喜欢这样的女人！

苏瑞走进病房，将手机交给了乐乐，她微笑着，声音温柔得能渗出水来，以至于让人听着莫名地哀伤。

"乐乐，是爸爸哦。"

乐乐先是一愣，然后很开心地将话筒接了过去，"爸爸?!"

电话那头的莫梵亚，也在同时愣了愣。

刚才的焦躁，也在那声柔嫩的童音里，消弭无形。

他心底莫名地软了软，好像一失足，踩进了松软的流沙里。

"是乐乐吗?"

刚才苏瑞已经将孩子的名字告诉了他。

"真的是爸爸?"乐乐终于肯定了他的身份，情绪也忍不住激动起来。

莫梵亚有点无措，他没有当爸爸的经历，他也不知道，该怎么去应对一名欣喜中的孩子。

"爸爸，你在哪里，怎么一直不回来看我和妈妈？妈妈一个人很辛苦的，还有我的朋友，总是说我是个没爸爸的小孩，我知道我是有爸爸的。"乐乐一股脑地说了一堆话，莫梵亚只听到那个好听的、稚嫩的童音，宛如锤子一般，一下一下敲在他的心脏上。他没有一点不耐烦，只是很耐心地听着，到最后，他甚至有一个冲动，想去安慰那个孩子，想告诉他，其实爸爸一直都在。

莫梵亚几乎有点埋怨苏瑞了。

当初随便和人生孩子的时候，怎么就没想过孩子的处境？

"爸爸，明天我做手术，护士姐姐说，我可能会死的。我很害怕，爸爸会来么？"到最后，乐乐冷不丁地冒出了一句话。

莫梵亚愣住。

他正想细问，手机已经被苏瑞拿了过去。

然后，他听到电话那头的苏瑞对乐乐说，"爸爸工作很忙，现在已经很累了，乐乐也早点休息好不好？"

乐乐虽然觉得遗憾，但还是很乖很听话地答应着，"好。"

莫梵亚有点郁结，在那边连连地"喂喂"了几声，抗议苏瑞随便抢他的电话。

苏瑞很快走出了病房，离得远了，才将话筒放回了耳边。

"什么手术？怎么回事？"莫梵亚劈头就问。

语气又恢复成一贯的模样——颐指气使。

"没什么事，谢谢莫总的帮忙。真的很感谢。那么……再次祝福你和萧萧小姐白头到老，再见。"苏瑞说完，根本不等莫梵亚答话，已经忙不迭地收了线。

莫梵亚则盯着"嘟嘟"响个不停的话筒，郁闷得要死。

等苏瑞将手机放了回去，一直在旁边丈二和尚摸不到头脑的苏妈妈才靠了过来，"你这是跟谁打电话呢？怎么随便就让乐乐叫人家爸爸？"

"同事，帮个忙而已。"苏瑞淡淡地回答，她深吸一口气，不想让自己的脸上露出半分端倪。

"哦。"苏妈妈若有所思道，"总让别人帮忙也不好，还是正经地找个人家吧，这个同事怎么样？还是单身吧？"

"他有未婚妻了。"苏瑞微微一笑，轻描淡写地将这个话题移开，"我们去陪乐乐吧。"

乐乐还是在害怕呢。

不过，这么大的手术，便是成年人也会觉得恐惧，何况小孩子……她真的太粗心了。

苏妈妈点头，这个时候，什么婚姻大事倒是在其次，当务之急，便是好好地安抚好乐乐，等着乐乐平平安安地出院。

苏瑞临进门的时候，给 Alex 发了一个短信。

"Alex，我已经在医院了，刚才有急事离开，真不好意思。改天一定好好赔罪。请早点休息吧。"

Alex 今天一大早便被她吵醒，苏瑞一想起来，便觉得万分过意不去。

Alex 很快回了短讯，清清淡淡的两个字，"好的。"不焦不躁，更没有半点情绪波动，让苏瑞松了口气。

苏瑞回到病房，乐乐还沉浸在与爸爸通话之后的兴奋里，一时半刻，似乎没有睡意。

苏瑞于是走过去，也躺在了他的身侧。手臂则绕过他的肩膀，将他搂在怀里。

"怎么，还睡不着吗？睡不着的话，妈妈讲故事给你听，好不好？"

说起来，她真的很少哄乐乐睡觉，刚刚做销售的时候，总是很晚才回家，那个时候，乐乐早已经睡着了。

她真的……很不称职。苏瑞又开始自责。

听苏瑞这样说，乐乐却摇了摇头，"我不想听故事。"

"那你想听什么？妈妈唱歌给你听？"苏瑞柔声问。

"……妈妈。"乐乐缩在她怀里，不置可否地叫了一声。

"嗯。"

"爸爸的声音，很好听。"乐乐郑重其事道。

苏瑞怔住。

"爸爸应该长得很好看吧。声音好听，长得也很好看吧。"乐乐又说。

苏瑞将脸埋低了一些，掩进了他的肩颈里，闻着他身上淡淡的药水味，与浓浓的奶香。

"是啊，乐乐的爸爸，长得很好看很好看。和乐乐一模一样，乐乐长大后，也一定会和他一样好看。"她微笑着。

事实上，乐乐现在就是个漂亮的小男孩了，就算没有许少白的格外关照，他也非常招大人们的喜欢。

"妈妈。"

"嗯？"

"我会死吗？"

"不会。"

"如果我真的死了，那边会很黑吗？"

"不会，因为那个时候，妈妈一定会牵着你，所以黑点也不怕。你是妈妈牵着手来到这个世上的。所以妈妈绝对不会松开手。"如果，如果，如果乐乐真的有了个好歹。

她也一定活不下去。

苏瑞突然明白了，为什么在手术前夕，妈妈和李艾都担心成那个样子，惟独她可以若无其事，镇定自若。

原来一早便下了这个决定。她坚信自己会牢牢地拉住他，如果不能将他拉离危险，就让他把她一起带进另一个世界。

乐乐虽然不明白苏瑞的意思，可是，从苏瑞手中传来的温度，让他心安。

"给我讲讲爸爸的事情吧。"他低声嘀咕着，眼皮已经慢慢地合了起来。乐乐要睡觉。

苏瑞低下头，亲了亲他额前的头发，然后，用催眠般的语气，开始讲莫梵亚。

讲那个臭屁的，善良的，骄傲的，不可一世，而又孩子气的大路痴。

"……学校组织做义工的时候，我们去郊外的路上，看见一条很脏很脏的小狗，还瘸了一只腿。身上的毛一缕一缕的，都分不清颜色了。它看见大群人来，便跳过来讨食，在大家的裤子上蹭。那些学生们吓得全部跑掉了。就连平时很喜欢小动物的人也都跑掉了。只有你爸爸，后来一个人转了回去，虽然觉得很脏，可还是将小狗抱回了家。它现在还在你爸爸家里呢。已经是一条很大很大，也很老很老的狗了。大家都以为你爸爸养的是条名犬，却不知道，它其实是被大狗遗弃的小土狗。"

当然，那天转回来的，还有她，她远远地看着少年弯下腰，将小狗抱起来，一面自语着"你怎么那么脏"，一面爱怜地摸着它的腿。

她也是无意间，看见了放在莫梵亚案头的照片，才恍然认得，那条大大的短毛灰狗，就是当初被他抱回去的那一只。

他一直养着它。

苏瑞的声音越来越轻，她听到了乐乐均匀的呼吸声，她知道乐乐已经睡着了，这些往事，也许乐乐会记得，也许一觉醒来后，什么都不记得了。

不过，都没关系，这是她最后一次，在他面前提起莫梵亚。

然后，她要结婚，她要为乐乐重新找个爸爸。

Alex 坐在车里，他简短地回了苏瑞的短信，手依旧放在方向盘上。在他的前方，是一辆加长的林肯，黑色，低调，可是给人不动声色的权威。

因为它停在了楼下，其他的车都离得远远的。

没有原因，就是莫名地不敢靠近。

他知道是这辆车接走了苏瑞，而且，即便换了车，Alex 还是直觉地发现，这里面的人，与上次来苏瑞小区里找她的人是同一个人。

上次 Alex 也曾记下了车牌号码，他查过他的来历，不过拍买下那个号码的人明显不是主人。那个人不过是一家普通的贸易公司老总。他也是买来送人的。

至于他送给了谁，Alex 还没有细查，再查下去，难免会动用一些非常手段，而他不想将这些手段用在认识的人身上，尤其是苏瑞。

试图去窥探她的生活，本身就是一种冒犯。

可是，他到底是谁呢？

一直停在这里，难道是在等苏瑞吗？

Alex 明知自己没有权力去干涉这些事。可是，他就是无法离开。只是远远地看着，看着那辆车，猜测着里面的人，猜测着他的恶意或者善意。

而在医院大楼里面，乐乐的病房还亮着灯，乐乐明晚做手术，苏瑞今天应该不会回家了。

李艾那边也发过短信报了平安，似乎还在与新认识的小男生在外面疯玩。

这个世界每时每刻都在变，可是人依旧是那一群人。他们永远不会变。

他所能守护的，只有他在乎的人而已。

他终于决定离开。

Alex 离开的时候，已经是凌晨三点钟。

那辆车始终停在原地。

而苏瑞，也一直没有下来。

莫梵亚被苏瑞挂了电话，自然是气不打一处来，可是，以他的性格，他是死都不会再拨过去的。

他不过是偶尔想关心一下，居然还拿乔！

难道他吃饱了没事干，就一定要管那个女人的破事么？

莫梵亚狠狠地将手机扔到沙发上，沙发很软，其实动响不大，不过，还是让客厅里的萧萧抬起了头。

"怎么了？和谁通话，那么生气？"她很体贴地问。

"没什么。"莫梵亚淡然回答，然后看了看时间，"时间不早了，你休息吧。我先回房了。"

他已经在萧萧的隔壁另外订了一间房。

萧萧颇有点沮丧，可也没有说什么，她端起已经倒好的红酒，送到了莫梵亚的面前，"至少先陪我喝一杯吧，难得今天这么高兴，难道我们不应该庆祝一下？"

莫梵亚看着正殷勤地看着自己的萧萧，实在想不到拒绝的理由。

"你刚才已经喝了不少，喝完这一杯后，就早点睡。"他接了过来，信口劝慰道。

非常随意的语气。

不过，萧萧已经觉得心满意足了。

至少，他是关心她的，在所有人当中，他只关心她罢了。

"好，喝完这一杯，我就放你回去。"萧萧巧笑嫣然，也没有任性地非要留下他不可。

莫梵亚举杯，与萧萧轻轻地碰了碰。

"欢迎回来。"他说。

萧萧歪着头，不满地瞧着他，"就这个吗？"

他们才刚刚宣布婚讯欸，作为准新郎，难道就没有其他的话，想对新娘说的么？

好歹要说一句，"我很幸福"之类的话吧。

莫梵亚微微蹙眉，不解地望着萧萧，似乎不知道自己还需要说什么。

萧萧暗自叹了一声，也懒得继续相逼了。

反正言语这东西，说与不说都没有多大的意义，对于阿亚这种脑子里少根弦的人，还是……实际点比较好。

"干杯。"她催了一句，率先将手中的红酒杯喝空。

莫梵亚也很爽利地将手中的酒杯一饮而空，他正要离开，萧萧连忙叫住了他，"阿亚，再坐会走吧。我一个人在房间里，真的很无聊欸。"

莫梵亚却没有停留的意思，他淡淡地说了一句，"时间不早了，你还是早点休息吧。明天我让周妈将房间收拾出来，你不要总住在旅馆了。"

"你答应让我住你家了？"萧萧颇觉惊喜。

之前她回国的时候，便嚷嚷着没地方住。言外之意，自然是希望莫梵亚将自己邀请到他家里。

可是，那个不懂风情的家伙，居然直接订了旅馆的房间。

——其实，萧萧又怎么会没地方住呢？

在这个城市里，不知道有多少处房产在她家名下。萧萧的家族生意，本就是房地产与土地开发。

"住旅馆终究不是长久之计。"莫梵亚并不觉得邀请萧萧去自己家住有什么不妥，也或者，有什么其他的意义。

萧萧的父母都在国外，在这座城市里，她只认得他。她家的房子又大又空，一个女孩子住在里面，确实很孤单。而莫梵亚现在住的地方，也有很多空房子，到时候，让阿姨随便打扫几间出来便可以了。

他答应了父母要好好地照顾萧萧，这也不过是一项照顾罢了。

"好，我明天就收拾东西住进去，不过，我要阿亚亲自接我过去。"萧萧嘟着嘴撒娇道。

"嗯，明天我不用去公司。下午来接你。"说着，莫梵亚已经起身，便要回自己的房间。

萧萧这次没有挽留了。

她有耐心，她可以等。

等莫梵亚真正出了房门后，萧萧站起来，她转过身，在她面前，是一扇大大的穿衣镜。萧萧开始对着镜子脱衣服，直到脱到一丝不挂。她看着镜子里那个苗条的、没有一点瑕疵的身体，四肢修长而消瘦，可是，该丰满的地方，却也绝对不含糊。

这样的身材，也许够不上专业的模特，但是更觉得温润可爱。这大概是许多男人梦寐以求的胴体吧。

萧萧对自己满意地笑了笑，信手拿起搭在沙发上的一件丝质长袍，披在了身上。

腰间束着一条松垮的带子，衣服里面的春色，若隐若现。

没穿衣服的时候，兴许只是一具美丽的身体，可是穿上衣服，反而平添了几分性感，让人血脉喷张。果然还是穿衣服的女人更有诱惑力啊。

萧萧侧过身，顾盼生得。

这样美好的身体，以后只给阿亚那一个不懂情趣的人了，真是可惜。

她突然为自己感到哀怜起来，想起自己回国的那一晚，威廉万分不舍的目光，她突然觉得烦躁。

——选择莫梵亚，应该是正确的吧。

门当户对，两小无猜，众望所归。

莫梵亚又是一个极英俊的人，带出去，不知道多少姐妹们垂涎欲滴呢。

算了，就是他了。

她好像在努力说服自己一样，这样信信然地想完，终于返回到沙发前，将自己的整个人慵懒地陷在沙发里。如果此时有人推门进来，便是柳下惠，只怕也无法抵挡她的魅力。

对于这一点，萧萧可是很自信的。

而莫梵亚的手中……有房间的钥匙。

萧萧正在对即将发生的事情浮想联翩呢，放在桌上的手机突然震动起来，她很轻巧地接了过来，未语先笑道："这个时候打过来，也不怕打搅我的好事？"

"真的有好事，你也不会接电话了。"那边的人显然是萧萧的闺中密友，闻言，也笑着调侃了一句，"怎么样，你给他下了药没有？"

"全部放在酒里了，不过，好像没什么用呢，他现在都没有过来。"萧萧很是幽怨。

那些药，还是她费尽心思得到的。

听说只要一小粒，便能让男人丢盔弃甲，化身禽兽。她刚才在莫梵亚的酒里下了两粒，照理说，莫梵亚现在也应该忍不住了才对。

难道他以为自己发烧，跑去冲凉水澡了？

想到这里，萧萧自己也笑了起来。

那个呆子，又不是没经历过，怎么还是纯情得厉害。

不过，话又说回来，除了苏瑞以外，萧萧并没有听说过他的其他绯闻女友。

"再等等，他估计在拼命克制中。记住，这种事，女人千万不能主动，你现在一主动，以后就完了，一定要让他来求着你，你再半推半就。知道不？"闺中密友苦口婆心地劝慰道。

"知道了知道了，还用你说。"萧萧笑嗔了一句，看了看时间，又道："我不说了，说不定他现在已经在门口了。挂了啊，明天再给你打电话。"

说完，萧萧收线，将电话重新放回茶几上，自己则老老实实地躺回沙发，拥着那件薄薄的睡衣，等待着某位按捺不住的王子。

莫梵亚回到房间后，还没有察觉到什么异常，他仍然在想乐乐的那一句话。

手术？

到底什么手术？

上次苏瑞的财政危机，便是与乐乐的手术有关系吗？

莫梵亚百思不得其解，最后，又觉得懊恼。

明明已经决定不去管她的事情了，怎么还在纠结这个问题？

他和她之间，不过是两次不靠谱的性关系，这种关系，在这个大都市里，在现今越来越浮躁的灯红酒绿里，实在是一件再正常不过的事情。

她都可以一笑了之，为什么他不可以？

五年前，她也不是什么处女吧？没有喊疼，没有流血。他并不亏欠她什么。

莫梵亚摇摇头，正打算将这一切，将关于那个女人的一切一切，全部抛之脑后。他突然又觉得不自在起来，好像有许多许多蚂蚁，顺着脚底板，一寸一寸地往上爬。

爬过他的毛孔，他的下腹，他的心脏，挠得他痒痒的。

全身燥热得难受。

可这种感觉，也不全像生病的样子。

他解开衬衣领子的纽扣，有点烦躁地拿起一本高尔夫杂志，随手翻了翻，然后站了起来，坐立不安地来回踱步。

难道是酒精的缘故？

他想起最后喝的那一杯红酒，似乎意识到什么，却不太敢肯定。眼前渐渐浮现出一些明显是虚幻的画面。

模糊的雾气。

女人。

赤裸的女人的背部，在烟雾缭绕里，窈窕纤细，肩背流畅，她略低着头，侧面是模糊。

然后，女人转过头，冲着他静静地看了一眼，一副无所谓、漫不经心的神情，却又安静得惹人爱怜。

她的脸，她的眉，她的眸。

莫梵亚在沙发上坐下来，手捧着头，一面拼命抗拒，一面……不由自主地叫出那个名字。

苏瑞。

苏瑞。

明明是个平平无奇的丫头，为什么总能轻易地勾出他全部的欲望？

他以为自己对女人可以很冷淡很冷淡，然后，如父母一样，找一个适合自己的，结婚，成家，一辈子相敬如宾，一起侍养儿女。

可是，偏偏在看见她的时候，他可以什么都不管，只想抱着她。不管家世，不管未来，甚至不在意，她不过是为了钱！

五年前，在酒吧里见到与其他人说笑的她，莫梵亚也曾被这种不可抑制的欲望深深地困扰过，可是那时的他，根本就没有喝酒。

她便是最浓烈的酒，是北方最廉价也最烈的酒，让他失去控制，妒火中烧。

就这样，故意，在苏瑞面前打一通电话。

用萧萧当借口，去掩饰他不可一世的骄傲。

他怎么会承认，自己会那么渴望一个廉价的女孩呢？

十万块。

那是他给她的价码，也是让自己彻底轻视她的价格。

在苏瑞同意的时候，莫梵亚其实并无半点欣喜，他听到了心脏失重的声音。这场金钱与性的交易，侮辱的是她，伤害的却是自己。

莫梵亚终于将手中的杂志狠狠地砸在了地上，门铃也在此时乍然响起。

他顿时一愣。

……对了，苏瑞应该给他送衣服来了吧？

他扶着墙勉力站起来，过去将门拉开，然后，对着门外的人，克制而淡然地说："你来了。"

胡娟站在门外。

她的手中拎着刚刚买的衣服。衬衣，浴袍，西装裤，甚至袜子。

在她的面前，是手臂扶着门框，脸色绯红的莫梵亚。

他似乎很疲惫，眸光如水，宛如蒙着一层雾似的。唇色也比平时更加鲜艳，莫梵亚的皮肤本就偏白，被酒精一熏，只觉得俊美异常，长长的凤眸漾着一层他自己都不曾发觉的风情。

胡娟突然觉得心口乱跳。

而这种怦然心动的感觉，已经很久很久没有过了。

她原以为，自己早就忘记了。

男女之间的事情，不过是那么一回事，心动是那么遥远的传说，爱与不爱的辩论，只有苏瑞那种幼稚的人才会在意。

不过，在这样的莫梵亚面前，胡娟简直一句话都说不出来。

好半天，她才挤了一句，"莫总，我给你送衣服来了。"

她本来还想多解释几句，说这个任务是苏秘书交给自己的，还说自己之所以知道这个房间号，是前台小姐说的……

不过，这些话都被胡娟堵进了喉咙里。

一阵酒气扑来。

莫梵亚突然探过身，紧紧地抱住了她。

她听到了他轻声的呢喃，惘然而惆怅，又困惑如初入世界的小孩，"苏瑞。"

是的，苏瑞。

胡娟听到了这个名字。

她呆在了原地，想推开，却又舍不得。被莫梵亚抱着的感觉，和之前的男人很不相同，那是一种很安静很纯粹的感觉。

没有心机，也没有可耻的欲念。

甚至连他身上那浓浓的酒味，也是很好闻的，因为是从他身上发出来的，便会觉得无比清新。

胡娟沉默着，沉默着去替代另一个女人的地位。

"我真的，很讨厌你。"他的脸埋在她的肩膀上，这句话，说出来就像一个赌气的孩子，可是在胡娟看来，却比任何情话都动人。

她突然为这个男人心疼起来。

虽然不知道莫总与苏瑞之间到底发生过什么，可是这样的优质男，女人要多少有多少，他们忙着猎艳都没时间，又有几个肯为别人百转千回，纠结若此呢？

"你不喜欢我？"胡娟鬼使神差地接了一句话。

箍着她的手臂莫名地一紧。

莫梵亚闷闷的声音，忧愁如雨后的小街。

"我喜欢你。"

他低声道。

"我喜欢你。"

不知何时，不知何地，他喜欢她，在他自己都不知道的情况下，在一夜酒醒后，也许又会忘在心底的极深处。他喜欢她。

莫梵亚，喜欢苏瑞。

然而他拒绝承认。

胡娟怔在原地，然后，她开始疯狂地嫉妒苏瑞，从来没有像此时一样嫉妒过她。

"既然我们彼此喜欢……"她突然一笑，手按住莫梵亚的肩膀，"那还等什么？"

莫梵亚还在发怔，胡娟已经闪进了房间，将他推到了客厅那条大大的沙发上。她手中的衣物已经逶迤了一地，除了她带来的衣服，她自己的外套，裙子，长丝袜，高跟鞋，内衣，蕾丝裤……一件又一件地甩在了地上。

莫梵亚只是本能地配合着她的动作，隐约觉得不对劲，可是身体早已经率先做出了选择。

它那么渴求着眼前的那副幻象。面前的那张脸，时而清晰，时而模糊，它可以是素净的，浓妆艳抹的，可以是倔强的，隐忍的，玩世不恭的，张扬的，迷糊的。

胡娟惊异地发现，其实莫梵亚很青涩。

虽然平时冷冷的，酷酷的，可是在这方面，却宛如一个不谙世事的小男生一样，他甚至不懂得前戏，不知道如何取悦女人，连抚摸的动作都是拙劣而生涩的，可是，他身上透着在别的男人身上看不到的真诚，即便没有技巧，这样的真诚，已经足够她情动。

俊美的外形，清贵的气质，真实的渴望。他不再需要其他的技巧，这样的存在，已经是女人最致命的催情剂。

胡娟是真的嫉妒苏瑞，她都要嫉妒疯了。

那样的疯狂，让她更加积极地迎合莫梵亚。她不是那个什么事都不太懂的苏瑞，她知道如何取悦男人。她可以让莫梵亚再也离不开她，至少在身体上离不开她。

她挑逗着他全部的、本就濒临崩溃的欲望。

这样千载难逢的聚会，哪怕只是当替身，也是她的运气！

可胡娟绝对是一个会把握机会的女子。

剩下的事情，与感情毫无关系，它再次回归成最原始的冲动。与任何事情都无关。

云歇雨停。

莫梵亚陷在沙发里，在狂乱后，竟是最彻底的落寞。

胡娟赤身坐在沙发旁边，看着沉睡中的莫梵亚，以及他优美而孩子气的唇。

她莫名柔软，突然想亲他一下。

可是，低下头，才发现莫梵亚在说梦话。

"不对，你不是她……"宛如梦呓般的呢喃，却如一头凉水，朝胡娟迎头盖下。

苏瑞等乐乐睡熟了之后，才轻手轻脚地爬了起来。

妈妈也已经回自己的病房睡觉了，整间医院安静得出奇。

灯火彻夜通明，可是并不能排解属于医院的死寂。

苏瑞不想睡，她走到开水间，准备为自己倒一杯茶，在经过走廊的时候，她推开窗户，向外面探了出去。

斯冠群的车还在楼下。

安静而耐心。

苏瑞不是不想下去，而是不能下去，一旦下去，便是放任自己去依赖那个人。从物质上，到精神上，全部依赖于他。

逆水很难，但随波逐流却实在太简单。

苏瑞收回目光，仍然信步走到茶水间，然后捧着一杯热茶，靠着走廊，让夜风顺着大敞的窗户，吹散她周身的药水味。

就这样又过了一个小时，现在已经是凌晨四点多了。

有路边卖早点的摊贩，已经推着三轮车，开始摆放一些简陋的用餐工具。

苏瑞手中的水却不过只喝了一口罢了。

她终于将杯子放了下来，然后，转身，向楼下走了去。

还是去见一见他吧。

苏瑞想。

见一见他，告诉他，不要再像傻瓜一样等在那里了。

他这样的行为，会让她误解，会让她自以为是地认为，其实这个男人是爱着自己的。

可事实上，他所需要的，不过是一个情人罢了。众多情人中的一名。

这也是她决计无法承诺的关系。

为了自己，也是为了乐乐。

苏瑞走得很快，走廊上，电梯里，全部空无一人。

等她跑到那辆黑色汽车前，未免有点气喘吁吁。她弯下腰，敲了敲车窗。

司机很快下了车，走过去，帮苏瑞打开了车门。

苏瑞正想斯冠群怎么不自己打开车门，旁边的司机已经率先解释道："斯总刚刚才睡着。"

在苏瑞上去之后，他其实没有马上入睡。从会议上匆忙离开，还有很多事情需要处理，即便安雅很能干，也不能独自解决所有的问题。

所以，斯冠群刚刚才忙完。

当然，他并没有向苏瑞提过半句关于工作的事情。所以，在苏瑞看来，斯冠群倒是闲得可以。

"苏小姐进去吧。不好意思，我去一趟洗手间。"司机也跟着等了那么久，但一直不能丢下老总一个人闪，好容易等到苏瑞来，当然要趁机解决问题。

苏瑞点头。

　　她原本想向斯冠群说一两句话便上去，不过，现在只怕要等到司机回来了。

　　也好，反正她一言两语也说不清楚。

　　等司机离开后，苏瑞也跟着钻进了车内，里面是非常宽阔的空间，两条沙发离得很开。斯冠群躺在其中一条沙发椅上，腿随意地放下，他的西装外套已经脱了下来，此时正半搭在他的身上，眼见着就要滑落下来。

　　苏瑞放轻动作，小心地坐在了他的对面。她略微低着头，很小心地审视着面前这个男人。

　　即便做过亲密的动作，即便两人之间的纠葛已经如此之深，面前这个人，对她而言，仍然是陌生的。她看着他浓淡相宜的眉，他合起的眼，他清晰分明的睫毛，他脸部流畅的轮廓，直挺的鼻梁，略显严肃的的唇形。

　　如此立体而英俊的脸，倒有点中东血统的感觉，却并不太明显，就好像一副佳作里的点睛之笔，写意而隐蔽。眼眶也略显得凹陷，在鼻翼处投下小小的阴影，眼下的黑眼圈也算明显，看上去疲惫而安静。

　　苏瑞几乎不敢相信，面前这个睡得毫不设防的男人，就是李艾口中那位在华人圈叱咤风云的人物。

　　半躺在车里的睡姿毕竟不舒服，大概有点不自在，斯冠群稍微翻了翻身，搭在肩膀上的衣服，也终于顺着他的动作，滑到了地上。

　　苏瑞几乎下意识地弯腰捡起衣服，再为他盖上去。

　　她经常为乐乐盖被子，乐乐小时候睡觉一点都不老实，半夜将被子踢到床下，苏妈妈年纪大了，晚上睡觉很熟，不容易醒。每次都是苏瑞跑过去为他重新盖上。

　　这也养成了苏瑞喜欢夜起的习惯，她一个晚上总能醒上三四次，等确定没有事情可做之后，才继续睡觉。

　　在她的手很自然地理过他的衣服时，斯冠群醒了。

　　他睡觉很轻。一点风吹草动，便能让他醒来。

　　睁开眼，拿着外套的苏瑞，近在咫尺。

她的手还按在他的肩膀上，人则蹲在他的旁边，柔顺的长发顺着她低头的动作垂下来，遮住那张太过苍白的脸，让人心中泛怜。

"苏瑞。"他轻声叫出她的名字。

苏瑞这才发现他的眼睛睁开了，幽深的眼眸，倒映着她的影，好像要将她整个人、整个魂全部吸进似的。

她如触电般弹开，"不好意思，吵醒你了。"不过，可能是弹开的速度太快，她的背撞到了另一边的沙发，疼得她想龇牙。

斯冠群赶紧伸手拉住她，先是担忧地看着她，继而忍不住一笑。

非常随意而干净的笑容，几乎让苏瑞怀疑自己的眼睛。

面前这个人，果然是那个斯冠群么？

"吓到了？"他牢牢握住她的手腕，将她拽近，"撞疼没有？"

这样的小伤小疼，当然不值得多说什么，苏瑞摇头，"没事。"

"我看看。"斯冠群压根不管她的答案，他刚才明明听见了一个闷闷的"砰"声。

只怕已经撞青了。

"在背后呢，怎么看？"苏瑞赶紧阻止道，"真的没事。"

"让我看。"斯冠群却没有一点商量余地，他抬头看着她，虽然没有命令的意思，不过，面对那样的目光，真的鲜少人能拒绝。

苏瑞怔了怔，努力让自己抗拒他的魅力。她先不动声色地抽出自己的手，扶着沙发，站起来，老老实实地坐到了斯冠群的对面。

"那个，我有话想对你说。"苏瑞道。

斯冠群也坐了起来，手肘撑着窗棂，斜倚着沙发靠背，好整以暇地看着她。

仍然很耐心。

"首先，乐乐的事情，我真的很谢谢你。这份感谢甚至可以让我为你当牛做马，但是……"她直视着她，极艰难地说："但是，不要再为我另外做其他事情了。"

送衣服也好，在医院的楼下守候她也好，都不要再做了。

她真的无法招架。

任何女人都有虚荣心，苏瑞虽然不怎么识抬举，但也不过是个女人罢了。

斯冠群没有做声，他的食指抵在唇上，若有所思的样子。

"当然，之前我的承诺，也绝对不会抵赖。你仍然可以在我身上索取任何回报。可我绝对不会成为你的情人，我们之间，也绝对不会有任何情感纠葛或者从属关系。"苏瑞很麻利地将这句话甩了出来。说完后，她终于如释重负。

骗钱事小，骗感情事大。她不希望自己被骗，也不希望有朝一日，她会为了生活的便利，去欺骗斯冠群。

也许他真的是一个很有魅力的男人，这个世上，又有多少人能够抗拒他呢？

英俊，沉稳，周到，体贴，神秘，如一个帝王般无所不能。

他几乎满足了女孩子们对白马王子的全部幻想。

可是苏瑞也很清楚地知道，即便她被他吸引，她并不爱他。

她不想为了一份安逸的生活，去模糊自己的感情，去取悦一个至少并未骗过她的男人。

斯冠群还在沉默，等了一会儿，他淡淡地"嗯"了声。

算是应允。

第一次有人拒绝他的帮助，可是，他却明白她的意思。

就算身处狼狈的景况，苏瑞也不希望自己屈从于任何人，甚至不允许自己屈从于感恩里。

说她幼稚也好，说她完美主义也好，她可以将就所有的事情，惟独对感情，不可以将就！

"你那么累，先回去休息吧，这里没有关系，有许医生在，乐乐不会出什么事。"苏瑞听他答应，顿时松了口气，她先劝了他一句，就要离开。

"嗯。"斯冠群还是淡淡地应了声，不置可否。

苏瑞站起来，她的手放在了车门上。

"苏瑞。"身侧，他好像刚刚回神般，低低地叫了她一声。

苏瑞回头，探寻地望着他。

"怎么样才能让你再爱上一个人，就像你爱莫梵亚一样?"他的声音，在背后轻轻地响起。

苏瑞已经放在车门上的手硬生生地顿在了原地。

该怎么才能再爱一个人，就像曾经爱着莫梵亚一样?

这个问题，苏瑞自己何尝没有考虑过。

她曾不止一次地想过，或者，再去爱另外一个人，与另外一个人相亲相爱，共同组建家庭，然后幸福美满地过一辈子。

可是爱一个人，原来也是一件身不由己的事情。不能预测，不可强迫，它仿佛一种不可再生的能量，你曾为了一个人倾尽所有，那就没有多少剩下留给下一个人了。

在这几年里，苏瑞并不是没有人追，其中更不乏条件还不错的对象，她也想过勉强自己去接受对方，可是不行，总是不行，心是一泓死水。任凭周遭的人行云流水，它不曾泛起半点涟漪。

她不能骗别人，更不屑于骗自己。终其一生，也许她都要爱着那个男人，那个也许连她的存在本身都觉得模糊的男人。

现在，斯冠群重新问起这个问题，苏瑞只觉得凄惶，手足突然变凉，她无法回答，也无从回答。

她不想当第三者，苏瑞同样想从这场爱恋里解脱。可是，她又能怎么办?

那个人就在那里，乐乐越来越清晰的脸，总是提醒着她，那个人，正和她呼吸着同样的空气。

"苏瑞。"斯冠群深邃地看着僵硬的苏瑞，伸出手，扳过她的肩膀，让她重新面向着自己，"给自己一个机会。"

苏瑞低下头，想轻松地笑笑，然后用一句，"我一直在给自己机会啊"之类的话，将这让人窒息的问题打发过去，可是，话到嘴边，却又终究做不到轻松。

"我也想给自己机会。"她抬起头，苦笑道，"可是……办不到。"

她曾不止一次对自己说，要将莫梵亚那个大笨蛋彻底地踹出自己的生活，可是，办不到，距离，时间，一切的一切，都不能让它消弭分毫。

她该怎么才能放过自己，谁又有能力让她"刑满释放"？

斯冠群放在她肩膀上的手莫名地一紧，苏瑞正在惊疑，他直接倾过身，另一只手绕到了苏瑞的腰上，略微用力，苏瑞已经被他压在了后车座那长长的真品沙发上。

她下意识地想推开他站起来，可是手刚抬起，又温顺地放了回去。

他终于决定要她了吗？

苏瑞心底有一声认命的叹息，没有悲喜，她几乎是麻木的，麻木地去应承他的索取。这是他应得的东西。

她与斯冠群之间，岂非根本就是一场交易？

他为她做了那么多事情，不就是为了得到她吗？

可是，斯冠群并没有如她预料的那样，去解开她的衣服，或者直接侵犯她。

他的手撑在她的左右，身体压得很近，但并不接触。他在上方俯视着她，宛如一个君临的王者，从容，淡然，又带着隐秘的慈悲。

苏瑞怔怔地躺在他的身下，看着那近在咫尺的脸，那深不可测的眼，她动弹不得。

并不算太狭窄的车厢内，游离着让人喘不过气来的气息。

苏瑞觉得自己快不能呼吸了，他身上的压迫感太强太强，明明是无形无质的，却让人有种渊临岳峙的感觉。

"你……"她艰难地开口。

"嘘。"斯冠群却伸出手，手指压在她的唇上，止住了她已经到了嘴边的话，"就这样，陪我呆一会儿。"

苏瑞沉默了下来。

这个要求……不算过分。

"闭上眼睛。"他又道。

苏瑞却还是睁大眼睛，笔直地望着他。

她总觉得，闭上眼睛，将自己交给另外一个人，是一件很可怕的事情。

这些年来，她一直是一个人，一个人带小孩，一个人养家，虽然妈妈也帮了不少忙，可是所有的压力与焦虑，全部在苏瑞一个人身上。

从一个大学半途里刚刚走出来的青稚女生，变成现在干练有魄力的苏经理，那并不是简单的成长或者成熟。它意味着多少艰辛，多少弯路与多少坎坷。

所以，苏瑞一直只相信自己，她相信自己眼睛看到的东西，相信自己力所能及的世界。

"闭上眼睛，放心地把自己交给我。"斯冠群看着那双纯净，而又如本人一般倔强的眼睛，忍不住微微一笑，他的声音变得很柔很柔，几乎带着蛊惑的力量，是沾满水的化妆棉。

苏瑞还在犹疑。

她不是不相信斯冠群，她知道他并没有什么不可信的，如果他要做什么，她根本没有反抗的余地，既然如此，索性直接相信他的每一句话，每一件事。

可是，还是没办法老老实实地听话。

多年来的障碍，就这样隔在中间，她不习惯去依赖任何人，即便那个人是斯冠群也一样。

可是，如果换做莫梵亚呢？

苏瑞忽然想。

——如果对她说这句话的人是莫梵亚，也许……也许……她也不可能完全信任了。时光带走了曾经单纯的孩子，现在的她，便如一只长满刺的刺猬，稍有不测，便支棱起自己全部的利刺，去保护自己，保护家人。

"我会接住你，无论你从哪里落下来，我都会接住你。"斯冠群的头慢慢地低下，他的声音仿佛就响在她的耳侧。这句话似乎突兀而毫无意义，可是，苏瑞的心却莫名地安定了下来。

好像她的身下真的有一个宽大的网，任何时候，任何地点，都能稳稳地接住她，让她远离不安，远离颠簸。不再奔波，有枝可依。

浅浅的吻落在了她的眼皮上，她下意识地合上眼睛，眼前一片漆黑，身体更如悬浮在虚空之中，苏瑞的手紧紧地捏着沙发。而他的吻，也顺着她的眼睛，一点点，移到鼻梁、鼻尖、唇、下巴，再一点一点地，游离下去……

苏瑞的身体绷得很紧，那种极端虚无的感觉，让她不明所以，斯冠群的吻很轻很轻，轻若最柔软的羽毛。在她的皮肤上一掠即走，惊起一层寒栗，浮出来，敏感地颤栗着。

她的身体从未像此刻那样敏锐过。仿佛置身在一个危机四伏的旷野里。他的吻是旷野里滑过的风。

斯冠群的手终于移到了她身侧的拉链，很缓慢，慢到无法想象的地步，以至于苏瑞不得不去仔细地感受衣服脱落的感觉。拉链一点一点地敞开，虽是夏末，却还是有风灌了进来，透过衣料，漏过他的指缝。肌肤仿佛变成了有呼吸的生命体，它似乎也羞于赤裸，赤裸在他的视线下。

苏瑞下意识地将身体蜷缩起来，原本放在身侧的手也抬起来，拦在了胸前。

斯冠群停下动作。

他轻轻地按住她的手，十指交缠，与她握在一起，再缓缓地、缓缓地、挪开她的手。

"我不会伤害你，只要你不愿意，可以随时喊停。"他从她的脖子边移到了她的耳边，呢喃般，很轻很轻地说。

苏瑞却不想喊停，她只是害怕，可是并没有反感。

不可否认，斯冠群的技巧娴熟得让人害怕，他的每个动作，每个呼吸，都那么精准地让她战栗却不抗拒。

苏瑞自认并不是什么热情的人。

除了面对莫梵亚，她几乎没有对任何人产生过欲望。太忙碌的生活，让她的生活寡淡无比，虽然有时候也觉得孤单，却绝对不会因为需求而有任何躁动。

她甚至还怀疑过自己冷淡。

除了面对莫梵亚，苏瑞的身体是一湖平静无波的死水。

她可以大声笑，可以随意地和同事开那些带颜色的笑话，可以在酒吧里吊带热裤，毫无顾忌。可是骨子里，却宛如一个从未经人事的处女。

斯冠群也渐渐发现了她的青涩，这让他微微惊奇。

为什么要对自己那么严苛呢?

所以人都是好逸恶劳的，所有人都希望自己过上更安逸的生活，这个女人，却好像处处跟自己过不去似的。

以爱之名，她将自己关进了囚牢。

而现在，他想解开她的束缚。

彻底地解开。

同样……以爱之名。

"告诉我你的感觉。舒服或者不舒服。"他仿佛命令一般，对她说。

苏瑞怔了怔。

"什么都不要想，只要专注自己身体的感觉，试着去倾听它的声音。"他谆谆善诱，既是盟友，也是智者。苏瑞却懵懵懂懂，她的手已经被他压在两侧，手指交缠的热度。将手心里沁出的汗，蒸腾成一种奇妙的雾气，至少，在她此时闭上眼睛的想象里，它就是一团可以看得见的雾气，笼罩在周围，攫夺着她的呼吸。

"放松，别紧张。"因为手被困制住的缘故，斯冠群索性低下头，用牙齿轻轻地咬住她身侧拉链，随着身体的移动，将那件他精心挑选的礼服，一点点地扯到了腰间。因为挨得太近，他的唇舌总是会不经意地滑过她的肌肤，濡湿的，轻柔的，仿佛有什么静悄悄地爬过，苏瑞觉得痒，微颤了一下，也被奇怪的战栗所俘获。

那是一种很奇异的感觉，好像苏瑞一直抗拒的醉酒的感觉一样：身体不由思想所控制，它自己会做出反应。这让她无力。

本体遗失的无力。

礼服的材质本是杭州丝绸，随着拉链的松开，本身的垂坠感很快让礼服顺着她的曲线逶迤落地，斯冠群的手略微松开了一会，再次绕到了苏瑞的腰上，在她微微抬起身的时候，丝绸划过她的腿，落到了那双镶钻的高跟鞋上。

她没有穿丝袜，柔嫩的、没有一点瑕疵的皮肤，比任何丝袜都耀眼。

里面的内衣却颇有点普通，不是什么品牌，无非是专卖店打折时抢购的内衣，因为穿了太久的缘故，边缘有点粗糙起毛，颜色也显得老旧。不过，它包裹的胸形却出奇好看，苏瑞不算平胸，自然也谈不上什么波霸。她就是那种大街上一抓一大把的 B 罩。

然而小腹却是平坦的，除了肚脐附近一条已经不太明显的产线外，根本就看不出她是有过孩子的。

也对，当初她生乐乐的时候，不过才十九岁。

十九岁的少女，全身正洋溢着惊人的恢复力与活力。而且，苏瑞的体型本来就偏瘦，一直以来吃不好饭，又总是为了签单，陪客户喝酒喝到胃出血，这样的生活，是无论如何都胖不起来的。

见苏瑞又有想遮住自己的意图，斯冠群再次缠住她的手，将她的举动扼杀在摇篮里。

苏瑞的脸已经开始发烫，虽然闭着眼睛，她看不见他的表情，可是她能清晰地感受到他的目光。斯冠群的目光仿佛是另一双无形的手，所到之处，视线的终点，总是会莫名地做出反应。好像正摇手呐喊迎接着他的臣民。

她自己都分不清，这样的感觉，到底是好还是不好？

不过，想到自己今天穿的内衣……她又小小地羞惭了一下。

几乎想找个地洞钻进去。

丢脸，是真的很丢脸。虽然并不想去取悦他，可是女人还是会在此时在意这些琐碎的问题，因为太无助，所以总想用什么来捍卫自己的退缩。

美貌，绝好的身材，无可挑剔的肌肤与仪表，这些，她都没有。她没有任何防备与武装。

况且，肚子上还有伤口……

刚才在宴会厅里走来走去，身上也一定还有很多很多汗。

苏瑞不知道自己怎么了，她原本以为自己很大大咧咧，即便是第一次，与莫梵亚的第一次，她都可以不管不顾，甚至不惜在洗澡的时候，自己弄伤自己，然后，极端无畏地爬上莫梵亚的床，甚至主动吻了他。这些勇气，都去哪里了呢？

此时此地，在斯冠群的面前，她却是一个完全的弱者。

他是审判者，她是被审视的一方。

"苏瑞，有没有人告诉过你，你真的很美，美得让人不能移开目光。"正在她鄙视自己，忐忑不安的时候，斯冠群由衷地叹道。

苏瑞不置可否。

她美吗？

不，比起李艾，比起萧萧，甚至比起胡娟，苏瑞论姿色，都是拍马难及的。她没有明艳的五官，充其量只是端正而已，如果用一种颜色来形容她，那便是抹茶绿。淡淡然，干净的，却又冷不丁让你惊艳一下的那种颜色。

可是，因为斯冠群的这一句话，她是真的安心了许多。

然后，斯冠群做了一个让她大吃一惊的动作，他突然低下头，在她妊娠后的伤口上，吻了一下。这一次，不再是轻如羽毛的吻，而是认真的、迷恋的，辗转难安的吻，舌尖宛如带着电流，在他碰触她的时刻，苏瑞的身体剧烈地颤抖了一下，半边身体都陷入了酥麻。

她自己都吃了一惊，唇微启开，刚逸出一个"嗯"字，又突然回神，紧紧地闭上了嘴，牙齿咬着下唇瓣，不准再让任何其他的呻吟露出来。

斯冠群已经通过她的反应猜到了一些，虽然她的颤抖有点事后回神般的迟缓。

原来她的敏感点，竟然是……这里。

为什么会是这里？

是因为这个伤口带给她的伤痛与欢喜，已经成为了她心底最不可触及的禁地了吗？

斯冠群的动作突然变得很轻很轻，几乎称得上柔情蜜意，他描画着那个浅痕的轮廓，想象着十九岁那年，她为了她爱着的男人，退学，生小孩，那近乎傻气的勇敢。

当初坚持要下乐乐的时候，苏瑞到底在想什么呢？

在这个小小的身躯里，到底隐藏了多少他所不知道的力量？

他很好奇，很好奇很好奇，到最后，心居然莫名地疼了一下。

而在斯冠群做这些的时候，对苏瑞而言，简直是一种陌生的折磨。他的每一次碰触，唇舌的舔舐，甚至呼吸的热度，都让她躁动不安。沉寂经年的身体，仿佛在一夕间惊醒。所有的细胞都在无规则地蠢动，从小腹那里，他流连的地方，传过来一阵一阵不可言说的电流。它们脱离了她的控制，仿佛全部掉进了彻底的苍茫中，她是随波逐流的一叶舟，手足因为那奇异的电流，隐隐发麻。全身宛如炸汗似的，有什么想涌出来，中间却隔着一层薄薄的保鲜膜，她开始焦躁，她不知道自己想要什么，可是身体在攒动，在泥沙地里艰难涌流。

几声低吟几乎毫无意识地从喉间逸出，她再次咬住自己的唇，不想让自己丢脸丢得太离谱，最后的理智，让苏瑞几乎有点恨自己了。

她难道真的想男人了吗？不是一直很冷淡吗？

为什么现在却表现得那么迫不及待，她几乎可以清晰地感觉到自己的渴望，渴望一种能让所有焦躁畅快淋漓的力量。

可是斯冠群却仿佛故意折磨她一样，他并没有表现出半点想要她的意思，只是耐心的，温柔的，将她一次又一次地推进死胡同。

苏瑞只能死死地闭上嘴巴，手指想合拢，却已经酥麻得使不出力气。

全身发软。让她自恨的绵软与灼热。

"别咬嘴。"他注意到她的小动作，挪过去，也轻轻地咬了一下她的唇，小小地警告了一下。当然，动作很轻，没有丝毫威胁力。

苏瑞的唇也就势启开，轻轻的，克制地吐出一口气，可是那口气还没吐完，又被很快堵了回去，这是斯冠群第一次深吻她，突然，强势，势不可挡，她觉得自己突然被闯入，却完全没有招架的能力，他纠缠着她的舌，攫夺着她全部的呼吸，苏瑞的大脑几乎很快就陷入了真空状态，眼睛虽未睁开，可是面前却早已变成了一阵白光。

她觉得自己要窒息了，也许就要死了。

这就是……欲望么？

此时在她的身体里喧嚣着的不满足，便是欲望么？

她不敢承认，也不想去承认，思维已经被他摧枯拉朽般的深吻弄到短路，她且浮且沉，宛如溺水，可是，这片海水并不让人难受，她想沉入海底，沉在海水的包围里，再也不醒来。

可是，也在这时，斯冠群突然停止了所有的动作。

抚摸也好，吻也罢，统统停住了。

苏瑞迷茫地睁开眼，她的眼眸里蒙着一层氤氲的雾色，她困惑地看着他，事实上，她一直困惑着，她是个被他牵着鼻子走的小小狗。

斯冠群的喉结动了动，苏瑞此时的眼神，竟比她的身体更让他觉得难以招架，他会克制不住。

可是，他必须克制。

如果想让她爱上自己。

"你想要我吗?"斯冠群的声音有点嘶哑,却不影响它的悦耳程度,它让那个低沉稳重的男低音显得如此性感。

苏瑞愣了愣。

她想起了那一通电话。她想起他对她的承诺。

只要她一天不亲口说出想要他的话,他就永远不会动她。

现在,他是想要兑现诺言吗?

苏瑞看着近在咫尺的那张脸,看着他因为动情,同样变得绯红的脸,不管他的神情多么从容,多么运筹帷幄,一切尽在掌中,他此时确实也不舒服,这是实情。——而且,他到底多大呢,是不是时光在英俊的男人身上,总是会停留很久很久?

"你想要我吗?"他问。

苏瑞简直无法思考。

这样的男人,谁又能拒绝?

可是,她还是没办法将它诉诸于口,这就是一场博弈,在斯冠群提出那个条件时,便是宣战。他想要她的心,不管用什么方式,在什么情况下,他要她去承认自己的心。

可是苏瑞不想妥协,她更不想在这样的情况下,屈从于自己的身体与欲望。

她咬紧了唇,在他问她的时候,她沉默以对。

斯冠群伸出手,极温柔地抚过她的脸,虽然缱绻缠绵,似那么那么不舍,他还是放开了,所有的颤栗与电流戛然而止,苏瑞看着他沉静的眉眼,里面并没责怪或者懊恼的意思。

它太安静太安静,从容淡然,仿佛有冷眼桑田的耐心。

落在地上的裙子,也被斯冠群捡了起来,他屈起身,抬起她随意垂在沙发侧的腿,将裙子从下面套进去,再慢慢地拉上来,整理好她的肩带、内衣的拉扣,再仔细地将拉链拉上。

他在帮她穿衣服，天气虽然不太冷，可是晚上的温度，还是有点沁凉。

苏瑞则有点傻傻的，任凭他将方才情乱时丢的衣服又一件一件，好好地穿回去，然后，斯冠群伸手拉起她，两人一起在沙发上并排坐着。苏瑞很是懵懂，她垂眸，看着自己放在膝盖上的手，低声道歉道："对不起。"

刚才的行为，也许真的很扫兴吧，其实，既然已经决定将自己交出去，便是承认了想要他，又有什么难？

迟早是会走到那一步的。

可是，不知为何，她就是没办法说出口。她本来就不是善于骗人的那种人，更何况，是骗自己的心呢？

"为什么道歉？"斯冠群却不以为意，他方才的沉默，并不是冷淡，或者觉得她让他失望，而是没办法开口，在紧要关头打住，但凡男人，都需要一个长久的缓和期。

他已经过了冲动的年纪，也不是那种欲望一来，就必须猴急办事的毛头小子，可是，他仍然是个男人，有很正常的生理。何况面前又是自己喜欢的女孩。

没想到，他的冷静让苏瑞不安了。

"我……"苏瑞也不知道怎么回答。

是啊，为什么非要道歉不可？

"我说过，我愿意给你时间，今天是我太不合时宜了。你这几天都会很忙，乐乐的手术也迫在眉睫。我这样逼着你，应该是我向你道歉。"斯冠群看着她，轻声道。

苏瑞低下头。

是啊，乐乐。

她的儿子在病房里，她却因为一个不可能娶她的男人躁动难安，这样的母亲，果然是极品。

"苏瑞。"见苏瑞低下头，脸上又浮现出那种让他心疼的迷惘，斯冠群伸手理了理她方才弄乱的头发，沉声道："不会有事的。"

苏瑞抬头看着他，他的眼睛幽深而笃定。

"有我在。"他说。

短短的三个字，却仿佛沾染了世上最不可思议的魔力。

苏瑞的眼眶莫名地发热。

"嗯。"她的鼻音有点堵。

斯冠群没有再说什么，他倚着靠背，就这样陪着她闲坐。

又过了几分钟，苏瑞终于回过神，她低声道了一句，"那我先上去了，你回去吧。"然后径直将车门推开。

"苏瑞。"斯冠群将她送出来，一直走到医院门口，才算开口，"我能见一见你的家人吗？当然，并不是这个时候。"

苏瑞先是一愣，然后移开视线，低声问："如果你见他们，我该怎么介绍你？"

朋友？追求者？一个极力将自己变成情人的家伙？

斯冠群沉吟。

"不用见了吧，没有那个必要。"苏瑞摇头，努力地，表情轻松地回答了他的问题，"我走了。"

这一次，斯冠群没有再跟过来。

他自己也在反思这个问题。

是啊，为什么无端端会提出，想见她的家人呢？

他和女人之间的交易，从不牵扯到对方的家人，他可以为她的家人做任何事情，却并不想装作一家人那样相亲相爱，和谐相处。那就不仅仅是对一个女人的责任，更是对一个家庭许下承诺。

刚才提出想见她的家人，对斯冠群而言，是极其难得的冲动。

他自己都百思不得其解的冲动。

在她转身离开的那一刻，他想介入她的生活，想了解她全部的感情，包括亲情，包括她爱着的人。

也想去见一见乐乐，虽然看过照片，可照片与真人的感觉并不尽相同。苏瑞与莫梵亚的儿子——斯冠群想到这里，又是一阵无言的焦躁。

情绪不受控制的感觉，很危险。

他不能再任由着它发展了。

好在莫梵亚与萧萧就要结婚了。那不过是苏瑞的一段往事，年轻时的往事，谁都会有的，譬如他自己。

苏瑞、莫梵亚与斯冠群三人的关系该何去何从，乐乐有没有回到亲生父亲身边，Alex 的真实身份到底是什么……敬请期待《契约婚姻之倾我一生》。

莫梵亚的番外

莫梵亚很小的时候就认识萧萧了。

莫家和萧家是世家，他六岁的时候，爸爸便牵着一个小丫头的手，走到他面前，道："阿亚，让萧萧以后做你老婆，好不好？"

莫梵亚使劲摇头。

可是，家长们根本无视他的主观意愿，只顾在旁边笑得欢畅。

萧萧却很凶地看着他，"你不想让我当你老婆？"

莫梵亚见形势不对，赶紧一扭头，独自离开。理都不理她。

萧萧在他身后气得嚎啕大哭。

莫梵亚想：女孩子真讨厌，总是哭，还盛气凌人，不讲理。

大人们全部去哄萧萧了，莫梵亚则躲在阳台上面，自己看书。

妈妈给他端水果过来，他于是抬头问："妈咪，老婆是什么？"

那时，莫妈妈正被莫爸爸那些娇嫩可人的小情人们折磨得心力交瘁，闻言，当即郑重其事地回答道："老婆的意思是，你以后要好好照顾萧萧，眼里只有萧萧一个女人，其他的女人，最好连看都不要看。"

男人啊，要专一到底有多难。

莫梵亚瞪大眼睛，他觉得自己的生活开始变得暗淡。简直是乌云密布。

可是，他一向是个听话的孩子，虽然很讨厌女孩子哭哭闹闹，可是——如果以后只应付一个女孩，倒也省事。

就这样。

他和萧萧一起进了幼儿园，同桌。

他和萧萧一起进了小学，同桌。

他和萧萧一起进了初中，同桌。

他和萧萧一起进了大学。同班。

两人从未确认过什么关系，可是被所有人默认为情侣，莫梵亚也懒得纠正，在他看来，世上的哪个女人都一样，萧萧好歹是从小长大的女人，虽然不喜欢，但也不怎么讨厌。她总归会成为他的老婆。

大二那年，萧萧让他去科研中心找她，然后一起吃饭。莫大路痴于是转啊转，莫名其妙地转到了活动中心。

这也难怪，他本来对学校不太熟，每次司机送到后，便直奔教室，上完课立刻回家。

他站在门口，"请问……"

里面打鼓的女孩抬起头。

他看着她。

他想，是个女的。

是个女孩。

除萧萧以外的女孩。

她为他指了路。莫梵亚在离开很久后，仍然记住那张活力而秀气的脸。与萧萧的精致妆容那么不同。

女人不一定都那么讨厌吧。

也许……

斯冠群的番外

斯冠群没有父母。

据说是在动荡年月里，为了他们视为生命的尊严，双双自尽。

只留下了当时还年幼的斯冠群，还有行将老去的爷爷。

斯冠群的爷爷是个大人物，每次出行，都有很多很多警卫随行，斯冠群基本是由警卫员带大的。他童年的记忆，是警徽，军章，立正敬礼和制服硬挺的触感。

警卫员总是半开玩笑半正经地叫他小少帅。可是斯冠群不喜欢这个称谓。他也不喜欢爷爷。

为了自己的荣耀，爷爷放弃了自己的儿子，最终导致了他们夫妻的死亡。

爷爷也因为儿子、媳妇的去世，变得更加寡淡冷言。他一个月也与斯冠群说不上三句话，便连最基本的一家人一起吃个饭，也恨不得让警卫员代劳。渐渐的，斯冠群也只当爷爷不存在，他自己看书，自己拿着真枪当玩具。

再后来，在他八岁那年，警卫员开车送他上学之前，爷爷突然出现在他面前，手里牵着另外一个孩子——一个男孩。远没有斯冠群英俊冷傲，眼神怯怯的，低着眉，略黑的面庞，手绞在身前，像做错事的小学生。

爷爷说："冠群，他是你哥哥。"

斯冠群愕然。

他不知道自己什么时候多出了一个哥哥。

那个时候的斯冠群，已经俨然是军区大院的孩子王，成绩优异，在学校里是人人称道的好学生，可是下了学，又是一个让那片地区的混混们闻风丧胆的打架王，因为身份的特殊，也没有人敢动他。而他爷爷一直不知道他在外面胡闹闯祸的事情。——就算真的闯了祸，也有警卫员帮忙解决。

斯冠群乐在其中，他不需要去取悦任何人，他可以游刃有余地处理所有的事情。

可现在，他却凭空出现了一位哥哥。

"我不认识他。"斯冠群考虑了一分钟，斟酌地说道。

"他是你爸爸和另外一位阿姨生的儿子，从今天开始，他们母子俩，会和我们一起住。"爷爷淡淡道。

不知为何，爷爷看向哥哥的目光，明显柔和许多。

而那样的目光，是斯冠群打多少架，生多少事，每天遍体鳞伤地出现在爷爷面前，也不可得到的关怀。

他抬起头，朝不远处望过去。

果然见到一个村妇打扮的中年妇女，特别小家子气地站在门卫那边。

面目还算清秀。

爸爸的，另外一名女人？

斯冠群抿紧嘴，没有做声，他冷淡地点点头，道："那我去上学了。"然后，头一低，钻进了车里。

他突然觉得，其实自己不明白那些大人，记忆里父母在一起相亲相爱的片段，瞬间成为齑粉。